언덕 위의 빨간 지붕

SAKA NO UE NO AKAI YANE

© Yukiko Mari 2022

All rights reserved.

Originally published in Japan in 2022 by TOKUMA SHOTEN PUBLISHING CO., LTD., Tokyo.

Korean translation rights arranged with TOKUMA SHOTEN PUBLISHING CO., LTD. through Imprima Korea Agency.

이 책의 한국어판 저작권은 Imprima Korea Agency를 통해 TOKUMA SHOTEN PUBLISHING CO., LTD.와 독점 계약한 나무옆의자에 있습니다. 저작권법에 의해 한국 내에서 보호를 받는 저작물이므로 무단전재와 무단복제를 금합니다.

언덕 위의 빨간 지붕

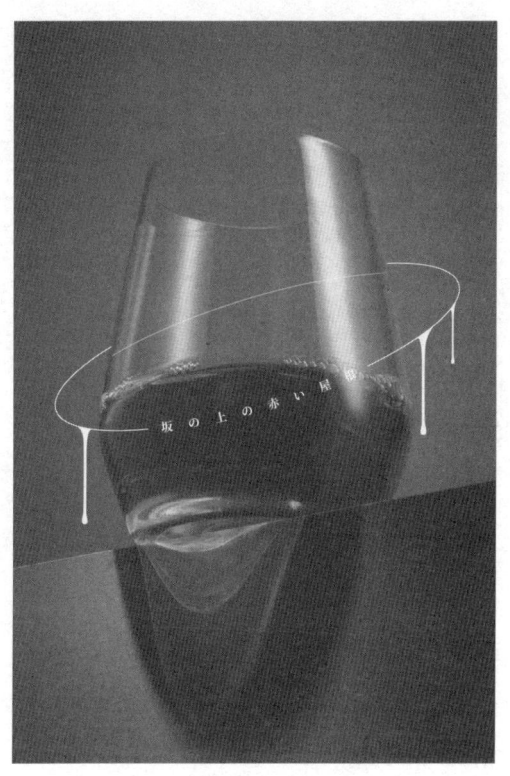

마리 유키코 장편소설

김은모 옮김

차례

1부

0장 너무 이른 자서전 11

1장 어떤 속셈 (2018/9/모일) 24

2장 이다바시에서 (2018/10/1) 34

3장 연재 개시 51

4장 가구라자카에서 65

5장 이치카와 세이코의 충고 80

6장 언덕 위의 이웃 사람 115

7장 여자의 정체 169

2부

8장 사형수의 아내 185

9장 내추럴 본 킬러스 221

10장 질투 237

11장 재앙신 267

12장 궁지에 몰려서 294

13장 언덕 위의 빨간 지붕 329

3부

14장 진상 **359**

마지막 장 (2018/12/19) **377**

회고 (2014/4/1) **381**

참고 자료 **389**

옮긴이의 말 **391**

'골짜기 밑바닥 거리'는 사실 '태양이 없는 거리'였다.
센카와 하수로는 옛날 모습을 완전히 잃었다.
땅바닥에 달라붙은 듯한 쪽방이 수없이 튀어나와 모양새가
비틀어지고 일그러졌다. 부엌 밑을 빠져나가고 화장실을
돌아서 흐르는 하수로는 먼지, 코크스 찌꺼기, 빈 병, 넝마,
쓰레기로 폭이 좁아졌고, 홍수가 날 때에야
비로소 그 존재를 드러낼 뿐이었다.
'골짜기 밑바닥 거리'의 중심인 센카와 하수로에서 멀어져
구릉을 따라 올라갈수록 이층집도 있고 비교적 부유한
동네 사람들이 살았다. 올라가는 것은 홍수를 피하고
태양에 가까워지는 길이었으며, 생활 수준의 높낮이를
가늠하는 잣대이기도 했다.

―도쿠나가 스나오, 『태양이 없는 거리』에서

0장   너무 이른 자서전

언덕 위에 빨간 지붕이 보였다.
 그걸 발견한 것은 작은 우연이었다.
 그날 나는 학교를 조퇴했다. 두통이 심하다고 담임에게 하소연해서 1교시 도중에 학교를 빠져나왔다. 꾀병이었다. 분명 담임도 알고 있었으리라. 하지만 담임은 야단치지 않고 "빨리 집에 가"하며 나를 보내주었다. 담임으로서는 골칫덩이를 쫓아낼 좋은 명분을 얻은 셈이다. 내가 어떤 꾀병을 부릴지 기다리고 있었던 것 같기도 하다.

 그렇다. 당시 나는 골치 아픈 전학생이었다. 처음에는 이것저것 신경 쓰며 돌봐줬던 담임도 한 달쯤 지나자 포기했는지, 눈을 마주치기도 짜증 난다는 듯한 분위기로 나를 아무렇게나 대했다.

그도 그럴 것이 당시 나는 소위 전형적인 '꼴통'이라 수업 중에 자든지, 만화를 보든지 했고, 때로는 양옆 학생에게 장난을 치며 놀았다. 어쩔 수 없었다. 수업 진도를 전혀 따라가지 못했으니까.

그전까지 나는 우등생에 속했다. 그렇다, 공부를 잘했다. 시험에서 80점 아래로 떨어진 적은 거의 없었다. 그래서 굳게 믿었다. 난 대단한 인물이고, 분명 뭔가를 이뤄낼 훌륭한 어른이 될 것이라고.

하지만 새로운 학교가 그것이 얼마나 어리석은 자만심이었는지 일깨워주었다.

나는 부모님 사이에서 일어난 말썽 때문에 그때까지 살던 사가미하라의 집을 떠나서 친할머니가 사는 도쿄도 분쿄구로 이사했다. 즉, 전학을 갔다.

당시 나는 초등학교 5학년이었다. 그 연령대에 전학만큼 큰 스트레스는 또 없다. 하지만 나는 낙관했다. 새로운 학교에서도 잘 할 수 있으리라고. 사가미하라의 학교에서 그랬던 것처럼 즉시 반에서 인기를 얻고, 담임에게도 인정받고, 옆 반까지 소문이 퍼져서 친구가 되자고 여기저기서 아이들이 몰려드는…… 그런 학교생활을 할 수 있을 것이라고.

그래서 전학 간 당일, 나는 비장의 셔츠와 청바지를 차려입고 씩씩하게 교단에 올랐다. 그 순간까지도 나는 믿어 의심치 않았다. '비범한 전학생'에게 선망의 눈길이 쏟아질 것이라고.

하지만 그런 눈길은 전혀 날아들지 않았다. 선망하기는커녕 어쩐지 동정하는 듯한 미지근한 시선이 여기저기서 느껴졌다. 노골적으로 '애처로워하는' 눈빛이었다. 까마귀에게 쫓기는 새끼 고양이를 보면 저런 눈빛을 던지지 않을까.

첫날만이 아니었다. 둘째 날, 셋째 날…… 그리고 한 달이 지나도록 계속됐다.

그쯤 되자 나는 자신감을 완전히 잃었다.

진도를 전혀 따라갈 수가 없었기 때문이다.

사가미하라의 학교에서는 머릿속에 쏙쏙 들어오던 내용이, 그 학교에서는 귀로 줄줄 빠져나갔다.

같은 공립인데 왤까? 교과서가 다른 탓일까?

당시는 몰랐다. 공립 학교라도 지역에 따라서는 유명 사립 학교 뺨칠 만큼 공부에 힘을 쏟는다는 사실을. 그렇다, 내가 전학 간 곳은 그야말로 유명 사립 초등학교 뺨치는 공립 초등학교라 수업의 질도 진도도, 그리고 시험 내용도 사가미하라의 초등학교와는 수준이 비교도 되지 않았다.

'평등'이나 '공평' 같은 말이 헛소리라는 걸 나는 그 학교에서 알았다. 세상에는 지역별로 엄연한 '격차'가 존재한다. 그중에서 '교육'은 그 격차가 가장 크다. 분쿄구는 교육에 관해서만큼은 국내 최고 수준을 자랑하는 지역이었다. 그런 곳에서 태어나 자란 아이들과 도쿄 근교라고는 하나 사가미하라라는 지방에서 자란 나는 애초에 타고난 머리부터 달랐다. 그러니 그들보다 몇 배 더 노력하지 않고서는 따라잡을 수 없다.

여기서 내가 택해야 할 길은 두 가지였다.

자신이 변변하지 못하다는 사실을 인정하고 피나는 노력을 거듭해 그들과 어깨를 나란히 하든지, 아니면 얼간이 캐릭터로 자리매김해 그들의 피에로가 되든지.

하지만 나는 어느 쪽 길도 택하지 않았다. 그리고 세 번째 길을 골랐다. 바로 '반항'이다.

나는 온갖 반항을 시도했다. 하지만 반 아이들은 나를 나무라지 않았다.

분명 담임이 철저히 주입했을 것이다.

'사정이 딱한 아이니까 다들 사이좋게 지내렴' 하고.

실제로 보기도 했다.

"불쌍한 아이야. 그러니까 용서해주렴. 상냥하게 대해줘."

담임이 한 여학생을 그렇게 타이르는 모습을. 그 여학생⋯⋯ X의 필통을 빼앗아서 산산이 부숴버렸을 때였다.

"네, 알겠어요. 그럴게요."

X는 그렇게 대답했다. 만약 '왜 그래야 하는데요?' 하고 분노를 표출했다면 나도 조금은 다르게 대응했을지도 모르는데.

그렇지만 X는 순순히 고개를 끄덕였다.

"⋯⋯상냥하게 대할게요. 사이좋게 지낼게요. ⋯⋯우정을 키

울게요"라고.

X는 그 말을 충실히 지켰다.

여러모로 내게 신경을 썼고, 말을 걸었다. '우정'의 증표로서.

하지만 나는 알고 있었다. X의 상냥함은 위에서 아래로 베푸는 '적선'에 불과했다는 사실을. 즉, X는 언제나 내 위에 있는 것이 전제였고 곁으로 오지는 않았다.

그런데도 X는 그것을 '우정'이라고 믿어 의심치 않았다. 그 증거라는 듯 X는 무슨 짓을 당해도 나를 용서했다. 체육복을 숨겼을 때도, 접이식 우산 살을 뚝뚝 부러뜨렸을 때도, 앉으려는 타이밍에 의자를 잡아 빼서 넘어졌을 때도. ……그때 잘못 넘어져서 X는 허리뼈가 부러지는 중상을 입었다. 그런데도 나를 책망하지 않았다.

즉, X에게 나는 책망할 만한 가치가 없고, 더 나아가 책임 능력도 묻지 못할 만큼 무능하고 하등한 인간이었다는 뜻이다.

그렇다. 그 학교에서 나는 완전히 무능력자였다. 그래서 다들 덮어놓고 나를 용서해주었고, 야단치지도 않았으며, 마치 어쩔 도리 없는 길고양이라도 챙기듯 내 멋대로 하도록 내버려두었다.

그렇다면 그런 상황을 한껏 즐기는 수밖에 없다. 모두의 기대에 부응해 무능력자가 되는 수밖에 없다.

온갖 패악질을 부렸다. X에게는 특히나 난폭하게 굴었다. 하지만 그런 짓을 즐긴 것은 아니다. 나는 기다렸다. X가 화내기를, 항의하기를. 그런 모습이 보고 싶어서 더욱 못살게 굴었다.

그러니까 나만 나쁜 게 아니다.

X도 나쁘다.

바보 같은 년이다. '상냥함'과 '용서'가 있으면 뭐든지 잘 해결될 것이라고 여겼다. 분명 어른에게 그런 식으로 배웠으리라. "사랑이 모든 것을 구한단다. 그러니까 어떤 사람이든 사랑하렴." 어른은 아이에게 그렇게 가르친다. 본인은 그런 헛소리를 눈곱만큼도 믿지 않는 주제에.

사랑, 사랑, 사랑, 사랑······.

개소리 집어치워!

나는 그저 X가 저항하기를 바랐다. '이제 좀 그만해!' 하고 나무라길 바랐다. 그러면 나는 당장이라도 그만뒀으리라. 내가 원한 건 상냥함도 용서도 아니었으니까.

상처 입은 고양이가 아니니까. 버려진 개가 아니니까.

인간이니까!

인간으로 대해주었으면 했다. 나쁜 짓을 하면 벌 받는다는, 당연한 처사를 원했다.

그런데도 그자들은 끝까지 나를 그렇게 대하지 않았다.

놈들에게 나는 끝까지 '불쌍한 전학생'이자 '애처로운 외지인'이었다.

학교뿐만이 아니다.

지역도 나를 '동정'의 대상으로 취급했다.

"그 아이가 이렇게 난폭한 짓을 하는 건 환경 탓이야."

"맞아. 환경이 좋지 못해서지. 그러니 우리가 따뜻하게 보듬어주자."

그렇게 말하며 사랑이니 용서를 꺼내놓는다.

아니야! 아니라고! 그런 걸 원하는 게 아니란 말이야!

다들 틀렸다!

멍청한 새끼들!

그날 내 안에서 뭔가가 폭발했다. 온몸에서 핏기가 싹 가시고, 영문 모를 감정이 똬리를 틀었다.

계기는 담임의 말이었다.

"오랫동안 입원했던 X가 세상을 떠났어요."

X는 바로 그 여학생이다. 내게 몹시 괴롭힘을 당하다가 결국 허리가 부러져서 입원한 X. 나는 X가 따지고 욕하길 바라는 마음으로 그 전날 병문안을 갔다. 하지만 X는 변함없이 상냥했다. 너무 얄미워서 X의 입속에 상한 찐빵을 쑤셔 넣었다.

X의 용태가 급변한 건 그 때문이리라. 그런데도 X는 찐빵에 관해 아무에게도 말하지 않고 죽었다.

아무리 생각해도 바보 같은 년이다.

아아, 그리고 얼마나 죄 많은 년인가!

그 바보 같은 년 때문에 '살인자'라고 새겨진 말뚝이 내 가슴속에 박히고 말았다.

그 바보 같은 년 때문에 나는 고작 열한 살에 살인자가 되고 말았다!

살인자, 살인자, 살인자.

아아, 이런 동네에 오지 않았다면 나는 '살인자'가, 세상에서 가장 끔찍한 범죄자가 되지 않았을 텐데.

왜 이딴 동네에.

왜, 왜, 왜!

어느덧 나는 교차로에 서 있었다.

어디를 어떻게 걸어온 걸까. 처음 보는 풍경이었다.

올려다보니 신호등에 'M언덕 아래'라고 적힌 표지판이 매달려 있었다. 시선을 더 돌리자 주민회 게시판이 보였다. 거기에는 '고텐마치'라는 글씨가 있었다.

고텐마치.

옆 동네 아닌가.

여기서 설명해두겠다. 분쿄구뿐만 아니라 도쿄 23구를 통틀어, 1962년에 주거 표시에 관한 법률이 시행되기 이전에는 지금보다 훨씬 세세하게 동네를 분류했다. 주거 표시에 관한 법률이 실시되면서 몇몇 동네가 합쳐져 새로운 이름이 붙었다. 예를 들면 도쿄도 신주쿠구 니시신주쿠 같은 주소다. 니시신주쿠는 원래 쓰노하즈, 주니소, 요도바시라는 동네로 이루어져 있었으며 지금도 그 흔적이 동네 곳곳에 남아 있다. 공립 초등학교의 학군과 주민회가 대표적이다. 옛 동네의 구역에 맞춰서 주민회가 구성되므로 옛 동네의 이름이 지금도 사용된다. 개중에는 현재 주거 표시를 무시하고 옛날 동네 이름을 문패에 적는 집도 있다. 마치 '그 동네와 똑같이 취급하지 마라. 여기는 ○○다' 하고 주장하듯이. 즉, 옛 동네 이름에는 그 지역의 본래 모습이 담겨 있다.

고텐마치.

그 이름을 보고 나는 얼어붙었다. 결국은 초등학생이다. 학군이 세상의 모든 것이나 마찬가지이므로 거기서 조금이라도 벗어나면 어마어마한 불안감에 휩싸인다.

분명 원래 돌아야 할 모퉁이를 돌지 않았으리라. ······그런데 어디서? 어디서 길을 잘못 들었을까? 그리고 어떻게 정정하면 본래 내가 있어야 할 곳으로 돌아갈 수 있을까? 누가 좀 알려 줘!

하지만 아무도 없었다. 바로 근처에 있는 메밀국숫집도 아직 문을 열지 않았다.

1교시 도중에 조퇴했으니 출근하거나 학교에 가는 사람으로 붐빌 시간은 이미 지났다. 점심시간까지는 아직 한참 남았다. 주부들은 분명 집에 있으리라.

그나저나 고요했다.

차도 거의 지나다니지 않았다.

불안이 끓는점에 달해 눈에서 천천히 눈물이 넘쳐흘렀다.

눈물을 소맷자락으로 닦고 있는데 신호가 파란불로 바뀌었다.

파란불이 되면 앞으로 나아가야 한다. 어릴 적부터 그런 지식을 주입받았다. 그러니 횡단보도를 건너는 수밖에 없었다. 그게 올바른 일인지 잘못된 일인지는 별개의 문제다. 파란불이면 나아가라. 그때 내게는 그것이 곧 진리였다.

횡단보도를 건너자 언덕 아래였다. 가파르고 긴 언덕이 눈앞을 막았다. 너무 경사져서 위쪽이 어떤지 아래에서는 보이지 않았다.

그저 파란 하늘이 펼쳐져 있었다.

한 발짝, 또 한 발짝 다가가 보았다.

빨간 뭔가가 보였다. 하늘을 아래에서 찌르는, 마치 피에 젖은 칼 같은 뭔가.

시선을 모았다.

지붕이다.

빨간 지붕.

세찬 바람이 한차례 불었다.

그 지붕은 '오지 말라'라는 경고처럼 느껴지기도 했다.

그때 나는 비로소 실감했다. 지금 내가 있는 곳이 '골짜기'라는 사실을.

어떤 의미에서는 그때의 경험이 내 인생의 분기점이었던 것 같다.

그때 나는 발걸음을 돌려 왔던 길을 죽어라 되돌아갔다. 어느덧 집 근처 공원에 다다랐다. 문득 멈춰 서서 고개를 쳐들었지만, 조그마한 하늘밖에 보이지 않았다. 바람도 느껴지지 않았다. 지금까지는 이게 당연한 줄 알았다.

하지만 나는 알았다.

하늘이 훨씬 크게 보이고 바람도 잘 통하는 곳이 옆 동네에 존재한다는 것을.

그렇다, 그 언덕 위에.

돌이켜보면 나는 쭉 골짜기에 살아왔다. 전에 살았던 곳도 골짜기였고, 이사 온 곳도 골짜기였다.

우물 속 개구리라는 말도 있듯이, 골짜기 속에서 살다 보면 본인은 그 사실을 알아차리지 못한다. 하늘이 얼마나 넓은지도, 상쾌한 바람을 맞으면 기분이 얼마나 좋은지도.

골짜기에 사는 우리는 작고 일그러진 하늘을 진짜라고 믿고서 퀴퀴하고 탁한 공기를 고맙게 여기며 살아가는 수밖에 없다. ……결국 세상은 그런 것이겠지. 어딜 가든 똑같다. 여기와 크게 다를 바 없다. ……그렇게 포기한 채 살아왔고, 그런 생각을 주입받기도 했다.

하지만 아니었다.

길을 하나 잘못 들었을 뿐인데, 고작 몇 분 멀리 나갔을 뿐인데 그렇게 넓은 하늘과 좋은 냄새가 나는 바람을 체험할 수 있었다.

고층 맨션에 비유하면 이해하기 쉬울까.

사방이 다른 건물에 가려진 저층부는 온종일 침침하고, 눅눅

하고, 말할 것도 없이 하늘은 보이지 않는다. 하지만 고층부는 완전히 다른 세상이다. 가리는 것 없이 탁 트인 창문으로 환한 햇빛이 쏟아지고 상쾌한 바람도 불어 든다.

즉, 저층부가 '골짜기'고 고층부가 '고지대'인 셈이다.

말할 것도 없이 저층부와 고층부는 가격이 크게 차이 난다. 당연히 주거자의 수입에도 차이가 있다. 즉, 같은 맨션인데도 생활하는 높이에 따라 삶의 방식이 달라진다.

이 격차는 맨션에만 한정된 이야기가 아니다. 같은 동네에서도 높낮이에 따라 미묘한 '격차'가 발생한다. 동네와 번지가 같은데도 땅값이 다른 건 그 때문이다.

당시 내가 살았던 분쿄구는 기복이 심한 지역이었다. 곳곳에 언덕이 있었고, 그 언덕이 골짜기와 고지대를 연결했다. 그렇지만 한번 살아보면 알 텐데, 골짜기에 있으면 볼일을 대체로 골짜기 안에서 해결한다. 고지대에 사는 사람도 마찬가지이리라. 그러므로 언덕은 '연결점'이라기보다 결계라고 해야 합당할지도 모르겠다.

나는 물론이고 그 학교 학생은 대부분 골짜기에 살았다. X도. 더구나 학교가 자리한 곳은 원래 '하수로'였다. 골짜기는 골짜기라도 골짜기의 밑바닥이다. 그렇다, 거기는 '골짜기 밑바닥 거리'였다.

그런데도 놈들은 나를 몹시 낮추보았다. 마치 자신들은 고급스러운 인간인 것처럼 행동하며 타지에서 온 내게 위선으로 가득한 친절을 베풀었고, X에 이르러서는 그 탓에 개죽음을 당했다.

　등신들! 고지대 사람들이 보면 그놈이 그놈이야!

　그런데도 놈들은 주소가 거의 같다는 이유만으로 고지대 주민들처럼 행동했다. 게다가 타지에서 온 나를 거만한 눈으로 내려다보며 애처로워했다. 한마디 하자면 그런 너희가 훨씬 애처롭고, 비참하고, 불쌍하다!

　……그렇게 생각하자 짜증이 급격하게 시들었다.

　짜증이 사라지자 나는 그저 부끄러움이 많은 초등학생이었다. 마치 사람이 변한 것처럼 성실하게 학교에 다녔고, 수업도 얌전히 들었다. 그리고 부드러운 태도로 반 아이들을 대했다.

　어른들은 말했다.

　"환경이야. 이곳의 환경이 저 아이를 바꾼 거야."

　무슨 헛소리냐. 웃기고 자빠졌네!

　나는 변한 게 아니다. 그저 목표가 생겼을 뿐이다.

　이 골짜기를 기어올라 저 언덕 위에서 네놈들을 내려다보겠다.

　……그런 목표가.

―오부치 히데유키,『너무 이른 자서전』에서

1장　　　　　어떤 속셈 (2018/9/모일)

나는 지금 오랫동안 간직해온 어떤 계획을 실행하고자 머리를 굴리고 있다. 자, 일단 어디부터 손을 댈까?

그렇다. 계획을 실행하려면 관계자들의 증언이 필요하다.

오부치 히데유키는 왜 그런 범행으로 치달았을까. 그리고 공범자인 그 여자는 지금 무슨 생각을 할까.

내가 첫 번째 증언자로 선택한 사람은 '법정 화가'였다.

뉴스나 신문에서 본 적 있으리라. 재판 상황을 그린 일러스트를.

'누구나 손쉽게 사진을 찍을 수 있는 시대인데 왜 일러스트일까?' 하고 의아해하는 사람도 많지 않을까.

'미국에서는 재판 사진을 넘어서 영상까지 공개하는데. 일본은 왜 일러스트?'

거기에는 이유가 있다.

일본에서는 형사소송 규칙 제215조 및 민사소송 규칙 제77조에 의거해 재판 중에 법정에서 사진을 찍거나 녹음 또는 방송을 하려면 법원의 허가를 받아야 하기 때문이다. '첫머리 따기'라고 불리는 보도기관용 촬영은 허용되지만, 이것도 보통 재판 시작 전에 2분, 대법원에서는 3분이 주어질 뿐이다. 더구나 촬영 대상은 판사와 검사와 변호사뿐.

그래도 재판 상황을 시각적으로 전달하고 싶다는 바람에서 탄생한 직업이 바로 '법정 화가'다.

내가 '법정 화가'를 처음으로 본 건 1999년쯤이었던가. …… 그렇다, 아직 고등학생 시절이었다. 사회를 공부할 겸 도쿄 지방 법원의 어떤 재판을 방청하러 갔을 때였다.

방청석에는 남아도는 시간을 주체하지 못하는 구경꾼들이 몇 명 앉아 있었다.

내 바로 옆에 앉은 방청인 두 명은 키득키득 웃으며 소곤소곤 이야기를 나누기까지 했다. ……아무래도 그 두 사람은 어떤 유명한 사건의 재판을 방청하러 온 모양이었다. 하지만 방청권을 구하지 못해 기왕 여기까지 온 김에 뭐라도 방청하고 가자…… 하고 마치 멀티플렉스의 인기 있는 영화가 매진돼 관람하지 못했으니 옆의 단관 극장에라도 들렀다 가자는 식으로 편하게 훌쩍 들어온 듯했다. 그래놓고 "더럽게 재미없네" 하며 도중에 법정을 빠져나갔다.

정말 너무한 녀석들이다. 기분 나쁘다.

어처구니없는 기분으로 시선을 돌리는데, 방청석 가장자리에서 숨죽인 채 재판 상황을 스케치하는 한 여성이 눈에 들어왔다.

오롯이 집중한 그 모습에 나는 어쩐지 감동받았다.

그렇다. 방청권을 구하려고 사람들이 장사진을 이루는 재판도, 방청인이 몇 명밖에 없는 재판도 피고인에게는 인생이 달린 중요한 자리다. 방청인은 그 장면의 목격자라고 할 수도 있다. 심심풀이로 영화를 보듯 속 편한 마음으로 임해서는 안 된다. 그 여성은 그런 가르침을 주듯, 스케치북 위에서 펜을 열심히 움직였다.

*

"그 여성은 어쩌면 당신이었을지도 모르겠네요."

내 말에 스즈키 레이코의 입매가 드디어 누그러졌다.

"글쎄, 어떨까요. 설령 그게 저였더라도 1999년쯤이랬죠? ……그렇다면 아직 수련 중이었어요."

수련 중?

"네. 그 무렵은 아직 '법정 화가'가 아니었죠. 학교를 갓 졸업

한 취준생. 당시는 취직 빙하기라고 불렸던 시절이라 취직하기가 하늘의 별 따기였답니다. ……그래서 학교 선배의 연줄로 일을 얻어서 간신히 입에 풀칠을 했죠. 하나에 1000엔이나 800엔을 받고 일러스트를 그렸어요."

하나에 800엔! 아주 저렴한 가격이다.

"상점가 전단지에 넣거나 개인 상점의 홈페이지에 올릴 작은 일러스트라서 그렇죠, 뭐."

아무리 그래도 그렇지…… 그럼 생활은?

"……본가에서 지냈으니까 먹고살 수는 있었죠. ……하지만 부모님에게 기댈 수만은 없잖아요. 그래서 일감의 폭을 좀 더 넓히려고 '법정 화가'를 지망했어요."

그렇구나. 그런데 왜 하필 '법정 화가'를?

"학교 선배의 부업이 '법정 화가'였거든요. 어느 날 너도 한번 해보지 않겠느냐고 하더라고요. 처음에는 망설였는데 '한 장에 2만 엔'이라고 하길래."

한 장에 2만 엔. 일러스트 하나에 800엔을 받고 일했으니 흥미가 생길 만도 하다.

"네. 그래서 해보기로 마음먹었어요. 하지만 뭘 어떻게 해야 하는지 전혀 감이 안 잡히더라고요. 그럼 연습해보지 않겠냐는 선배의 조언에 따라 선배가 일하는 모습을 견학하러 도쿄 지방법원에 갔어요. ……와, 대단하더군요. 5분 정도 만에 두세 장 뚝딱 그려서 스케치화를 총 서른 장쯤 만들어내더라고요. 그

속도와 적확함은 도저히 못 따라갈 것 같았지만, 한편으로 해보고 싶다는 의욕도 솟았어요. 그래서 일단은 연습해야겠다 싶어서 짬만 나면 법원에 가서 방청석이 비어 있는 법정을 골라 스케치를 수련했답니다."

내가 목격한 건 바로 '수련하는 모습'이었던 셈이다.

"그럴 거예요. 연습이라고는 해도 애써 그린 스케치를 그냥 처박아놓기는 아까워서 홈페이지에 올렸죠. 그게 어떤 방송국 사람의 눈에 띄어서 '내일 시간 있습니까?' 하고 의뢰가 들어왔어요."

아주 갑작스러운 의뢰다.

"원래 일을 의뢰했던 일러스트레이터가 아파서 법원에 못 가게 된 것 같더라고요. 그래서 감독이 급하게 인터넷을 검색하다가 저를 발견한 거죠."

즉, 첫 번째 일은 대타였던 셈이다.

"맞아요. 그게 2000년이었어요."

그렇다면 수련한 기간은 약 1년?

"네. 그때 대타로 나설 기회를 얻지 못했다면 '법정 화가'는 못 됐을지도 모르겠네요."

그런데 '법정 화가'가 되려면 뭔가 자격증 같은 게 필요할까?

"자격증은 필요 없어요. 법정 화가 조합…… 같은 조직도 없으니까 그림을 그릴 줄 알면 기본적으로 누구나 법정 화가가 될 수 있죠. 필요한 게 있다면 '연줄'이려나요. 모집하는 형태로 법정 화가를 구하지는 않으니까요. 예를 들어 방송국에서는 버라이어티 방송에 일러스트를 제공하는 일러스트레이터에게 일을 의뢰하기도 하고, 아는 사람의 아는 사람을 거쳐서 일러스트레이터를 찾기도 하죠. 물론 제가 그랬듯이 인터넷에서 찾아서 의뢰하기도 하고요."

누구나 될 수 있다고는 하지만, 그래도 한정된 시간에 나름대로 쓸 만한 그림을 여러 장 그려내야 한다. 나름의 기량은 필요하리라. 아마추어를 아무나 데려와서 써먹을 수는 없는 노릇이다.

"네, 그렇죠. 아마추어는 좀 힘들지도 모르겠네요. 저도 잘나가지는 못했지만 일단은 '일러스트레이터'로 활동했었으니까요."

그렇다면 역시 '법정 화가' 중에는 일러스트레이터가 많을까?

"그럴 거예요. 일러스트레이터가 본업이고 부업으로 '법정 화가' 일을 하는 사람이 많은 인상이죠. ……어디까지나 인상일 뿐 확실하게는 모르지만요. 아까도 말씀드렸다시피 조합 같은 조직 없이 다들 따로따로 일하거든요. 그래서 업무적인 네트워크가 전혀 없다 보니, 지금 받는 단가가 적정한지 아닌지도 잘 모른답니다."

덧붙여 단가는 어느 정도?

"……글쎄요. 한 장에 2만 엔에서 3만 엔 정도려나요."

공판 한 번에 열 장에서 서른 장을 그린다니까, 열 장 그렸다 치고 2만 엔 곱하기 열 장이면.

"아니요, 아니요. 채택되는 건 한 장이니까 그만큼만 받죠. 저 술가도 퇴짜 맞은 원고는 보수를 받지 않잖아요? 그거랑 똑같은 이치예요."

과연. 즉, 공판당 발생하는 보수는 2만 엔에서 3만 엔.

"네. 교통비를 포함해서요."

그렇게 짭짤한 일이라고 할 수는 없을지도.

"그런가요? 제 본업의 단가는 여태 하나당 천 엔 정도니까 아주 짭짤한 편이죠. '법정 화가' 일로 1년에 60만 엔쯤 벌어요."

연 수입 60만…… 그렇다면 한 건에 3만 엔으로 잡으면.

"네. 한 해에 스무 건 정도 의뢰가 들어온다고 할까요. 다달이 한 건에서 두 건은 일이 들어온다는 계산이죠."

과연. 확실히 그 정도로는 본업으로 삼기가 힘들지도 모르겠다.

"하지만 안정감은 있어요. 그러니까 앞으로도 의뢰가 들어오는 한은 계속하려고요. 무엇보다 제 작품…… 작품이라고 해도 될지 모르겠지만 제가 그린 그림이 뉴스를 타고 전국에 소개되니까 이것만큼 기쁜 일은 또 없죠."

표정이 풀린 것도 잠시, 스즈키 레이코는 바로 입술을 깨물었다.

"……기쁘다고 해서는 안 되겠죠. 피고인 입장에서는 구경거리가 되는 거나 마찬가지니까요."

그러더니 손수건을 움켜쥐고 말을 이었다.

"……피고인이 노려본 적이 한 번 있었어요."

법정에서 스케치를 할 때?

"네. '이 뻐드렁니 거북이가'라면서요."

뻐드렁니 거북이. ……옛날에 훔쳐보기 범죄자를 가리켰던 말이다. 피고인이 그런 말을?

"물론 말을 꺼내지는 않았어요. 하지만 제 귀에는 그 소리가 똑똑히 들렸죠. 아주 무서웠어요. 자기혐오도 느꼈고요."

왜 자기혐오를?

"그 전까지는 공판 상황을 한 명이라도 많은 사람에게 전하고 싶다는…… 사명감이랄까 정의감이랄까 그런 마음이 있었어요. 그런데 뻐드렁니 거북이라는 말을 듣고 충격을 받았죠. 일을 그만둘까 싶기도 했고요."

그런데도 계속하는 이유는?

"받아들인 거죠. 제가 뻐드렁니 거북이라는 걸. 공판 상황을 한 명이라도 많은 사람에게 전하고 싶다는 건 명분일 뿐 결국은 개인적인 호기심이 우선이라는 걸요."

과연. 하지만 그건 스즈키 레이코 개인의 호기심이 아니라, 뒤집어서 생각하면 대중이라는 집합체의 호기심이기도 할 텐데.

"그러게요. 저는 대중의 호기심을 채우기 위해 스케치하는 건지도 몰라요. 그렇게 받아들인 후로는 일에 더 의욕이 생겼어요. ……어쩐지 즐거워요, 이 일이."

그렇게 말하고 나서 또 허둥지둥 입을 다물었다. 받아들였다고는 하지만, 역시 마음속 어딘가에 갈등이 남아 있는 걸까. 나는 질문을 바꾸었다.

지금까지 어떤 재판이 제일 인상적이었는지?

"제일 인상적인 재판?"

스즈키 레이코는 움켜쥐고 있던 손수건을 천천히 펼쳤다. 그리고 손수건을 몇 번 더 쥐었다 폈다 하더니 작은 목소리로 말했다.

"……통칭 '분쿄구 부모 강도 살인 사건'이라고 불리는 사건이려나요."

물론 기억한다. 2000년에 일어난 사건이다.

"맞아요. 제가 드디어 법정 화가로 일하기 시작한 해에 발생한 사건이죠. 너무 끔찍한 사건이라 혐오감을 느꼈어요. 한편으로 이렇게 어마어마한 사건을 저지른 범인은 대체 어떤 인간일지 궁금해서 그 모습과 목소리를 실제로 보고 듣고 싶다는 기분도 들었던 것 같네요. 저의 그런 호기심을 꿰뚫어 본 것처럼 어떤 신문사에서 그 사건의 재판을 그려달라고 의뢰했어요. 사건 다음 해였죠."

분쿄구 부모 강도 살인 사건. 도쿄도 분쿄구의 고급 주택지에서 발생한 처참한 사건이다. 꽤 오래된 사건이지만 생생히 기억난다.

어디를 어떻게 봐도 상상을 초월할 만큼 잔혹하고 음침한 사건이었다.

아무 잘못도 없고 인격자로 평판이 높았던 부부가 온몸을 난도질당한 후 콘크리트로 가득한 통에 담겨 땅에 묻혔다. ……한 핏줄인 딸과 딸의 연인인 오부치 히데유키의 짓이었다.

그렇다, 이 사건이 바로 내 계획의 핵심이다.

그래서 나는 스즈키 레이코를 증언자 중 한 명으로 선택한 것이다.

스즈키 레이코는 방청석 제일 앞줄에서 오부치 히데유키를 보았다.

그리고 그 표정 하나하나를 관찰해 그림으로 옮겼다.

첫 번째 증언자로서 이만큼 적절한 인물이 또 있을까.

2장   이다바시에서 (2018/10/1)

  이다바시의 바깥 해자 곁에 자리한 작은 이탈리안 레스토랑. 10월 1일 오후 3시경, 나는 도도로키쇼보 문예부의 하시모토 료와 함께 그곳의 문 앞에 서 있었다.
  하시모토 씨가 약간 긴장한 듯 넥타이 매듭을 만지작거렸다.
  "가사하라 씨는 대개 이 시간에 이 레스토랑에서 식사를 해."
  가사하라?
  "가사하라 도모코. 물론 알지?"
  ……물론 안다. 이 업계의 유명인이다.
  "네 원고, 가사하라 씨에게 읽어달라고 했어."
  원고를? 나는 노골적으로 표정을 찡그렸다.
  가사하라 도모코.

도도로키쇼보의 능력 있는 편집자. 텔레비전 정보방송에서 패널로도 활약한다. ……그렇지만 현재는 현장을 떠나, 임원 중 한 명으로 도도로키쇼보의 천상계에서 직원들을 내려다보는 위치다.

"그런 사람이 지금도 원고를 직접 읽나요?"

꿍얼거리듯이 물어보았다.

"물론이지. 하기야 감이 딱 오는 것밖에 읽지 않지만. 워낙 바쁘니까 말이야. 오늘도 세 시간 후에는 생방송에 출연해야 해. 생방송이 끝나면 정계의 거물과 회식. 그 후에는…… 일본에 없어. 다음 주까지 런던이야. 그러니까 지금뿐이라고. 만날 기회는 지금밖에 없어."

"지금 가사하라 도모코…… 씨를 만난다고요?"

나는 산책하기가 싫어서 고집을 부리는 개처럼 문 앞에 딱 멈춰 섰다.

"그래. ……뭐야, 왜 그래?"

"그게, 너무 갑작스러운 일이라 마음의 준비가 안 돼서요."

"긴장할 것 없어. 서글서글한 사람이니까."

말과는 달리 하시모토 씨의 이마에는 땀이 살짝 맺혀 있었다. 낯빛도 어쩐지 창백했다. 살펴보니 넥타이 매듭을 사형수의 목에 거는 밧줄처럼 단단히 조여놨다.

"괜찮아. 걱정하지 마. 정말로 서글서글한 사람이니까." 하시모토 씨는 넥타이 매듭을 더 조이더니, 기침을 하면서 말했다.

"여간해서는 찾아오지 않는 기회야. 가사하라 씨 눈에 들면 한 단계…… 아니지, 두세 단계는 급이 높은 무대에 설 수 있는 거라고."

"하지만."

"스즈타니 미쓰코, 소메이 가논, 요네무라 미사토, 그리고."

"나시자와 리쓰코?"

"그래, 그래. 나시자와 리쓰코도 그렇지. 그 사람들이 잘나간 건 가사하라 씨가 점찍었기 때문이야."

……다들 비참한 형태로 사라졌든가, 사라져가는 중이지만.

"아무튼 가자."

하시모토 씨는 넥타이 매듭을 더 꽉 조이더니 오른발을 내디뎠다.

"하지만."

그러나 나는 다리가 완전히 굳어서 그 한 발짝을 뗄 수가 없었다.

이 문을 열면 돌이킬 수 없을 것 같은 기분이었다.

……이제 와서 무슨 소리야? 누가 시켜서 여기까지 온 거 아니잖아?

그렇다. 이 기획을 하시모토 씨에게 제출했을 때, 이미 돌이킬 수 없는 곳까지 게임말을 움직인 거나 마찬가지다. 게임말을 움직인 건 물론 나 자신이다.

그래도 좁으나마 도주로는 늘 만들어둔다. 언제나 한 발을 뒤로 뺄고 있다가 여차하면 쏜살같이 달아날 준비도 게을리하지 않았다. 그러니 이 문 앞에서 몸을 돌리면, 혹시 늦지 않을지도 모른다.

역시 그만둘래요. 이번 기획 그만두겠습니다, 하고 달아나면.

"얼른."

하지만 하시모토 씨가 등에 손을 댔다. 예전에 거리에서 마주친 강압적인 판매원과 똑같은 눈빛이었다.

그때도 이런 식으로 문 앞에서 주저하는 내 등을 단단히 붙잡고 문 안쪽으로 밀어 넣으려 했다. ……그리고 어찌저찌하다 보니 영문 모를 상품들을 구입하고 말았다. 문득 정신을 차린 건 30만 엔 대출을 받는 계약서에 사인하고 있을 때였다.

하지만 그 일을 계기로 작가 데뷔에 성공한 셈이다. 당시 경험을 다룬 소설로 도도로키쇼보의 가와세미 신인상을 수상한 덕분에 지금의 내가 있다. 그렇다면 이번에도…….

"이건 엄청난 기회야."

하시모토 씨가 자기 자신을 타이르듯 말했다.

"이 소설이 발표되면 틀림없이 무라사키상 후보에 오르겠지."

무라사키 나오지로상. 도도로키쇼보에서 주최하는 문예상이다. 가와세미상은 공모 신인상이지만, 무라사키상은 프로 작가에게 주어지는 상이다. 무라사키상 후보에만 올라도 작가로서 급이 높아진다.

"그러니까 가자. ……가야 해."

목줄을 잡아당기는 이상, 언제까지고 버틸 수는 없는 노릇이다. 그래. 이 상황에서 하시모토 씨는 그야말로 목줄을 잡고 나를 이끄는 주인 같은 존재다. 지금은 얌전히 따르는 것이 득이리라.

"알겠어요."

나는 평소처럼 웃음을 만들어 붙인 얼굴로 대답했다. 아무리 무시당하고, 멸시당하고, 이해가 가지 않아도 순식간에 웃음을 지을 수 있도록 평소 훈련한다.

"자, 가자."

하시모토 씨가 숨을 크게 들이마셨다.

그리고.

바위처럼 무거워 보이는 문을 아주 간단하게 열어젖혔다.

오후 3시가 지난 시간. 가게에는 사람이 없었다. 맞은편 창문으로 보이는 바깥 해자의 칙칙한 잿빛 수면 때문일까, 아니면 카타콤 같은 내부 인테리어 때문일까, 금방이라도 한숨이 나올 것처럼 기분이 침울해졌다. 들어온 지 얼마 되지도 않았는데 방금 열렸던 문 쪽으로 몸이 향했다.

"영업 끝난 것 아닐까요?" 나는 뒷걸음치면서 말했다. "맞아요. 문 닫은 거예요. 아무도 없잖……."

거기까지 말했을 때 기둥 뒤편에 구불거리는 것 같은 사람 형체가 보였다.

"가사하라 씨!"

하시모토 씨가 부르자 사람 형체는 숨바꼭질하다가 술래에게 들킨 것 같은 어린애처럼 서둘러 기둥 뒤편으로 몸을 쏙 넣었다.

"가사하라 씨!"

하지만 이미 늦었다는 듯 하시모토 씨는 그 테이블로 성큼성큼 다가갔다.

나도 목줄이 잡아당겨진 개처럼 마지못해 따라갔다.

"어머, 하시모토 군. 웬일이야?"

가사하라 도모코는 마치 지금에야 알아차렸다는 듯 눈을 크게 떴다.

"점심을 같이 먹을까 해서요. ……괜찮으실까요?"

"하지만 이탈리아 요리는 입맛에 안 맞는다고 하지 않았어? 전에 가자고 했을 때는 그렇게 말하면서 거절했잖아."

"그때는 정말 실례했습니다. ……실은 이탈리아 요리, 아주 좋아합니다."

"그럴 줄 알았지. ……자자, 앉아."

"감사합니다."

하시모토 씨가 일단 내 의자를 빼주었다. 이런 레이디 퍼스트에는 별로 익숙하지 않다. 보통은 남을 위해 의자를 빼줄 때가 많다. 나는 어색하게 의자에 앉았다.

"그쪽은?"

가사하라 도모코가 드디어 내게 시선을 주었다.

"아, 죄송합니다. 인사가 늦었네요."

나는 의자에 묻은 몸을 다시 일으켰다. 하지만 하시모토 씨가 손으로 부드럽게 제지하고 나를 소개했다.

"새로 들어온 편집 보조원입니다."

어? 나는 어리둥절한 표정으로 하시모토 씨의 옆얼굴을 보았다. 농담하는 표정은 아니었다.

"이야, 아르바이트?"

"네. 어제부터 출근한 신입이라 아직 명함도 없습니다만."

"그런 사람을 벌써부터 부려먹는 거구나. ……아가씨, 이 사람은 아주 '호랑이' 같은 편집자니까 마음 단단히 먹어."

가사하라 도모코가 쏟아내는 시선이 따가웠다.

"……아아, 여자끼리라도 아가씨라고 부르면 성추행이 되는 건가? 그런데 이름은?"

"이다입니다."

하시모토 씨가 대답했다. 동시에 내 발을 살짝 걸어찼다.

"아, 네. 맞아요. ……이다예요. 이다……." 나는 시선으로 창밖을 이리저리 훑었다 "초, ……이다 초입니다."

거짓말을 하기는 어렵다. 게다가 이런 상황에서 그럴싸한 가명이 쉽사리 떠오를 리도 없다.

그건 하시모토 씨도 마찬가지라서 '이다'라는 이름이 튀어나온 것이리라. 지금 우리가 있는 '이다바시'에서 연상한 것이 틀림없다. 그리고 나도 바깥 해자 너머에 우뚝 서 있는 초고층 빌딩을 보고 '초'라고 대답하고 말았다. 저 빌딩 맞은편은 지요다구 후지미(후지산이 보이는 곳이라는 의미가 담긴 이름—옮긴이)다. 거기서 재빨리 연상했다.

하지만 더는 거짓말이 번쩍 떠오를 것 같지 않았다. 다음은 뭘 물어볼지 겁나서 겨드랑이에 진땀을 흘리며 가사하라 도모코의 입술을 바라보았지만, 더는 물어보지 않았다.

"그런데 오늘은 어쩐 일이야?"

다행히도 가사하라 도모코가 하시모토 씨에게 시선을 옮겼다. 나는 어깨에서 힘을 뺐다. 하지만 억울함도 남았다. ……내가 왜 가명을 써야 하는 건데?

웨이터가 물과 물수건을 가져오자 하시모토 씨는 "추천 런치 세트 B로 두 개. 식후 음료는 나중에 다시 시킬게요" 하고 척척 주문했다. 웨이터가 물러간 후 하시모토 씨는 드디어 가사하라 도모코의 질문에 대답했다.

"오늘 찾아뵌 건, ……요전에 보여드린 원고 때문입니다만."

약간 긴장된 목소리였다.

"응? ……빨간 지붕이 어쩌고 하는 원고?"

"네.『언덕 위의 빨간 지붕』입니다."

언덕 위의 빨간 지붕. 바로 내가 쓴 원고다. 겨드랑이에 땀이 더 배었다.

"아아, 그래, 맞아.『언덕 위의 빨간 지붕』."

가사하라 도모코가 흥미 없다는 듯, 물이라도 마시는 것처럼 와인잔을 기울였다.

"읽으셨다고 들었거든요."

"누구한테?" 와인잔 가장자리에 묻은 립스틱을 닦지도 않고 가사하라 도모코가 물었다. "누구한테 들었어?"

"야마구치 편집장한테요." 하시모토 씨의 목소리가 약간 떨렸다. 그걸 얼버무리려는지 물을 단숨에 들이켰다.

"야마구치? 아아. ……요전에 한잔했으니까, 그때 말했는지도 모르겠네."

"바로 읽으셨다고요?"

"그야 그렇지. 그럴 만도 하잖아? '분쿄구 부모 강도 살인 사건'을 모티브로 썼다니까 말이야. 안 읽고는 못 배기지. 그게 그 사건."

가사하라 도모코는 말을 끊고 다시 와인잔으로 입을 막았다.

"그런데, ……어떠셨습니까?"

하시모토 씨가 조심스레 몸을 내밀었다. 나도 저절로 주먹에 힘이 들어갔다.

"야마구치 편집장한테 못 들었어?"

"……네, 뭐, 얼핏 듣기는 했죠."

"뭐래?"

"소재는 좋다고……."

"그래, 소재는 좋아. 하지만 지금 이대로는 글렀어. 이래서는 안 팔려."

"네. 야마구치 편집장도 똑같이 말했습니다. 좀 더 깊이 파고들라고요."

"그래. 실제 사건을 소재로 삼아서 그런가, 어쩐지 조심성이 느껴졌어. 그래서는 논픽션으로 출판해도 화제조차 되지 못해. 오히려 역풍을 맞겠지."

"역풍이요?"

"그래. 독자는 이런 유의, ……실제 사건을 다룬 책에 뭘 기대할까?"

"음……."

"적나라한 묘사야. 미디어의 보도만으로는 알 수 없었던 비밀의 폭로. 그게 없으면 저급한 독자의 기대에 부응할 수 없어."

출판사에는 신이나 마찬가지일 독자를 두고 '저급하다'는 막말을 하다니 과연 도도로키쇼보의 '여제'다웠다.

"그런데 그 원고는 너무 '고상'했어. 그렇다기보다 소꿉놀이하는 수준이었지. 그래서는 저급한 독자의 심금을 울릴 수 없어. 좀 더 질척질척한 피 냄새가 풍겨야지."

전채 요리를 가져온 웨이터가 동그래진 눈으로 가사하라 도모코를 보았다. 하지만 가사하라 도모코는 개의치 않고 말을 이었다.

"질척질척한 피 냄새, 알겠어?"

"그러니까."

하시모토 씨가 끼어들려고 했지만, 가사하라 도모코는 그 말을 막고 와인을 물처럼 꿀꺽꿀꺽 마신 후 말했다.

"그 원고의 저자는 어처구니없을 만큼 아무것도 몰라. 사건에 관해서는 물론, 우리 사회와 인간에 관해서도. 그 사람, 몇 살이야? 어차피 젊겠지. 젊은 사람 중에 흔한 유형이야. 기껏해야 이십몇 년 살면서 보고 들은 것이 세상의 전부라고 착각하지. 실제로는 큰 바다를 떠다니는 작은 유리병 속의 미세한 플랑크톤 정도 수준밖에 모르면서. 그런데도 그들은 유리병이야말로 전부라고 믿고, 유리병에서 살짝 고개를 내민 정도로 세상의 이치를 깨달은 것처럼 설쳐. '세상은 기껏해야 이 정도'라며 유리병에서 기어 나올 생각도 하지 않고 으스대는 태도로 세상을 논하지. 난 그런 인간이 정말 싫어. 아니, 싫다는 감정도 품고 싶지 않을 만큼 무시하고 경멸해."

그렇게 심한 말을.

나는 끓는 물과 얼음물을 한꺼번에 머리부터 뒤집어쓴 것 같은 패배감을 맛보았다. 견디기 힘든 굴욕감도.

분한 나머지 눈 아래쪽에 열기가 서서히 고였다.

안다. 이게 출판업계 특유의 갑질이라는 것을. 이 업계 인간들은 죄다 이렇다. 힘없는 햇병아리 신인을 말로 몹시 괴롭히고 닦아세워서 발밑에 무릎 꿇리려고 한다. 그런 작자를 수없이 보았다.

……특히 여자는 일단 지위를 차지하면 인정사정없다. 어제

까지만 해도 생글생글 웃으며 뒤따라 걷던 사람조차 일단 높은 곳에 서면 이런 말을 내뱉는다.

"당신은 아무것도 몰라."

자신의 무지는 제쳐놓고.

자신의 무능함은 제쳐놓고.

가사하라 도모코라는 이 여자가 대체 뭐 얼마나 대단해서? 분명 이름난 편집자다. 하지만 그것도 '도도로키쇼보'라는 든든한 뒷배가 있기 때문이다.

옆에 앉은 하시모토 씨도 마찬가지다.

그렇다. 여기 올 때 탔던 택시. 이 사람은 아주 거만한 태도로 택시 티켓(주로 기업이나 단체에서 많이 사용하는 후불제 택시 이용권—옮긴이)을 운전기사에게 건넸다. 그 택시 티켓도 '도도로키쇼보'라는 뒷배 덕분에 사용할 수 있는 것 아닌가.

혼자서는 아무것도 못 하는 주제에. 혼자서는 하찮은 엑스트라인 주제에. 그런데도 마치 자신이 세상을 움직인다는 착각에 취해 있다.

그렇게 속으로 욕을 퍼붓는 나 또한 이 세상에서는 하찮은 '엑스트라'에 지나지 않는다.

그렇다. 결국 우리는 '엑스트라'다. 엑스트라끼리 촌극을 벌이는 것에 불과하다.

……그렇게 생각하자 어째선지 지금까지 느꼈던 긴장과 불안과 굴욕이 쑥 빠져나갔다.

나는 자세를 바로 하고 눈앞의 가사하라 도모코를 다시금 바라보았다.

텔레비전으로 봤던 것보다 몸집이 작다. 젊어 보이게 꾸몄지만 주름의 숫자와 깊이에서 제 나이가 보인다. ……분명 무슨 방송에서 올해 쉰네 살이라고 했는데, 각도에 따라서는 더 나이 들어 보이기도 한다. 와인잔을 잡은 손은 마치 할머니 같다.

텔레비전이나 주간지에서는 재색을 겸비한 미녀라고 치켜세웠지만, 그건 역시 조명을 활용한 트릭이었나.

어떤 의미에서는 딱한 사람일지도 모른다. 매스컴이 만들어낸 허상과 날마다 늙어가는 실상 사이에서 뭔가에 홀린 듯 와인을 벌컥벌컥 마시는 외톨이 여자.

……그렇게 생각하자 10년 묵은 체증이 쑥 내려가는 기분이었다.

나는 전채로 나온 키슈를 집었다.

"……그래서 이번에 고치라고 했습니다."

지금까지 여제 가사하라의 독무대를 허용했던 하시모토 씨가 드디어 끼어들었다. 손에 원고 뭉치를 들고서. 오늘 아침에 내가 보낸 원고다.

이틀 전, 하시모토 씨가 원고를 고치라고 했다.

"역시 다시 써."

그토록 절찬했으면서. 뭐야, 왜 느닷없이 손바닥을 홱 뒤집듯 그러는 건데?

"전체적으로는 이걸로 괜찮아. 하지만 고쳐."

왜냐고 묻자 이런 말이 돌아왔다.

"상층부의 눈에 들기 위해서지. 상층부는 뭐랄까, ……임팩트 있는 이야기를 좋아하거든. 게다가 좀 천박할 만큼 자극적인 임팩트를. ……그러니까 고쳐. 모레까지."

"모레요?"

2년 걸려서 쓴, 400자 원고지로 환산하면 700매가 넘는 원고를 이틀 만에?

"아니, 전부 고칠 필요는 없고 초반부만. 어차피 거기밖에 안 읽을 테니까. 이번에도 처음 몇 장만 읽고 글렀다고 퇴짜를 놨거든."

"……글렀나요?"

"아니, 그렇지 않아. 전혀 그르지 않았어. 그것만큼은 믿어줘. ……하지만 확실히 초반부가 너무 얌전했는지도 모르겠어."

"하지만 그건. ……여러모로 상의해서 그러기로 했잖아요! 폭풍 전의 고요함…… 그런 인상을 노리고!"

"아아, 그랬지. ……하지만 그건 상층부의 취향이 아니야. ……생각해봤는데, 우선은 인터뷰를 넣으면 어떨까?"

"인터뷰?"

"응. 사건 당사자를 아는 사람들의 인터뷰."

"하지만 이틀밖에 없잖아요?"

"괜찮아. 이틀이면 할 수 있을 거야. 인터뷰 대상은 이쪽에서 뽑아뒀어."

"하지만……!"

"부탁이야. 제발 한 번만 꺾여주면 안 될까. 제발, 부탁 좀 하자……!"

자존심으로 똘똘 뭉친 듯한 하시모토 씨가 이렇게까지 저자세로 나오는 건 보기 드문 일이다. ……나는 결국 하시모토 씨의 지시에 따라 이틀간 밤을 새워가며 초반부를 고쳤고, 결과물을 오늘 아침에 메일로 보냈다.

그걸 출력한 원고 뭉치를 하시모토 씨가 여제에게 공손하게 내밀었다.

여제는 약간 난폭하게 원고를 받아 편의점에 서서 주간지를 훑어보는 것처럼 펄럭펄럭 넘겼다.

15분쯤 지났을 무렵.

"음, 나쁘지 않네. 좋아졌어."

여제는 뭔가를 찾으려는 듯 버킨백을 끌어당겼다. 하지만 금방 어깨를 움츠리고 말했다.

"금연하라고 했지, 참."

담배 피우기를 포기한 가사하라 도모코는 허전한 입술을 달래려는 건지 오른손 집게손가락으로 연신 입술을 문질렀다.

그리고 다시 말했다.

"나쁘지 않아. 좋아졌어. 재미있네, 이 원고."

"정말인가요?"

나는 내가 '이다 초'라는 사실도 잊고 목소리를 높였다.

어느 틈에 나왔는지 주요리인 새끼 양고기구이가 완전히 말라버렸다.

"이거라면 합격점이지. 얼른《주간 도도로키》에 실어."

엇? ……《주간 도도로키》?

당황한 나를 본체만체 하시모토 씨가 벌떡 일어섰다.

"감사합니다! 그럼《주간 도도로키》에."

"응. 편집부에는 내가 말해둘게. 그런데 즉시 연재 시작할 수 있어?"

"물론이죠!"

"기간은…… 반년 정도? 아니면 1년?"

"8개월 정도를 목표로 하겠습니다. 연재가 끝나면 즉시 단행본으로 간행할 예정입니다. 내년 이맘때에는 서점에 진열하고 싶네요."

"아아. 무라사키 나오지로상의 후보가 선정될 시기로군."

"네. 그때는 꼭 추천 부탁드립니다."

"알았어. 대신에 걸작을 만들어내."

"물론입니다!"

……어? 연재? ……《주간 도도로키》?

하지만 하시모토 씨는 문예부 소속. 분명 예전에 이렇게 푸념했다.

"《주간 도도로키》에 연재만 할 수 있으면 크게 성장할 텐데……. 하지만 거기는 문예부에 냉담해. 그렇다기보다 숫제 무시하지."

……과연, 그래서 여제에게 직접 원고를 보여준 건가. 여제의 취향에 맞춰 임팩트 있고 자극적인 내용으로 원고를 고치면서까지.

이렇게 된 이상, 역시 돌이킬 수 없다.

하시모토 씨를 보자 "연재, 연재, 연재" 하고 마치 노래하듯 흥얼거리고 있었다.

나는 완전히 식어버린 새끼 양고기구이에 드디어 나이프를 댔다.

3장 연재 개시

■ 분쿄구 부모 강도 살인 사건의 개요

2000년에 발생한 분쿄구 부모 강도 살인 사건은 도쿄도 분쿄구에 사는 의사 부부가 남녀 2인조에게 살해당한 사건이다. 남녀 중 여성은 살해당한 부부의 친딸 S로, 당시 18세였고 명문 여학교에 다녔다.

2000년 6월 12일, 도쿄도 분쿄구 고텐마치에 거주하는 의사 아오타 마사야 씨(48)와 역시 의사인 아내 아오타 사치코 씨(47)가 자택 근처 맨션 건설 현장에서 끔찍하게 살해된 시체로 발견됐다. 사인은 둘 다 자상에 의한 과다 출혈로, 온몸을 난도질 당한 후 콘크리트에 담가졌다.

그날 밤, 수사본부는 살해당한 아오타 씨 부부의 딸 S(18)와 S

의 교제 상대인 오부치 히데유키(21)를 체포했다.

두 사람은 생활비를 얻기 위해 부부를 살해하기로 계획했고, 살해 후 현금 50여만 엔 외에 통장과 집문서 등을 훔쳤다.

이듬해 4월에 시작된 재판에서는 누가 계획을 세운 주범이고, 누가 부부를 직접 살해했느냐가 쟁점으로 부각됐다.

오부치 히데유키와 S의 주장은 죄다 엇갈렸다. 오부치 히데유키는 S가 범행을 주도했다는 입장을 고수했고, S도 자신은 오부치 히데유키에게 세뇌당했을 뿐 부모님을 직접 살해하지 않았다는 주장을 번복하지 않았다.

2005년, 도쿄 지방 법원은 오부치 히데유키에게 사형을, S에게는 무기징역을 선고했다. 오부치 히데유키와 S는 항소에 이어 상고도 했지만 양쪽 다 기각돼서 2015년에 형이 확정됐다.

■ 법정 화가의 기억

제가 '분쿄구 부모 강도 살인 사건'의 범인 오부치 히데유키를 본 건…… 도쿄 지방 법원의 법정에서였어요.

어떤 신문사의 의뢰를 받고 갔었죠.

화제에 오른 사건이었으니까요. 물론 방청권을 구해서요. 방청석은 쉰두 개인데 천 명 넘게 줄을 섰다고 들었어요. 신문사 쪽도 아르바이트생을 꽤 많이 고용해서 줄을 세운 모양인데, 입수한 방청권은 달랑 한 장뿐이었죠. 그 한 장을 담당 기자와 제가 나눠서 썼답니다. 일단 제가 방청석에 앉아서 오부치 히데유키를 스케치하고 나서 담당 기자와 교대하는 식이었어요.

개정 시간이 되자 저는 피고인의 얼굴이 잘 보이는 곳을 차지하기 위해 앞에서 두 번째 줄의 오른쪽 끄트머리 자리로 달려갔어요. 자리에 앉은 순간 뭐라 형용할 수 없는 긴장감이 몰려와서 온몸에 땀이 송골송골 맺힌 게 기억나네요.

물론 그날이 처음은 아니었어요. 법정 화가 일을 시작한 지 1년은 됐을 거예요. 그런데도 묘하게 긴장돼서 땀에 푹 젖은 거죠.

왜냐하면 사건이 너무 흉악하고 악마적이었거든요.

그전에도 흉악한 사건을 몇 건 담당하긴 했지만, 이만큼 악질적이고 역겨운 사건은 없었어요. 일하기에 앞서 사건을 미리 예습하는데, 그때만큼은 자료를 다 못 읽었어요. 두세 장만 읽었는데도 위장이 찌릿찌릿 아프고 구역질이 날 정도였죠. 계속 읽다간 분명 트라우마로 남을 것 같아서 내팽개쳤답니다.

그래서 실은 일 자체를 거절하려고 했어요. 제 뜻을 전하려고 신문사에 연락했더니…… 보수를 두 배로 주겠다지 뭐예요?

아아, 저도 결국은 돈의 노예인 거겠죠. 결국 돈에 눈이 멀었으니까요.

방청석에 앉아 있으니 어리석은 저 자신이 얼마나 밉던지. 가능하면 시간을 되돌려서 도저히 못 하겠다고 거절하고 싶을 정도였어요. 그런 끔찍한 사건을 저지른 인물을 관찰해서 스케치해야 하다니……!

인물 스케치는 어떤 의미에서 그 인물의 인생을 트레이싱하는 작업이기도 해요. 그 인물의 됨됨이를 순식간에 캐치해서 종이에 재현하는 작업이죠. 즉, 머릿속으로 그 인물에게 바싹 다가가거나…… 때로는 그 인물과 동일화할 필요가 있어요.

 법정 그림은 더욱 그렇고요. 단시간에 피고인의 됨됨이를 적확하게 표현해야 하니까요. 즉 ……고작 몇 분이라고는 하지만 그렇게 끔찍한 사건을 저지른 흉악범과 머릿속에서 하나가 돼야 하는 거라고요!

 그렇게 생각하니 땀이 나는 걸 넘어서 몸이 벌벌 떨리더군요. 특히 다리가 심하게 떨려서 덜컥덜컥하는 소리가 법정 전체에 울릴 지경이었어요. 저는 두 다리에 힘을 꽉 주고, 예의 없다는 걸 알면서도 다리를 꼬았죠. ……그래도 떨림이 멈추지 않더라고요. 오히려 더 심해져서 양옆에서 매서운 시선이 날아들었고, 울타리 너머에 있는 변호사와 검사도 경고하는 듯한 시선을 퍼부었죠.

 아아, 진짜, 그냥 돌아가고 싶다! '법정 화가'로서 신용이고 일감이고 다 잃어도 상관없어. 나한테는 무리야!

 그런 생각이 드는 한편으로 그저 '두려움'과 '혐오감' 때문에만 긴장되는 게 아니라는 사실을 깨달았죠.

 호기심. 네, '흉악범'을 직접 본다는 호기심에서 비롯된 긴장감이었어요. 유령의 집에 들어갈 때 느끼는 긴장감과 비슷하죠. 또는 마담 투소의 밀랍 인형 박물관에서 중세 유럽의 고문 구역에 접어들기 직전에 맛보는 묘한 초조함과도 비슷하다는 걸 깨달았답니다.

그래요. 마음 한구석으로는 피고인이 등장하기를 목 빠지게 기다렸던 거예요!

아아. 돈의 노예로 모자라 천박한 구경꾼이 돼버린 거죠.

자학적으로 그런 생각을 하고 있는데 피고인석 쪽 문이 열리더니, 수갑을 차고 허리에는 포승줄을 묶은 피고인이 두 교도관에게 이끌려 법정으로 들어왔죠.

······오부치 히데유키였어요.

긴장감이 정점에 다다랐어요. 긴장이 더는 올라갈 수 없는 곳까지 도달하면 인간의 몸은 반대로 작용하도록 설계된 거겠죠. 목덜미에 차가운 것을 쏟아부은 듯한 느낌과 함께 열기가 싹 가시더군요. 어쩌면 공포의 대상과 대치했을 때 느껴지는 한기였을지도 모르고요.

맞아요, 한기가 틀림없어요.

그야 엎어지면 코 닿을 곳에 '괴물'이 나타났으니까요.

그야말로 산속에서 불곰을 마주친 것처럼 무섭더군요. 아까 벌벌 떨리던 것까지 억제돼서 몸이 완전히 경직됐어요. 그래도 온몸의 힘을 손끝에 집중해서 연필을 꽉 잡았죠.

그때 그린 스케치화를 지금도 보관하고 있어요. ······어디 처박아둔 게 아니라 벽에 붙여놨죠.

······정말로 잘생겼어요.

캐리커처 기법으로 꽤 희화화해서 그렸는데도 말이죠. 그 인물의 결점이라고 해야 할 특징을 과장해서 그리는 것도 법정 그림의 기술 중 하나거든요.

하지만 그에게는 '결점'이 없었어요. 소위 이목구비가 단정한 얼굴이었답니다.

그래요, 그는 아주 멀끔하게 생겼어요. 아무래도 그렇게 흉악한 사건을 저지른 범인 같지 않았죠.

사건 당시 그는 스물한 살. 하지만 더 어려 보였어요. ……네, 소년 같은 분위기였어요.

그리고 훗날, 저는 그 사건의 공범자로 체포된 여자의 재판도 방청했어요.

맞아요. 아오타 사야코요.

아오타 사야코는 당시 18세라 미성년자였지만, 훨씬 어른 같아 보였어요. 도저히 열여덟 살 같지 않은 분위기라…… 어쩐지 닳디닳았다고 할까요.

신문사에서 제공해준 자료에는 늘씬하고 청초한 미인 여고생이라고 적혀 있었는데요.

도저히 그래 보이지는 않았어요.

머리는 그야말로 푸딩. 네, 거의 금색에 가까운 색으로 염색했는데 뿌리 부분 10센티미터 정도만 새까맸죠. 눈썹도 거의 없었고요. 아마도 꽤 옛날부터 뽑아서 더는 나지 않은 것 아닐까요. 손등에는 문신까지. ……이른바 '날라리'였죠. 그것도 꽤 질이 안 좋은 양아치.

그런데 왜 미디어에서는 '늘씬하고 청초한 미인 여고생'이라고 보도한 걸까요?

그러고 보니 들어봤어요. 경찰은 편들고 싶은 쪽을 '미녀'나 '미남'으로 표현한대요. 그래야 미디어나 일반 시민에게 동정받을 수 있기 때문이라나요. 그러니까 사건이 발생했을 때 경찰은 분명 오부치 히데유키를 주범, 사야코는 그에게 부추김을 당한 공범으로 인식한 거겠죠. 친딸이 부모를 그렇게 잔인하게 살해할 리 없다, 틀림없이 남자가 주범이라고요.

미디어도 사건에 말려든 '청초한 미인 여고생'으로 보도해야 독자의 반응이 좋으리라고 판단했을 테고요.

재판을 보면 명백한데 말이죠.

그 두 사람을 실제로 보면 어느 쪽이 '악'인지 일목요연한데 말이에요.

네, 단언할게요. 그 사건은 아오타 사야코가 주도해서 일으킨 거예요. 오부치 히데유키는 아오타 사야코에게 끌려가는 형태로 공범이 된 것에 불과하고요.

오부치 히데유키에게도 잘못은 있겠죠.

하지만 그는 대중이 생각하는 만큼 '나쁜 인간'이 아닙니다. 굳이 말하자면 나쁜 척했을 뿐이에요.

그 수기도 문제였죠.

『너무 이른 자서전』.

그것 때문에 그의 '악인' 같은 태도가 더욱 강조되고 말았어요.
하지만 제가 보기에 그건 진정성 있는 글이 아니에요.

출판사 편집자가 그를 구워삶아 있는 말 없는 말을 지어내서 쓰게 한 거죠. ……그뿐만 아니라 원고를 멋대로 고쳤다고 들었어요. 오부치 히데유키 모르게 수기 첫머리에 오래된 소설을 한 구절 인용하기도 했다나 봐요. ……『태양이 없는 거리』였던가요.

분명 그는 어릴 적에 그 동네에 살았었대요. 하지만 아주 잠깐요. 그래서 기억에도 거의 없다는군요.

'언덕 위의 빨간 지붕'도 그는 기억하지 못했어요. 그런데 그 수기에서는 어릴 적에 르상티망(자신보다 우월하다고 느끼는 대상에게 품는 원한, 질투, 적대감을 가리키는 말—옮긴이)이 싹튼 것을 계기로 그 사건을 저질렀다…… 그런 흐름이에요. 어릴 적에 우연히 봤던 빨간 지붕 집, 그곳이 훗날 '분쿄구 부모 강도 살인 사건'의 무대가 된다는 줄거리죠.

억지도 그런 억지가 어디 있어요!

그는 아주 슬퍼했어요. 하지만 결국은 사형수, 고소할 마음도 안 든다, 어쩔 수 없다……라며 체념했죠.

그래도 되는 걸까요?

사형수에게는 인권이 없다는 건가요?

사형수에게는 어떤 엉터리를 들이대도 저항할 권리가 없다는 거예요?

하지만 그는 이렇게 말했어요. ……이제 됐다고. 세상이 자기를 '악인'으로 만들고 싶어 한다면 모든 것을 받아들이겠다고.

네? 제가 그런 걸 어떻게 아느냐고요?

그건.

……다 알고서 오늘 연락하신 것 아닌가요?

저는 오부치 히데유키와 옥중 결혼했어요.

네, 저는 그의 아내예요.

그러니까 싸울 겁니다.

남편의 명예를 되찾기 위해, 그리고 남편의 결백을 증명하기 위해.

곧 재심을 청구할 작정이에요.

■ **이벤트 회사 사장(시즈오카현 I시 거주)의 증언**

네, 확실히 오부치 히데유키는 소행이 안 좋았습니다.

그렇다고 해서 그렇게 엄청난 사건을 저지르겠느냐는 것이 솔직한 심정이에요.

오부치 히데유키가 고등학생일 때부터 아는 사이입니다.

저희 회사에서 아르바이트를 했거든요, 고등학교 1학년 때부터.

회사라고 해봤자 방 한 칸을 빌려서 사무실로 삼은 영세업자예요. 쉽게 말해 이벤트 업체랄까…… 대행업체라고 하는 편이 정확하려나.

아무튼 무슨 일이든 했습니다.

오부치 히데유키가 아르바이트를 하게 된 계기는 인형탈 쇼예요. 인형탈을 쓸 사람을 모집했는데, 그가 지원했던 거죠.

당시 받았던 이력서가 남아 있습니다.

……고등학교 1학년 시점에 이미 네 번이나 전학을 경험했어요.

부모님이 자주 전근한 건지, 아니면 가정환경이 복잡했던 건지 궁금해서 넌지시 물어봤죠.

초등학교 5학년 때 부모님이 이혼해서 도쿄도 분쿄구에 사는 친할머니에게 맡겨졌지만, 할머니도 돌아가셨다. 어머니가 사는 가나가와현 A시로 돌아갔지만 어머니도 곧 세상을 떠났다. 그 후에는 도쿄도 M시에 사는 아버지가 거두어주었지만, 아버지의 여자친구와 잘 지내지 못해 시즈오카현 I시에서 음식점을 하는 외할머니에게 맡겨졌다. 현재는 거기에 산다.

그런 이야기를 술술 늘어놓더군요.

"돈을 모아서 독립하고 싶다"라는 말도 했고요.

아무래도 외할머니와도 사이가 좋지 못했던 모양이에요.

성장기를 그렇게 보내서인지 약간 비뚤어진 인상이기는 했지만, 맡은 일은 잘 해냈어요. 머리가 잘 돌아가고 사교성도 있었죠. 그래서 인형탈 아르바이트로 채용했는데, 점차 제 오른팔로서 사무실 일을 맡기게 됐죠.

그렇게 어깨너머로 일을 배우더니 혼자 일을 따내더라고요. 어느 틈엔가 제 회사 안에 그의 회사가 있는 것 같은 형태가 됐죠.

무슨 일을 했느냐고요? 그러니까 각종 이벤트의 기획 및 운영입니다.

이벤트 내용은 뭐냐고요? 그러니까 인형탈 쇼를 하거나, 음식점 행사에 예능인을 섭외하거나, 때로는 영화나 텔레비전 촬영의 로케 현장을 세팅하고 엑스트라를 모집하거나……

그것뿐이냐고요?

……난감하네. 그렇게 물어보면 뭘 어떻게 대답해야 할지.

……여기서만 하는 이야기로 해주십시오.

시즈오카현 I시는 예로부터 관광지로 유명하죠. 그것도 온천으로요. 그래서 도우미를 알선하는 업무가 많습니다. 네, 당신이 상상하는 것처럼 '밤'의 이벤트입니다. 여자 접시 쇼(나체 또는 속옷만 입은 여성의 몸 위에 초밥이나 생선회를 올려서 제공하는 쇼―옮긴이)나 SM 파티같이 좀 수상쩍은 내용의 이벤트를 기획한 적도 있습니다.

그렇다고 해서 쇠고랑을 찰 만한 짓은 하지 않아요. 설령 도우미와 손님이 무슨 문제를 일으킨대도 그건 본인들이 책임져야 할 일입니다. 저희는 일절 상관없어요.

……하지만 오부치 히데유키는 적극적으로 나섰어요. …… 그러니까 매춘 알선 같은 일에요.

그가 처음으로 그런 일에 손댄 건 고등학교 2학년 때였나. 도쿄에서 텔레비전 드라마 촬영팀이 왔어요. 그때 엑스트라를 모집한다는 명목으로 여고생과 여중생을 모아서 배우들에게 제공해주었죠. 그 사실을 알고 그와 손을 끊기로 마음먹었습니다. 그렇게 위험한 짓을 하는 놈과 같이 일하면 제 목도 위험할 것 같아서요. ……그래서 사무실에서 쫓아냈죠.

실제로 '성폭행' 당했다며 여중생의 부모가 들고일어나서 경찰이 개입할 뻔했어요. 하지만 여중생과 관계를 맺은 배우의 소속사가 간신히 합의를 봐서 유야무야 넘어갔습니다. 그럼에도 워낙 작은 도시라 경찰에도 그 정보가 흘러들었고, 오부치 히데유키는 블랙리스트에 올랐습니다. 그래서 여기에도 머물 수 없게 됐죠. 결국 고등학교를 중퇴하고 도쿄에 갔다고 들었어요.

그러던 어느 날 오부치 히데유키가 여기로 훌쩍 돌아온 적이 있었어요. 괜찮은 후원자를 얻었는지 통 크게 돈을 썼죠. 과시하듯 고급 손목시계를 보여주기도 했고요. 그리고 이런 소리를 했습니다. ……도쿄에서는 호스트로 일하면서 돈 많은 여자들을 갈아타고 다닌다고. 확실히 녀석은 잘생겼으니까요. 아이돌 그룹으로 활동해도 될 법한 얼굴에다 말솜씨도 뛰어나니까 홀딱 빠져드는 여자도 있을 법해요. 아무리 그래도 그렇지, 스무 살이 될까 말까 하는 녀석에게 100만 엔도 넘는 시계를 주는 건 대체 무슨 정신머리일까요? 정말 어이가 없다니까요.

게다가 그 후원자는 오부치 히데유키의 주도하에 거창한 이벤트를 치를 예정이라 사전 조사차 그를 여기로 보낸 거예요.

대형 출판사에서 일한다는 그 후원자가 이 도시에서 미인 대회 같은 걸 열고 싶댔나. ……뭐, 세세한 이야기는 잊어버렸지만 어쨌든 오부치 히데유키는 미인 대회에 참가를 신청한 수많은 미녀를 데리고 여기로 돌아온 겁니다.

그야말로 주지육림. 녀석은 사흘 밤낮 미녀들에게 둘러싸여 환락에 취했죠.

그런 미녀 중 한 명이 아오타 사야코였습니다.

인상은 희미했어요. 다들 왁자지껄 떠드는데도 혼자 구석에 처박혀 있을 것처럼 수수한 아이였죠.

다만 제가 오부치의 옛날 지인이라는 걸 알고는 제게 찰싹 달라붙어 오부치에 관해 이것저것 묻더군요. 좋아하는 음식이나 색깔같이 사소한 것들을요. 하지만 필사적이었어요. 그래서 어쩐지 기억에 남아 있습니다.

아오타 사야코는 정말로 필사적이었습니다. 오부치 히데유키의 마음에 들고 싶고 다른 여자들을 제치고 싶다는 열의가 강하게 느껴졌죠. 왜, 별것 아닌 남자라도 경쟁자가 많으면 투쟁심이 불타오르잖아요. 바로 그런 심리 상태 아니었을까요?

"그 녀석은 '날라리'를 좋아해. 그것도 금발 날라리." 제가 농담으로 그렇게 말했더니, 그길로 미용실에 달려가 금색으로 염색하고 올 정도였다니까요! 투쟁심이 모든 것을 불태울 만큼 활활 타오른 거겠죠.

그야말로 '상사병'에 걸린 느낌이었습니다. 더구나 중증이었어요. 성실하고 내향적인 여자일수록 일단 사랑에 빠지면 폭주하잖습니까.

아오타 사야코는 그전까지만 해도 부모님과 선생님 말을 잘 듣는 모범생 아니었으려나. 하지만 그런 아이일수록 위험해요. 뭔가를 계기로 폭주해서 제동 장치가 망가지거든요.

아오타 사야코는 '사랑'이 계기였던 거겠죠.

한편 오부치 히데유키는 난색을 보였어요. 마구 들이대는 아오타 사야코를 멀리하고 싶어 하는 눈치랄까요. 이런저런 핑계를 대서 도쿄로 돌려보내려고도 했고요.

어느 날 이런 소리를 했습니다.

"……사야코는 정상이 아니야. 뭔가 광기가 느껴져. ……무서워"라고요.

저도 동감이라 녀석에게 한마디 했죠.

"걔한테서 손 떼. 아니면 어마어마한 지옥으로 끌려갈 거야"라고요.

하지만 제 충고는 헛수고로 끝났습니다.

그로부터 반년 후, 그는 체포됐어요.

'분쿄구 부모님 강도 살인 사건'의 범인으로.

―《주간 도도로키》10월 25일 호에서

4장   가구라자카에서

"평판이 좋아."

도도로키쇼보 문예부 소속 하시모토 료가 들뜬 목소리로 말했다.

가구라자카에 있는 한 빵집, 나는 그곳의 취식 공간으로 불려 나갔다.

작은 테이블이 두 개에 의자가 네 개뿐인 좁은 공간이지만, 하시모토 씨가 좋아하는 곳이라 미팅 장소는 반드시 여기다.

하시모토 씨는 평소처럼 찐빵과 샌드위치, 그리고 커피. 나는 작은 애플파이와 밀크티.

인기 있는 가게인지 사람들이 끊임없이 들락날락했다. 그런데도 취식 공간은 늘 비어 있다. ……뭐, 확실히 여기서 느긋하게 먹고 가려는 생각은 별로 안 들겠지. 빵의 재료인지 바로 뒤에 골판지박스가 높이 쌓여 있어서 정신 사납다.

그렇지만 하시모토 씨는 마치 자기 집에서 쉬는 것처럼 편안하게 찐빵을 덥석덥석 집어 먹었다.

"실은 우리 본가야, 여기." 하시모토 씨가 느닷없이 그런 소리를 했다.

"네?"

"그래서 이 자리는 내 특등석이지. 평소엔 물건을 놔둬. 내가 올 때만 자리를 비워주는 거야."

"······그랬군요."

"하기야 지금은 고모 부부가 물려받았으니 우리 집은 아니지만."

"······부모님은요?"

"이혼하고 어머니는 집을 나갔어. 그 후에 아버지도 돌아가셨지. 그래서 가게를 고모 부부가 물려받은 거야."

"······아, 죄송해요. 저 때문에 언짢은 기억이 떠오르셨겠군요."

"아니야. 언짢기는 뭘. 부모님은 내가 취직해서 독립한 후에 이혼하셨어. ······원만하게 합의해서 말이야. 그러니 그렇게 언짢은 기억은 아니지."

"그래도 죄송해요. 사적인 질문을 해서."

"그것참. 그렇게 굽실거려서 어쩌자는 거야? 그래서는 이 일

못 해 먹어."

하시모토 씨는 남은 찐빵을 입에 욱여넣고 꿀꺽 삼키더니 말을 이었다.

"빈집털이처럼 남의 내면에 흙발로 성큼성큼 들어가서 뭔가 좋은 소재가 없는지 닥치는 대로 뒤지는 게 우리 일이야. 조심스러워하거나 굽실거리는 태도는 버려야 해."

"……그렇군요."

"그건 그렇고 가사하라 씨가 칭찬했어. 원고가 괜찮대."

가사하라 도모코. 도도로키쇼보의 임원이자 이 업계에서는 '여제'로 불리는 인물이다. 그 여자의 말 한마디로 《주간 도도로키》에 연재할 기회를 얻었고, 어제 1화가 실렸다.

"첫출발이 아주 좋아."

하시모토 씨는 샌드위치 포장지를 솜씨 좋게 펼치며 말했다.

"선민의식이 대단해서 남을 절대 칭찬하지 않는 《주간 도도로키》 편집부도 다음 이야기가 기대된대. ……녀석들, 평소는 절대로 그런 소리 안 하거든. 자신들 말고 다른 것들은 깎아내리도록 교육받았으니까."

"……그런가요?" 그런 사람들에게까지 칭찬받다니 입꼬리가 저절로 올라갔다. 그런데 "하지만" 하고 하시모토 씨가 인상을 찌푸렸다. "내 생각에는 아직 멀었어. 아직 몰아붙이는 힘이 모자라."

"……네?" 내 입꼬리가 저절로 내려갔다.

4장 가구라자카에서

"이미 받은 원고는 됐다 치고."

연재 3화 분량에 해당하는 원고는 이미 보냈다. 교열도 거쳤으므로 연재되기만 기다리면 된다.

"하지만 다음부터는 좀 더 깊숙이 파고들도록 해."

"네? ……하지만."

초반부만 고치면 된다고 해서 원고지 100매 정도 분량을 대폭 수정해서 보냈다. ……혹시 그다음 내용도 고쳐야 한다는 건가?

"초반부를 그만큼 바꿨으니 전체적으로 손볼 필요가 있어."

하시모토 씨는 달걀샌드위치를 씹으며 말했다. "그러는 김에 좀 더 파고드는 편이 좋겠다는 거지."

"……파고들라니요?"

"지금 원고도 물론 나쁘지는 않아. 하지만…… 뭐랄까 네 '의도'가 보이지 않아."

"……제 의도요?"

"응. 애당초 왜 이 사건을 소재로 글을 쓰려고 한 거야?"

"그야……." 나는 자세를 바로 했다. "사건의 진상을 알고 싶었으니까요."

"진상? 범인은 체포됐고 형도 확정됐잖아. 범인이 그걸 받아들이고 수기까지 발표한 마당에?"

"오부치 히데유키에 관해서는 그렇죠. 하지만 또 다른 범인, 아오타 사야코의 심리를 도무지 모르겠어요."

"아오타 사야코도 죄를 인정하고 판결을 받아들였잖아?"

"하지만 수수께끼는 남아 있어요. 재판에서 두 사람의 증언은 철저히 엇갈렸죠. 결국 누가 주범인지 애매모호한 상태예요."

"넌? 넌 누가 주범이라고 생각하는데?"

"모르겠어요."

"그거야."

하시모토 씨가 테이블 가장자리를 경쾌하게 두드렸다. "그래서 원고의 시점이 불명확한 거야. 이도 저도 아니라고 할까."

"이도 저도 아니라니요?"

"소설 교실에 다녀본 적 있어?"

"아니요."

"소설 교실에 가면 일단 '시점을 정하라'고 가르쳐. 요컨대 독자가 감정 이입할 수 있는 시점을 우선 결정하는 거지. 그렇게 해야 독자가 작품 세계에 빠져들 수 있어. 소설 속 당사자가 될 수 있는 거야. 그런데 네 원고는 시점이 정해지지 않았어. 그래서 영 몰입이 안 되는 거지. 당사자가 아니라 남의 일 같은 분위기가 흘러."

"……."

"그리고 독자의 가슴이 두근거릴 만한 '수수께끼'가 부족해. 그야 그렇겠지? 소설의 모티브인 '분쿄구 부모 강도 살인 사건'은 대중들이 보기에 이미 해결된 사건이니까. 아무리 잔인한 사건이라도 '해결'되면 대중의 흥미는 식는 법이야."

"네, 확실히 그럴지도 모르죠. 그렇지만."

나는 드디어 끼어들었다. 하지만 하시모토 씨는 내 말을 무시하고 계속 이야기했다.

"대중은 언제나 '미해결' 또는 '수수께끼'에 흥미를 품는 법이지. 잭 더 리퍼나 3억 엔 사건, 글리코 모리나가 사건처럼 말이야('3억 엔 사건'은 1968년 도쿄에서 경찰로 위장한 범인이 현금 수송차에서 3억 엔을 강탈한 사건이고 '글리코 모리나가 사건'은 1984~85년에 식품 기업을 대상으로 발생한 연쇄 협박 사건으로, 둘 다 미제로 남았다―옮긴이). 그런 의미에서 보면 '분쿄구 부모 강도 살인 사건'은 끝난 사건이라고."

"네, 그렇겠죠. 하지만."

"이미 끝난 사건을 새삼스레 소설로 쓰는 의의. 그걸 찾는 게 앞으로의 과제겠지."

"그래도."

"다행히도 연재 1화는 호평이었어. 소위 '첫 끗발'은 좋았던 셈이지. 하지만 이대로 가면 틀림없이 도중에 늘어질 거야. ……가사하라 씨도 그렇게 평했어."

가사하라 씨? 과연, 그렇게 된 거구나. 지금까지는 원고를 절찬했으면서 왜 갑자기 손바닥을 뒤집듯 태도를 바꾸나 싶었는데, 뒤에 가사하라 도모코의 그림자가 드리워져 있었다.

하시모토 씨도 결국은 상사의 안색을 살피는 회사원에 불과하다는 건가. ······이 사람이라면 이해해줄 줄 알았는데.

나는 어깨를 움츠렸다.

"그렇군요. 가사하라 씨가."

그리고 애플파이를 집어서 입에 쑤셔 넣었다. ······맛이 나지 않았다. 이 빵집에서 제일 인기 있는 상품일 텐데, ······아무 맛도 나지 않았다. 마치 지우개를 먹는 것처럼 텁텁하기만 했다. 물론 애플파이 탓은 아니다. 내 미각이 기력을 상실했기 때문이다. 그렇다, 미각은 정신 상태와 직결된다.

"맛있네요."

그래도 그렇게 말했다. 실은 눈물이 날 만큼 아무 맛도 없는데도.

"그렇지? 이 애플파이의 맛에는 우리 할아버지 시절부터 이어져 내려오는 비법이 담겨 있어. 우리 할아버지가 유명한 호텔에 주방장으로 있을 때 말이야."

하시모토 씨가 신나게 이야기했다. 하지만 대부분 한 귀로 들어와서 한 귀로 빠져나갔다. 그래도 기뻐하는 그 얼굴을 보고 있으니 어쩐지 안심됐다. 오늘은 차라리 이대로 애플파이 이야기나 하다가 끝나면 좋을 텐데. 원고에 대해서는 언급하지 말고.

나는 이 시점에 의욕을 완전히 상실했다. ······그 원고를 다시 쓰라니. 초반부 100매를 고치는데도 뜬눈으로 밤을 새웠는데. ······마치 마라톤 결승점을 앞두고 결승점이 훨씬 멀어진 듯한 피로감과 절망감이 찾아왔다.

　이제 안 되겠어요. 그만둘게요. 그렇게 말하려 했을 때였다.

　"하시모토!"

　맞은편에서 목소리가 들렸다. 쳐다보니 가사하라 도모코가 쟁반을 들고 서 있었다. 쟁반은 찐빵으로 넘칠 것 같았다.

　"아, 가사하라 씨!"

　하시모토 씨가 언젠가 그랬듯이 넥타이 매듭을 꽉 조였다. ……완전히 파블로프의 개. 조건반사이리라.

　"어머, 뭐야? 데이트?"

　가사하라 도모코가 이쪽을 보았다.

　"아닙니다. 일이에요."

　하시모토 씨가 허둥지둥 설명했다.

　"일? 아아, 그러고 보니 당신은 아르바이트생인……."

　그렇다. 가사하라 도모코 앞에서 나는 아르바이트생 '이다 초'다. 무슨 생각인지 하시모토 씨가 그러라고 시켰다.

　"이다입니다." 나는 일어서서 고개를 꾸벅 숙였다.

　"됐어, 앉아. ……일단 계산 좀 하고 올게."

　가사하라 도모코는 찐빵이 수북이 담긴 쟁반을 들고 계산대로 향했다.

　"저기…… 저는 언제까지 '이다 초' 행세를 해야 하나요?"

　"당분간은 계속."

　하시모토 씨가 히죽 웃었다.

"왜요?"

"너한테도 그게 편할 텐데?"

"저한테도요?"

"원고를 쓴 본인으로서 가사하라 씨와 대면하기보다 제삼자로서 접해야 직접 공격받지 않을 테니까."

"공격이요?"

"그래. 가사하라 씨는 좀 가학적인 성향이 있거든. 특히 여자 작가에게는 신랄해. 그래서 글쓰기를 그만둔 사람도 있어."

"많이 기다렸지."

가사하라 도모코가 빵빵한 비닐봉지를 들고 돌아왔다. 그리고 건너편에 있던 의자를 끌어당겨 당연하다는 듯 우리 테이블에 합석했다.

"내가 이 집 찐빵을 워낙 좋아해서 말이야."

그렇게 말하며 비닐봉지에서 찐빵을 꺼내서 먹었다.

샤넬 선글라스를 머리에 얹었고, 초커도 샤넬, 반지도 샤넬이다. 원피스도 분명 샤넬이리라. 하이힐도 물론 샤넬이다. 가방도 마찬가지. 다 합쳐서 가격이 얼마일지 상상도 되지 않았지만, 적어도 이렇게 좁은 취식 공간에서 찐빵을 먹기에 어울릴 만큼 저렴하지는 않으리라. 아니면 명품을 걸치고도 서민적인 털털함을 연출하는 멋진 자신의 모습에⋯⋯ 취한 걸까.

어쨌거나 가사하라 도모코의 캐릭터는 강렬했다.

"이봐, 하시모토. 이 집, 자기네 본가라면서?"

목소리도 컸다.

"네……."

하시모토 씨가 넥타이 매듭을 꽉꽉 조이며 쑥스러운 듯 고개를 끄덕였다.

"어머나, 그런 줄은 꿈에도 몰랐네. 이럭저럭 30년 넘게 다녔는데!"

"저는 가사하라 씨를 알고 있었습니다."

"어, 그래?"

"초등학생 때 가게를 돕다가 몇 번 봤거든요."

"초등학생 때? 뭐야, 진짜? 잠깐만. 우리, 나이가 그렇게 많이 차이 나나?"

가사하라 도모코의 얼굴이 한순간 험악해졌다. 하지만 바로 표정을 풀고 말을 이었다.

"아, 생각났다. 그러고 보니 초등학생이 가끔 가게 일을 도왔어. ……어라? 하지만 여자애였는데."

"아아, 그건 누나일 겁니다."

"아, 그렇구나."

"가사하라 씨의 멋진 모습을 보고 누나가 늘 그랬죠. 자기도 편집자가 되고 싶다고. 가사하라 씨를 동경했답니다."

"동경했다고? 나를? 에이, 또, 그런다. 거짓말이지?"

"정말이에요."

"정말이라고? 하지만 여기는 도도로키쇼보에서 가까우니까

나 말고 다른 편집자도 많이 드나들 텐데?"

"그래도 가사하라 씨는 격이 다르죠. 특별한 아우라가 넘칩니다."

하시모토 씨는 아부를 멈출 줄 몰랐다.

"어휴. 비행기 하나는 끝내주게 태운다니까. 입만 살았어, 진짜."

그렇게 투덜거리면서도 싫지 않은 표정이었다.

"그런데 하시모토. 오늘은 아르바이트생과 뭘 협의한 거야?"

가사하라 도모코의 시선이 약간 따가웠다. 나는 거북이처럼 목을 움츠렸다.

"알고 계시는 그거요."

"내가 아는 그거?"

"네.『언덕 위의 빨간 지붕』말입니다."

"아아, 그거." 가사하라 도모코가 왠지 한숨 섞인 목소리로 말했다. "……어쩐지 별로였지."

"네?" 나는 목을 쑥 뺐다. ……전에는 좋다고 했으면서. 그리고 하시모토 씨도 '가사하라 씨가 칭찬했다'라고 했는데.

"뭐랄까, 아직 점잔 빼는 구석이 남아 있어."

"아아, 그렇죠. 저도 느꼈습니다."

하시모토 씨가 얼른 가사하라 도모코에게 동조했다. ……의견을 자꾸 바꾸는 독단적인 상사와 예스맨 부하, 그야말로 그런 구도다. ……나는 그 모습을 암담한 기분으로 바라보았다.

세상은 이렇듯 어이없는 역학관계로 이루어져 있구나, 하고 생각하자 의욕이 뚝 떨어졌다.

"그래서 어떻게 개선하면 좋을지 오늘도 이다 씨와 상의하던 중이었습니다."

하시모토 씨가 "그렇지?" 하고 내게 눈치를 주었다.

"네, 뭐." 뜻하지 않은 촌극이지만 맞춰주는 수밖에 없다.

"왜 이다 씨랑?"

가사하라 도모코가 심술궂은 시선을 던졌다.

"이다 씨도……『언덕 위의 빨간 지붕』을 담당하거든요."

"오, 그렇구나." 가사하라 도모코가 찐빵을 다시 입에 넣었다.

"그런데 그 원고 말이야, 이다 씨 생각은 어때?"

"네?"

"솔직히 말해봐."

"아…… 점잔을 뺀다고 생각합니다."

스스로도 놀랐다. 왜 덩달아 그런 소리를 한 걸까?

그야 가사하라 도모코가 무서우니까. 이렇게 위압적인 시선을 던지면 동조하지 않고는 못 배긴다.

"그렇지? 맞아, 점잔을 빼고 있어. 뭐랄까, 싱싱한 맛이 없지."

하지만 전에는 좋다고 했잖아요. 재미있다고, 합격점이라고. 그렇게 항의하는 말이 차례차례 목구멍으로 올라왔다. 하지만.

"확실히 합격점이기는 해. 그렇지만《주간 도도로키》안에서는 역시 임팩트가 모자라. 다른 기사는 펄떡펄떡 뛸 만큼 싱싱함이 넘치니까. 그래서 아무래도 인상이 흐려져. 이다 씨 생각도 그렇지?" 그렇게 물어보면 이런 대답밖에 나오지 않는다.

"……네, 그렇죠."

"자, 이다 씨. 어떻게 하면 좀 더 싱싱해질까?"

"……네? ……어, 그러니까."

"그럼 질문을 바꿀게. 이다 씨는 그 원고의 어디가 글러 먹었다고 생각했어?"

가사하라 도모코의 시선이 푹푹 꽂혔다.

"글러 먹은 건 아니라고 생각합니다만……."

나는 그 시선에서 벗어나기 위해 죽을힘을 다해 할 말을 찾았다. 뭐라고 대답하면 가사하라 도모코는 수긍할까? 뭐라고 대답하면 가사하라 도모코가 기뻐할까?

"……어쩐지 사건을 남의 일처럼 대하는 느낌이었어요."

말하고 나니 갑자기 목이 말랐다. 나는 얼른 밀크티를 들이켰다. 한편 가사하라 도모코는 무표정한 얼굴로 이쪽을 가만히 노려봤다. 나는 말을 보탰다.

"……좀 더 사건 당사자에게 다가서야 한다고 생각합니다. ……그리고 오부치 히데유키와 아오타 사야코, 둘 중 누가 주범인지 시점을 명확하게 가져갈 필요가 있어요."

"그래, 맞아." 가사하라 도모코가 드디어 씩 웃었다.

수갑과 포승줄이 풀린 죄수처럼, 나는 안도한 심정으로 어깨에서 힘을 뺐다.

"이다 씨, 잘 아네."

찐빵을 다 먹은 후 가사하라 도모코는 돌아갈 준비를 했다. 그러다 느닷없이 말했다.

"아참. 이치카와 씨는 만났어?"

"……이치카와 씨요?"

"응. 한때 오부치 히데유키의 연인이었던 여자."

"연인이라고요?"

"오부치 히데유키가 아오타 사야코와 만나는 계기가 된 이벤트를 기획한 사람이지."

아아. I시에 거주하는 이벤트 회사 사장의 증언에서 나온 그 후원자. 분명 대형 출판사에서 일한다고 했는데.

"이치카와 씨는 내 선배야."

"네?"

하시모토 씨가 반응했다. "그럼 그 대형 출판사는 우리 회사였습니까?"

"그래. ……진짜야? 몰랐어?"

가사하라 도모코가 과장스레 몸을 뒤로 젖혔다.

"그것참, 아니까 이런 원고를 밀어주는구나 싶었는데."

"……아니요." 하시모토 씨가 숙제를 잊어버린 학생처럼 고개를 숙였다.

"뭐야, 몰랐구나. 그럼 꼭 만나봐. 재미있는 이야기를 들을 수 있을지도 모르니까."

가사하라 도모코가 의미심장하게 웃었다.

"옛날에는 억척스럽게 일을 잘해서 도도로키쇼보 최초의 여성 임원이 탄생하는 것 아니냐는 이야기를 들었는데, 덧없이 퇴진했지."

"……'분쿄구 부모 강도 살인 사건' 때문에요?"

이번에는 내가 물어보았다.

"아니, 사건과는 관계없어. 간단히 말하자면 횡령 때문에."

"횡령이요?"

"응. 회사 경비를 사적으로 유용했다는 사실이 들통나서 해고됐어. 지금은 별 볼 일 없는 프리랜서 작가야. 주로 인터넷을 거점 삼아 빈곤 여성을 소재로 글을 써. '이치카와 세이코'로 검색해봐. 블로그가 나올 테니까."

5장   이치카와 세이코의 충고

그로부터 1주일 후, 하시모토 씨가 손을 써준 덕분에 나는 이치카와 세이코와 만나기로 했다.

약속 장소는 기오이초에 새로 생긴 상업시설에 자리한 카페.

"옛날에 여기는 아카사카 프린스 호텔이었어." 새로 지은 고층 빌딩을 올려다보며 하시모토 씨가 혼잣말했다. "거품 경제 시절에는 아카사카 프린스 하면 커플들의 성지였지."

"숙박한 적 있으세요?"

궁금해서 물어보았다.

"거품 경제 시절에 난 아직 어린애였어. 이야기로 들었을 뿐이야."

"거품이 꺼진 이후에도 커플들의 성지였을까요?"

"뭐, 철거됐을 정도니까 그 시절을 정점으로 서서히 인기가 사그라지지 않았으려나?"

"하지만 오부치 히데유키와 아오타 사야코도 거기에 묵었잖아요?"

그렇다, 그 호텔은 오부치 히데유키와 아오타 사야코가 체포된 곳이기도 하다. 그런 곳을 굳이 약속 장소로 지정한 데는 뭔가 이유가 있을까?

빌딩풍인지 한층 건조한 바람이 발밑에서 솟구쳤다. 입술이 아팠다.

손가방에 손을 넣어 립크림을 찾았지만 없었다. 주변을 둘러보니 맞은편에 드럭 스토어 간판이 있었다. 약속 시간까지 15분쯤 남았다.

"뭐 좀 사 올게요."

내부가 아주 세련된 드럭 스토어였다. 진열된 상품도 영어 포장지가 눈에 띄었다. 게다가 죄다 비쌌다.

내가 늘 쓰는 198엔짜리 립크림은 있을까? 그런 생각을 하며 돌아다니고 있는데 한 초로 여성이 화장품 코너의 샘플 앞에 우두커니 서 있었다. 그런 줄 알았는데 다음 샘플로 이동해 블러셔를 꼼꼼히 바르고, 다시 이동해 이번에는 아이라인과 아이섀도를 사용했다. 그리고 또 이동해 눈썹연필, 마스카라, 립스틱 등 샘플로 솜씨 좋게 화장했다. 샘플로 풀 메이크업을 하는 여자가 최근 늘어났다는 기사를 본 적 있지만, 이런 일등지의 세련된 드럭 스토어에서 실제로 볼 줄은 몰랐다. 멍하니 바라보고 있으니 그 여자는 손톱까지 샘플로 칠하려는지 손톱 코너 앞에 서서 매니큐어 샘플을 살피기 시작했다.

그러다 손목시계를 힐끗 보더니 더 오래 머물기는 힘들겠다고 포기했는지 종종걸음으로 가게를 나섰다.

점원이 부루퉁한 얼굴로 여자를 바라보았다. 그 시선이 내게도 쏟아지길래 똑같은 부류라고 오해받는 건 못 참는다는 양, 평소라면 절대로 사지 않을 1500엔짜리 립크림을 진열대에서 꺼내서 계산대로 향했다.

어휴. 그 아줌마 때문에 이렇게 비싼 물건을 사고야 말았다.

나는 조금 짜증 나는 기분으로 하시모토 씨에게 돌아갔다.

"좀 들어보세요. 아까 드럭 스토어에서."

푸념하려는데 아까 보았던 초로 여성이 시야에 들어왔다.

"안녕하세요. 이치카와 세이코라고 하는데, 댁들이 도도로키 쇼보 사람?"

*

1998년, 내가 서른다섯 살 때 오부치 히로유키를 만났어. 그가 막 열아홉 살이 됐을 무렵이었지.

당시엔 참 열심히 일했어. 그야말로 출세 가도를 쏜살같이 달리고 있었달까.《주간 도도로키》의 편집장 자리도 눈앞에 있었고, 도도로키쇼보 최초로 여성 임원이 탄생하는 것 아니냐는 말도 들었어.

왜, 도도로키쇼보의 출세 과정은 인생 게임과 비슷하잖아?

《월간 도도로키》에서 《여성 도도로키》를 거쳐 《특종 도도로키》로 나아가서 《주간 도도로키》 편집장 자리를 꿰차면 결승점인 '임원' 자리는 거의 보장된 셈이지. 나는 그 인생 게임을 순조롭게 진행했어. 똑같이 인생 게임을 했는데 문예부로 날아가거나 영업부로 빠진 동기를 거들떠보지도 않고. 나 혼자 '결승점'을 향해 쭉쭉 나아갔어.

그때까지 좌절을 몰랐지. 정말로 순풍에 돛 단 듯했으니까.

지금 돌이켜보면 그게 문제였는지도 몰라. 엘리트 의식이라고 하나? 난 남들과 다르다, 난 특별히 선택받은 인간이다…… 그런 교만함이 어느새 몸에 밴 거지. 뭐든지 다 할 수 있다는 자신감도 넘쳤어. 억 단위의 예산이 내 지시에 따라 움직였거든.

당시 난 《특종 도도로키》의 편집장 대리였어. ……기획 부문을 담당했지.

《특종 도도로키》는 지금이야 딱딱한 경제지로 변했지만, 당시는 선정적인 내용부터 연예계 스캔들까지 뭐든지 다루는 사진 주간지였지. 그중에서도 1년에 한 번 진행하는 미인 대회 '미스 도도로키'가 인기였어. 1년에 걸쳐 전국을 돌며 최고의 미인을 결정하는, 도도로키쇼보 전체를 아우르는 대형 이벤트야. 그 이벤트를 총괄한 사람이 바로 나지.

"우와! 멋지네요!"

오부치 히데유키는 그렇게 눈을 반짝이며 나를 올려다봤어.

그는 가부키초의 호스트 클럽에서 일했지. ……그래, 당시 난 호스트 클럽에 드나들었어. 너무 흔하디흔한 이야기라 웃기지? 그게, 일본에서 부와 권력을 얻은 여자가 빠질 만한 건 기껏해야 호스트 클럽 정도인걸. 카지노가 있는 것도 아니고. ……뭐, 지인 중에는 불법 카지노에 빠져서 체포된 사람도 있지만. 어쨌거나 여자가 "난 대단해! 돈이 이렇게 많다고! 어때!" 하고 자신의 힘을 과시할 수 있는 곳은 호스트 클럽 정도야. 남자라면 선택지가 더 다양할지도 모르지만. 여자가 '자랑'할 수 있는 곳은 제한되지.

하지만 나도 처음에는 어쩐지 회의적이었거든? 그렇게 방정맞고 덜 떨어져 보이는 놈들이 시중들고 비위를 맞춰주는 게 뭐가 그리 좋다는 거야? 하지만 한번 그 세계에 발을 들여놓으면 끝장이야. 어느덧 빠져나올 수 없을 만큼 푹 빠져버렸지. 평소 내가 지명하는 호스트를 매상 1위로 만들기 위해 대체 얼마를 쏟아부었을까. 하루에 1000만 엔 쓴 적도 있어.

……다만 회사 경비로. 하기야 그때는 상사에게 호출당했지. 그래도 난 무적이었어.

"취재 경비입니다" 하고 우겨서 상사를 굴복시켰지. ……그 상사도 좋아하는 호스티스에게 회삿돈을 물 쓰듯이 사용했으니까 남을 나무랄 입장은 아니었거든.

아이고. 지금 생각하면 나도 그 상사도 머저리였어. 회삿돈을 마치 자기 능력으로 벌어준 돈이라고 착각했었지. ……그래서인지도 몰라. 내 능력으로 벌었는데 내 수중에 들어온 돈이 아니니까 그렇게 무책임하게 물 쓰듯 했겠지. 아무리 써도 하나도 안 아까운걸.

……하시모토랬나? 지금 몇 살? 서른여섯?

흠. 그렇구나. ……어디 보자. 명함에는…… 차장이라고 되어 있네. 그럼 연봉은 1000만 엔을 조금 넘나? 응? 그 정도는 못 받는다고? ……겸손 떨기는. 아무리 문예부라지만 대형 출판사의 '편집자'인걸. 1000만 엔은 받겠지? 봐봐, 좋은 시계를 찼네. 그 양복도. 넥타이도. ……구두도.

그리고 그 뚱뚱한 배. 매일 맛있는 걸 먹나 봐.

자, 1000만 엔은 받지?

하지만 조심해.

당신이 지금 자기 돈처럼 사용하는 돈은 태반이 경비니까. 그렇지? 여기까지 택시를 타고 왔고, 이 카페에서 음료를 마시고, 그리고 저녁에는 인기 작가와 식사하겠지? 그리고 집에 갈 때는 또 택시. 그거 전부 경비로 처리할 거잖아?

오늘 자기 돈으로 계산한 거 있어? 기껏해야 캔 커피 정도겠지? 그것도 경비로 구입한 프리 페이드 카드로 사는 거 아니야?

즉, 지금 당신은 연봉 이상의 생활을 누리고 있는 거야. 거기 익숙해지면 회사라는 뒷배가 없어졌을 때 지옥을 경험해.

내가 그랬거든.

난 당신 정도 나이에 연봉이 1300만 엔쯤 됐어. 하지만 그 두 배, 아니지, 다섯 배는 받는 기분이었지. 더구나 그게 내 실력 덕분이라고 믿었어.

그래서 회사를 그만뒀을 때도 내가 먼저 사직서를 내던졌지. 이제 '회사'라는 목줄에서 풀려난다. 프리랜서가 되면 훨씬 많이 벌 수 있다는 생각으로.

착각도 이만저만 아니었지.

1000만 엔 벌기가 이렇게 힘들 줄이야.

회사원 중에 연봉 1000만 엔이 넘는 사람이 얼마나 되는지 알아?

······남자는 6.8퍼센트. 여자는 0.8퍼센트. ······그래, 한 줌이야.

그래서 나도 착각한 거겠지. '나는 상위 0.8퍼센트에 속하는 여자'라고. 그래서 회사를 때려치우면 더더욱 위로 날아오를 수 있을 거라고.

그게 과대망상임을 깨달은 건, 프리랜서가 되고 처음으로 종합소득세를 신고했을 때였어. ······연 수입이 400만 엔도 안 되더라고. 그런데도 여전히 과대망상에서 빠져나오지 못했지.

"누구에게나 처음은 있는 법이지. 내년에는 드디어 내 진짜 실력을 발휘하는 거야. 일단 목표는 2000만"이라면서. ······결과는 300만 엔에 약간 못 미쳤어. ······그런 식으로 내 연 수입은 해마다 낮아졌고, 작년에 글을 써서 번 돈은 고작 30만 엔이었어. 그걸로는 먹고살 수 없으니까 파견 회사에 등록해서 빌딩을 청소하거나 전단지를 돌리기도 했지. 그런 아르바이트를 여러 개 돌리고서야 겨우 연 수입 180만 엔을 찍었어.

 ······나락까지 떨어졌다는 느낌이지?

 하지만 이게 내 진짜 실력이야. 이 나이를 먹고서야 그걸 겨우 깨달았어. 그걸 깨달은 지금은 도도로키쇼보에 있었을 때보다 인생이 편해졌다고 할까. 괜히 센 척하는 게 아니야. ······뭐랄까, 설명은 잘 못 하겠지만 얇은 옷을 입고서 느끼는 해방감? 예전의 나는 두꺼운 옷을 입고 견디는 대회에 참가했던 것 같아. 못 견딜 만큼 더운데도 억지로 웃음을 지으며 옷을 더 껴입지.

 그러다 어느덧 옷의 무게 때문에 꼼짝달싹도 못 하게 됐어. 더워서 죽을 것 같은데도 난로 앞에서 물러날 수 없었지.

 그런 내게.

 "힘들지 않아요?"

 그렇게 말해준 사람이 오부치 히데유키야.

 열몇 살이나 어린 남자에게 그런 소리를 들었으니 당연히 열 받았지. ······하지만 신기하더라고.

 "어깨에 힘을 좀 더 빼세요."

 계속 그런 말을 듣다 보니 어느덧 그에게 기대고 있더라.

……사로잡힌 거지.

 그래도 육체관계는 없었어. 그것만큼은 확실히 말해둘게. 오부치 히데유키는 몸으로 영업하지 않고도 '힐링'이라는 기술로 손님을 함락시킬 줄 아는 호스트였어.

 그건 천성인지도 모르겠네. 어쨌든 그와 함께 있으면 편안하고 치유되는 기분이야. 진부한 예를 들자면 '고양이' 같다고 할까. 호스트 중에서는 드문 유형이었지. ……호스트는 '고양이'보다 '개' 비슷한 유형이 많아. 상을 노리고 노골적으로 '재주'를 부리거나 아양을 떨지. 손님도 그 모습이 재미있어서 돈을 쓰는 거고. '손', '다른 손', '기다려' 하고 시키면서. 그리고 서열 의식이 강하다는 점도 그야말로 '개'지. 그들은 하나라도 높은 계급으로 올라가려고 날마다 치열하게 싸웠어. "매상, 매상" 하고 혀를 헉헉 내밀면서.

 하지만 오부치 히데유키는 달랐지.

 그는 매상을 올려야 한다는 초조함을 전혀 내비치지 않고 손님을 접대해. 때로는 차갑게. 때로는 살갑게.

 그야말로 속정 깊은 새침데기처럼.

 난 그 기술에 완전히 사로잡혔어.

 그의 환심을 사려고 온갖 물건을 사다 바쳤지. 그런데 뭐라는지 알아?

 "나, 이렇게 비싼 건…… 흥미 없는데."

 그것도 모자라서.

"나 같은 걸 위해서 돈을 쓸 바에야 자신을 위해서 쓰는 편이 나아요." 그러는 거야.

성질 나지?

그래놓고 내가 준 물건을 늘 가지고 다녀. '난 네 거야'라고 말하듯 목을 골골대며 응석을 부리지.

나 원 참. 대체 어디서 그런 기술을 익힌 걸까. ······아니야, 타고난 거겠지. 오부치 히데유키는 여자를 후리는 데 타고난 녀석이야. 그걸 꿰뚫어 봤으니까 너무 깊은 관계로는 가지 않으려고 했지.

그래서 육체관계만큼은 맺지 않기로 마음먹은 거고.

난 오부치 히데유키의 '단골손님'이자 '후원자'. 그 이상도 그 이하도 아니다. 그렇게 스스로를 타이르며 정해진 선을 넘지 않으려 했어. ······선을 넘으면 다시는 빠져나올 수 없는 수렁으로 끌려들 것 같은 예감이 들었거든.

"세이코 씨는 멋있어요."

오부치 히데유키는 무릎 위에서 주인을 올려다보는 고양이처럼 언제나 그런 소리를 했어.

"멋있어요."

그보다 더 큰 칭찬은 없었지. ······그래, 당시 내가 원했던 건 '예쁘다'는 말도 '아름답다'는 말도 아니었어.

'멋있다'는 말이었지.

오부치 히데유키라는 남자는 여자가 원하는 말을 순식간에 찾아낸다는 점에서도 천재였어. 그 수법으로 대체 몇 명을 농락했을까. 소문으로는 나 말고도 '단골손님'이 여러 명이었대. 그런 소리를 들을 때마다 투쟁 본능이 자극됐지. 다른 '단골손님'에게 질 수는 없다. 나야말로 오부치 히데유키의 최고 '단골손님'이다. 그런 생각을 심어주고 싶었지. 오부치 히데유키 본인에게도, 그리고 주변 사람에게도.

그래서 그에게 프로젝트를 일부 맡긴 거야. 그래, '미스 도도로키'를. 1999년이었지. 오부치 히데유키의 환심을 사려면 무작정 돈만 써서는 안 된다는 걸 깨달았거든. 오부치 히데유키가 정말로 하고 싶어 하는 일을 시켜준 거지.

"나, 큰일을 하고 싶어요."

그게 오부치 히데유키의 입버릇이었으니까.

듣자 하니 가부키초의 호스트 클럽에 오기 전에는 지역 이벤트 회사에 다녔다던가. 장래에 이벤트 회사를 차리고 싶댔어.

실제로 오부치 히데유키는 그쪽으로 재능이 있었지. 자기가 일하는 호스트 클럽에서도 이벤트 담당이었는데, 꽤 성과를 올렸어. 여행사와 제휴해서 기획한 '호스트와 함께하는 당일치기 온천 여행'은 방송에 소개될 만큼 인기를 끌었지. 스무 살 안팎의 나이에 그만한 일을 해내다니 대단하잖아. 그래서 오부치 히데유키에게 '미스 도도로키'를 맡겨본 거지.

……말해두겠는데 엄연한 비즈니스였어. 오부치 히데유키가 멍청한 인간이었다면, 아무리 푹 빠졌어도 그런 무모한 짓은

안 하지. 그러면 해낼 것 같아서 맡긴 거야.

 오부치 히데유키는 재빨리 작은 이벤트 회사를 차렸어. 물론 나도 힘을 썼고. '미스 도도로키' 기획을 주관했던 대형 광고 대리점에 다리를 놔서 오부치 히데유키의 회사를 협력회사로 등록시켰어. 물론 반대하는 사람도 있었지만 난 확신했지.

 그러면 해낼 거라고.

 그 확신은 틀리지 않았어. 오부치 히데유키는 멋지게 기획을 이끌었지. 그는 차례차례 참신한 아이디어를 내놓았고, 기획은 전에 없는 활기를 보였어. 나는 더 확신했어.

 이번에는 대성공할 거라고.

 그런데.

 그런데 그 여자가 나타난 거야.

 아오타 사야코가.

*

 이치카와 세이코는 거기서 갑자기 말을 끊더니 아이스 커피를 단숨에 들이켰다.

 잔 속의 얼음이 요란한 소리를 냈다.

 기오이초에 새로 생긴 상업시설에 있는 카페.

 창문 옆 테이블에 자리를 잡은 지 30분쯤 지났을까.

 하시모토 씨와 내가 안쪽 소파에 나란히 앉고, 그 맞은편 의자에 이치카와 세이코가 앉았다. 원래는 우리를 위해 나와준 이치카와 세이코가 소파에 앉아야 마땅하겠지만, 이치카와 세이코는 소파를 거절하고 굳이 의자를 선택했다. 분명 창문으로 비치는 빛을 계산에 넣은 것이리라.

이 시간에 이치카와 세이코가 있는 곳에는 역광이 비친다. 그래서인지 이치카와 세이코의 표정을 잘 모르겠다. 장미색 립스틱만 둥둥 떠 있는 것같이 보인다. 아까 드럭 스토어에서 입술을 칠한 샘플 립스틱이다.

"아오타 사야코 씨는 어떤 분이었나요?"

이치카와 세이코가 갑자기 말을 중단해서 나는 이야기를 재촉했다. 하지만 이치카와 세이코는 망연자실한 표정으로 입술을 깨물었다.

"1999년이면 아오타 사야코는 17세. ……고등학교 2학년이었죠?" 하시모토 씨도 나를 도우려는 듯 질문을 던졌다. "X여학원 고등부 2학년. ……도쿄 도내에서도 손꼽히는 명문 여학교죠. ……분명 이치카와 씨의 모교이기도 할 텐데요?"

어, 그래? 나는 놀라서 하시모토 씨를 보았다.

"이야." 이치카와 세이코가 드디어 입을 열었다. "그런 것까지 조사했구나. 내 출신 학교까지. 대단해."

"……아니요, 그게." 하시모토 씨는 선생님의 질문에 대답하지 못하는 학생처럼 등을 움츠렸다.

"뭐, 어차피 가사하라 도모코에게 들은 거겠지?"

"……네, 뭐. 이치카와 세이코 씨는 엄청난 명문 여학교 출신이라고…… 어쩌다가 들었습니다."

"무슨 남 일처럼 이야기했네. 자기도 거기 출신이면서."

"네? 그런가요?" 하시모토 씨가 몸을 쭉 폈다.

"그래. 가사하라도 나도, 그리고 아오타 사야코도 X여학원 고등부 출신이야. 하긴 가사하라와 나는 고등부부터였고, 아오타 사야코는 초등부부터 쭉 올라왔지. 소위 '노선'을 탄 거지."

"노선이라니요?"

"다카라즈카(여성으로만 구성된 일본의 가극단—옮긴이)에서 사용하는 은어인데, ……즉 톱스타가 되기로 운명지어진 '엘리트'라는 뜻."

"아아, 그렇군요. ……다카라즈카."

"다만 다카라즈카와 달리 X여학원은 성적은 상관없어. 어느 시점에 입학했느냐로 '여왕벌'이 되느냐 '일벌'이 되느냐가 결정되지. ……그런데 여왕벌과 일벌이 똑같은 알에서 태어난다는 거 알아?"

"네? ……네. 어떤 소설에서 읽었습니다. 벌집의 어느 위치에서 태어났느냐에 따라 '여왕'이냐 아니냐가 결정된다고요."

"그래요?" 나는 무심코 끼어들었다. "어째서요? 왜 태어난 장소로 그게 결정되는데요?"

"요컨대 환경이지."

하시모토 씨 대신 이치카와 세이코가 내 질문에 대답했다.

"어느 곳에서 태어났느냐에 따라 주어지는 먹이가 다르거든. '여왕'의 자리에 산란한 알에서 태어난 유충에게 로열젤리를 먹여서 '여왕벌'이 되는 거야. 즉, 자질이나 특성은 관계없어. 중요한 건 환경. ……X여학원은 그런 곳이었어."

"그게 무슨 말씀이시죠?"

"그러니까…… 어느 집에서 태어났느냐로 대우가 달라진다는 뜻. X여학원 초등부는 성적이나 자질을 보지 않아. 거의 100퍼센트 집안을 보고 입학을 결정하지."

"그렇군요. ……확실히 아오타 사야코의 부모님은 의사였어요."

"우리 아버지도 의사였어. 가사하라 도모코의 아버지도 외과 의사고. ……하지만 우리는 초등부에 입학하지 못했어."

"어째서요?"

"'보통 의사'냐 아니냐의 차이지."

"뭐가 다른데요?"

나는 어느덧 테이블을 덮을 듯 몸을 내밀고 있었다.

그런 나를 제지하듯 하시모토 씨가 말했다.

"아오타 일가에는 연줄이나 인맥이 있었다는 뜻이겠지?"

그 말을 듣고 이치카와 세이코가 씩 웃었다.

"그래. 우리 아버지는 종합병원에서 일했어. 야근의 연속이라 집에서 보기가 힘들 정도였지. 언제 어느 때나 병원에서 불러내서 편히 잠잘 틈도 없을 지경이었다니까. 그렇게 격무에 시달리던 어느 날, 덜컥 돌아가셨지. 내가 대학을 졸업하기 전날에."

"……." 뭐라고 해야 할지 몰라서 잠자코 있으니 이치카와 세이코가 이야기를 계속했다.

"가사하라 도모코의 아버지는 대학병원에서 일했어. 그분도 몇 년 전에 돌아가셨지. 자살이라고 들었는데."

"자살……."

"한편 아오타네는 개업의였어. 아침 9시부터 저녁 6시까지 영업하고, 휴식은 두 시간. 1주일에 이틀은 푹 쉬었지. 그런데도 수입은 봉직의의 두 배에서 열 배라고 해."

"……저도 들어봤어요. 개업의와 봉직의는 하늘과 땅 차이라고."

"그래. 아오타네는 그야말로 하늘 위에 있는 사람이야. 게다가 병원 자체는 작지만, 옛날부터 지역에 뿌리를 내린 집안. ……즉, 지역 유지야. 그래서 아오타 사야코는 X여학원 초등부에 입학할 수 있었던 거지."

이치카와 세이코는 얼음만 남은 잔을 다시 집어서 바닥에 고인 커피색 물을 아깝다는 듯 후루룩 마셨다.

그리고 얼음을 하나 입에 넣고 으득으득 씹었다.

입안의 얼음이 없어지자 이치카와 세이코는 드디어 다음 이야기를 들려주었다.

록 유도한 사람은 하시모토 씨다.

"정체를 숨기는 편이 여러모로 취재하기 편하겠지."

하시모토 씨 나름의 배려가 담긴 조치였다. 하시모토 씨는 이렇게도 말했다.

"어쨌거나 이 사건은 민감한 부분이 있으니까. 작자 본인이 취재하면 여러모로 불편할 거야. 취재 대상도 입을 다물 가능성이 있고. 그러니까 편집 보조원인 '이다 초'로 가자."

왜 작자 본인이 취재하면 여러모로 불편한가. 그건 잘 모르겠지만 하시모토 씨는 이 업계에서 베테랑이다. 지금까지 다양한 '불편'을 겪어왔으리라. 그렇기에 방편을 썼는지도 모른다. 이번에는 하시모토 씨의 방침에 맡기는 편이 낫겠다 싶어 오늘도 '이다 초'라고 이름을 댔다.

"이다…… 초 씨?"

하지만 이치카와 세이코는 이 이름에 약간 의혹을 품은 듯했다. 이야기 중간중간에 내 얼굴을 힐끔거리며 "이다…… 초 씨?" 하고 확인하듯 이름을 불렀다.

지금도 그렇게 부를 것만 같아서 얼른 말을 꺼낸 것이다.

"……저기, 음료 한 잔 더 주문해드릴까요?"

하시모토 씨를 제쳐놓고 그렇게.

"호의를 무시할 수는 없지."

이치카와 세이코는 기다렸다는 듯 가볍게 헛기침을 하고 잔을 조용히 내려놓았다. 그리고 물방울에 젖은 손가락을 물수건으로 살짝 닦고 얼른 메뉴를 넘겼다.

주류 페이지에서 손가락이 멈췄다.

"술도 괜찮을까?"

하시모토 씨의 얼굴이 한순간 굳어졌다. 하지만 바로 활짝 웃으며 말했다.

"물론이죠. 와인이든 맥주든 좋아하는 걸로 드시죠."

"그럼 하이네켄, 괜찮아?"

"네, 그럼요, 그럼요."

"술만 마시면 속이 놀랄 테니 안주도 시켜도 될까?"

"그럼요, 물론이죠."

몇 분 후. 작은 테이블에 병맥주를 비롯해 키슈, 모둠 치즈, 마리네가 빽빽하게 놓였다.

해가 꽤 기운 것 같았다. 창문으로 석양이 비쳐서 이치카와 세이코의 표정이 더 안 보였다.

하지만 날카로운 시선만큼은 여실하게 느껴졌다. 나는 커피가 담긴 컵을 끌어당기며 몸을 움츠렸다. 뭘까. 견디기 힘든 이 기분은.

옆에 앉은 하시모토 씨도 어쩐지 복잡한 표정이었다. 웃음을 만들어 붙이기는 했지만, 무릎에 얹은 주먹은 돌덩이처럼 단단해 보였다. 이마에는 자잘한 땀이 잔뜩 맺혔다.

원래 땀이 많은 사람이기는 하지만, 이 땀은 분명 긴장이 원인이다. 긴장해서 목도 마른지 차가운 물을 세 번이나 달라고

했다. 세 번째로 받은 물도 이제 얼마 안 남았다.

"하시모토 씨도 술 마시지 그래?"

역광 속에서 이치카와 세이코가 병맥주를 집어 들며 말했다.

"아니요, 저는."

"에이. 나만 마시면 재미없잖아. 주변에서도 이상하게 볼 테고. 그렇지? 이다…… 초 씨."

"네?"

"당신도 어때? 사양하지 말고. 술 좀 하지?"

마치 우리가 얻어먹는 것 같은 기분이 들었다.

"자, 이다 씨도 마시자!"

이치카와 세이코가 메뉴를 이쪽으로 넘겨주며 끈질기게 제안했다.

하시모토 씨를 흘끗 보았다. 그러자 무릎 위의 주먹이 살짝 움직였다. '안 된다'는 사인 같아 보이기도 했다.

"……아니요. 저는 술을 못 마셔서요." 내가 그렇게 말한 직후.

"그럼 내가 마실까."

하시모토 씨가 손을 살짝 들었다. 이어서 웨이터를 불러 이치카와 세이코와 똑같이 하이네켄을 주문했다.

"크, 기분 좋다!"

이치카와 세이코가 잔에 따른 맥주를 꿀꺽꿀꺽 마시고 경쾌하게 소리쳤다.

"정말 좋아. 술도 맛있고, 안주도 맛있고. 아아, 최고야!"

술기운이 올랐는지 이치카와 세이코의 뺨이 희미한 분홍색으로 물들었다.

"오늘 실컷 떠들어야겠다! 괜찮지?"

"물론이죠. 오늘은 이치카와 씨의 이야기를 들으려고 왔는걸요." 하시모토 씨가 자기 맥주를 이치카와 세이코의 잔에 따라주며 말했다. "쭉쭉 드시고 많이 말씀해주십시오."

"어머, 제법이네. 내가 취하면 말이 많아진다는 걸 알고 있었어?"

"네?"

"어차피 가사하라에게 들었겠지. 이치카와 세이코는 술을 먹이면 뭐든지 말한다. 그러니까 자꾸 술을 먹이라고."

"에이, 그런 건 아닙니다." 입으로는 그렇게 말하면서도 히죽 웃는 얼굴이었다. 그야말로 물불 가리지 않고 자기 일에 몰두하는 편집자의 얼굴이었다.

"알았어, 알았어. 이렇게 된 이상, 다 말해줄게!"

"말씀해주십시오. 숨김없이 전부 다!"

"어디 보자. ……어? 내가 어디까지 이야기했더라?" 이치카와 세이코의 시선이 이쪽을 향했다.

"오부치 히데유키가 '미스 도도로키'의 간토 및 도카이 지방 예선을 담당해서." 나는 메모를 보며 허둥지둥 대답했다. "……예선을 통과한 아오타 사야코가 요쓰야의 사무실을 찾아온 부분까지요."

"아니야." 이치카와 세이코의 시선이 푹 꽂혔다.

"네?" 나는 한 번 더 메모를 넘겼다.

"예선을 통과했다고 한 적은 없어."

"앗? ……그랬나요? 이야기의 흐름상 분명 그런 줄 알았는데요."

"정신 차려. 아르바이트라고는 해도 출판사에서 일하잖아. 취재에 억측이나 선입견은 금물이야."

"……아, 죄송합니다."

"아오타 사야코는 '미스 도도로키'의 후보로서 찾아온 게 아니야. 어디까지나 주최 측 사람 중 한 명으로 찾아온 거지."

"……그런가요? 하지만."

나는 손가방에서 스크랩북을 꺼냈다. 여기에 당시 기사를 시간 순서대로 정리해두었다. 그 기사 중 하나에 분명 이런 구절이 있었다.

'부모님을 살해한 악독한 딸 S는 키 165센티미터의 늘씬한 미인이다. 유명한 미인 대회의 예선을 통과했을 정도다.'

"그런 기사를 곧이곧대로 받아들이면 안 돼."

이치카와 세이코가 날카로운 목소리로 말했다.

"직접 발로 뛰어서 취재하지 않고 어디선가 얻어들은 정보에 망상을 섞어서 그럴싸하게 기사를 쓰는 기자가 수두룩하니까. 개중에는 진실이 눈곱만큼도 없는 날조 기사도 있어. 하지만 안타깝게도 그런 기사가 인상에 잘 남는 법이지."

이치카와 세이코는 어깨를 으쓱하더니 블루 치즈 조각을 입에 넣었다.

"애당초 X여학원은 예능 활동이 금지야. 미인 대회는 당치도 않지."

"……그래요?"

"뭐, 몰래 예능 활동을 했던 사람도 있었지만. 하지만 들키면 야단나. 즉시 퇴학이지. 가사하라도 그래서 한 번은 퇴학 처분을."

"앗, 그랬나요?"

하시모토 씨가 반응했다. "가사하라 씨가 뭘 어쨌길래요?"

"청년 만화 잡지에 교복 차림 화보가 실렸거든. 친구를 따라 촬영 스튜디오에 갔다가 자기도 찍혔다고 변명했지. 하지만 아니야. 자기 의지로 카메라 앞에 섰을걸. 성격 알잖아? 분위기에 휩쓸려서 그만…… 그럴 리 없어. 가사하라는 언제 어디서나 자기 의지로 행동하는 여자야."

"확실히."

"하지만 화보를 찍었다는 사실이 학교에 들통나서 퇴학 처분을 받을 뻔했을 때는 아무리 가사하라라도 간이 콩알만 해졌겠지? 들은 이야기로는 '속았어요, 속았어요, 친구에게 속은 거라고요' 하면서 선생님들 앞에서 펑펑 울었대. 그래서 정학 처분으로 감면됐다나."

"이야, 가사하라 씨가 펑펑 울다니 상상이 안 되는데요."

"가사하라가 뭔가 싫은 소리를 하면 이 이야기를 해. 분명 얌전해질 거야."

"명심하겠습니다."

"그…… 아오타 사야코 말인데요."

나는 석연치 않은 기분으로 이야기를 재촉했다.

"사건 당시 기사에 따르면 오부치 히데유키와 아오타 사야코는 한 미인 대회, 즉 '미스 도도로키'를 계기로 안면을 텄다는데요. 기사뿐만 아니라 당시 재판 기록에도 그렇게 나와 있고요."

"그래. 계기를 만든 건 분명 '미스 도도로키'지. 하지만 아오타 사야코는 '미스 도도로키'에 지원한 게 아니야. 걔는 진행 요원 중 한 명으로 요쓰야의 사무실에 나타난 것에 지나지 않아."

"진행 요원요?"

"그래, 아르바이트."

"아르바이트는 해도 괜찮나요?"

"물론 원칙상은 금지야. 그래도 다들 몰래 하지만. 특히 여름 방학같이 오래 학교를 쉴 때는. 그 정도는 학교 측도 묵인해줬어."

"그럼 오부치 히데유키는 진행 요원 아르바이트로 아오타 사야코를 채용한 거군요."

"그래."

이치카와 세이코는 심한 충치의 고통을 참는 아이처럼 인상을 일그러뜨리더니 말을 이었다.

*

"X여학원의 학생이 왔어요! 엄청난 명문교 학생이에요!"

활짝 웃던 오부치 히데유키의 얼굴이 지금도 기억나. 마치 첫사랑과 우연히 마주친 소년처럼 뺨까지 발그레했지.

"어제 면접을 봤어요."

"어제? 면접? 난 못 들었는데."

"네. 세이코 씨는 출장 중이었으니까요."

"……그래서? 어떻게 할 건데?"

"합격이에요. 당장 오늘부터 본격적으로 일할 겁니다."

불안했지. 오부치 히데유키의 마음이 변하기 시작했어. ……그것도 안 좋은 방향으로.

하지만 난 그걸 모르는 척했어. 그리고 신난 오부치 히데유키를 본체만체 아오타 사야코의 이력서를 들여다봤지.

"얘, 아르바이트 경험이 없는 것 같은데."

"누구나 처음에는 경험이 없죠. 저도 이벤트 회사에서 처음 일했을 때는 아무 경험도 없는 고등학생이었는걸요."

"그런 지방의 이벤트와 '미스 도도로키'는 차원이 달라."

"뭐라고요?" 오부치 히데유키가 부릅뜬 눈을 되록거렸지. 그때까지 알고 지내면서 처음으로 보는 얼굴이었어. ……그래, 위협하는 표정이야.

"이치카와 씨, 지방이라고 무시하는 거예요?"

그에게 '이치카와 씨'라고 불린 것도 처음이었고. 처음 만났을 때부터 쭉 '세이코 씨'였거든.

그래서 얼마나 놀랐는지 몰라. 당혹감과 불안감과…… 그리고 공포?

그래, 그건 공포였어. 오부치 히데유키에게 버려진다는 공포.

그때까지는 그런 생각을 털끝만큼도 해본 적이 없었지. 오부치 히데유키는 내 귀여운 새끼 고양이었으니까. 난 언제나 한 단 위에서 그가 뛰노는 모습을 지켜봐. 어딘가로 뛰쳐나가도 늘 같은 시간에 사냥감을 물고 돌아오지. 그런 절대적인 신뢰와 안정감이 우리 사이에는 가득했어. 그런데 '이치카와 씨'라는 한마디에 신뢰와 안정감이 순식간에 공포로 변한 거야. 몸이 얼어붙더라. 정신도 딱딱하게 굳어버렸고.

"응, 알았어. 그럼 마음대로 해. 난 이번 일에 참견 안 할게."

형식적으로 대답하는 게 고작이었지.

"고마워요, 세이코 씨."

오부치 히데유키가 평소처럼 웃음을 지었어. 아까까지 찬 바람이 쌩쌩 불던 게 맞나 싶을 정도였지.

이 순간이야. 우리 입장이 180도로 역전된 건.

오부치 히데유키는 의식적으로 그런 걸까, 무의식적으로 그런 걸까.

그 후로 그는 '세이코 씨'와 '이치카와 씨'를 섞어서 불렀어. 그래, 나눠서 사용한 거지. 채찍을 휘두를 때는 '이치카와 씨',

당근을 던져줄 때는 '세이코 씨'.

오부치 히데유키의 이 지배 기술은 재판에서도 쟁점이었지. 오부치 히데유키는 부정했지만, 이건 진짜야. 그는 남을 지배해서 조종하는 재능이 있었어.

그렇다고 해서 특별한 능력은 아니야. 아무리 작은 조직에도 자연스레 리더가 되는 사람이 있잖아? 어느덧 리더가 선로를 깔고, 그 외의 대다수가 그 선로에 올라타지.

인간은 크게 두 종류로 나뉘는 법이야. 선로를 까는 사람과 거기 올라타는 사람. 그렇게 두 종류가 있었기에 인류는 사회를 만들고 현재의 번영을 구가할 수 있었던 거지. 그러니까 오부치 히데유키가 특별한 건 아니야. 흔히 볼 수 있는 리더 유형의 인간이었어. 그 성질을 잘 살렸다면 오부치 히데유키는 틀림없이 한 분야에서 명예와 지위를 손에 넣었겠지. '범죄자'가 아니라 '성공한 자'로서 이름을 새길 수 있었을 거야.

그랬는데. 오부치 히데유키의 운명은 궤도에서 크게 벗어나고 말았지.

오부치 히데유키에게 아오타 사야코의 이름을 들은 그날, 그 여자는 득의양양하게 웃는 얼굴로 요쓰야의 사무실을 찾아왔어. 그리고 제집인 양 내가 산 소파에 떡하니 앉았지. 감이 딱 오더군. 아, 오부치 히데유키가 이 여자랑 붙어먹었구나.

즉, 섹스야.

둘이 잔 거라고! 내가 빌려준 방에서! 내가 없는 사이에!

몸이 덜덜 떨리더라.

다시 말하지만 난 오부치 히데유키와 육체관계를 맺지 않았어. 정신적으로만 결합해서 그 방에 살았지.

물론 동거하고 나서는 나도 선을 넘고 싶었어. 하지만 오부치 히데유키가 용납하지 않았지.

"저는 여성의 마음은 사랑할 수 있지만, 여성의 몸은 사랑하지 못해요. ……게이라서."

그런 소리를 하면서 내 알몸조차 보려고 하지 않더라고. 멍청하게도 그 소리를 믿었는데. 하지만 아니었어. 오부치 히데유키는 100퍼센트 '남자'였어. 그것도 젊은 여자를 아주 밝히는 호색한. 즉, 당시 서른여섯 살이었던 나는 그에게 성욕의 대상이 아닐 뿐이었던 거야.

그런 줄도 모르고 나는.

"플라토닉한 관계지만 마음은 아주 깊이 연결돼 있어. 어떤 의미에서 플라토닉은 궁극의 성관계가 아닐까."

그런 소리나 떠들고 다녔지. 정말 등신 같아.

정말 등신 같아!

아아아, 이런 등신!

생각만 해도 악을 쓰고 싶어져!

멍청한 년! 멍청한 년! 멍청한 년!

아아, 미안해. 이 이야기가 나오면 나도 모르게 감정이 격해져서.

……괜찮아, 괜찮아. 술 마시면 진정돼.

……봐, 벌써 진정됐네.

음, 어디까지 이야기했더라? 아아, 오부치 히데유키와 아오타 사야코가 잤다고 했었지 참.

그날 있었던 일은 죽을 때까지 못 잊을 거야.

아오타 사야코가 요쓰야의 사무실에 나타난 그날. 난 방해꾼처럼 방에서 쫓겨났어.

"저기, 세이코 씨. 장 좀 봐줄래요?"

오부치 히데유키가 글씨로 빽빽한 메모지를 쥐여주었지.

"세이코 씨, 부탁해요."

그렇게 말하면서 새끼손가락을 내 새끼손가락에 걸었지만, 눈으로는 아오타 사야코의 몸을 훑었어.

X여학원 교복 차림에 포니 테일, 맨얼굴에 분홍색 립크림만 바른 모습만 보면 순진하고 어수룩한 아가씨가 따로 없었지.

하지만 이 여자는 걸레라고 감이 딱 오더라. 그런 모습도 기술 중 하나가 틀림없어. 아주 청순한 척하면서 하반신으로는 남자를 유혹하는 거야. 그 증거로 아오타 사야코의 블라우스는 학교에서 지정한 옷이 아니었어.

학교에서 지정한 면 소재 블라우스는 데님 옷감처럼 두꺼워. 속옷이 비치지 않도록 하복도 두꺼운 천으로 만든 블라우스를 입게 한 거지. 그런데 걔가 입은 블라우스는 얇은 시판품이었어. 화학섬유와 면을 혼방한 상품이었지. ……나도 가끔 시판품을 입긴 했어. 특히 학원에 갈 때는. 얇은 블라우스를 입으면 다른 학교 남학생의 반응이 좋았거든. ……브래지어가 비쳐 보이니까. 그런 블라우스를 입으면 작업을 거는 남자도 많았어.

그래. 그런 블라우스를 입는 건 속셈이 있을 때야. 섹스 어필하고 싶을 때. 즉 '발정 났다'는 사인이지. 정말이지 그 나이대 여자애들은 수치심이고 체면이고 없다니까. 절조 없이 성욕이 이끄는 대로 행동해. 분명 다른 남자와도 수없이 잤을 거야. 그리고 그날도 남자를 낚기 위해 찾아왔겠지.

아니나 다를까, 내가 나간 후에 두 사람은 누가 먼저랄 것도 없이 엉겨 붙더니…… 관계를 맺었어.

어떻게 알았느냐고?

나가는 척하고 옆방에서 엿봤거든.

한심하지? 나잇살이나 먹고 무슨 짓이냐 싶지?

하지만 연하 남자에게 휘둘리는 아줌마는 그런 법이야. 이것저것 따질 여유는 없다고. ……그래, 맞아. 인정할게. 나야말로 수치심이고 체면이고 없는 상태였어. 그딴 것 엿이나 먹으라는 심정이었지. 아무튼 오부치 히데유키에게 버려질까 봐 두려웠어. 그래서 엿보지 않을 수 없었던 거야.

내가 엿보는 줄도 모르고 두 사람은 꼴사나운 모습으로 서로의 육체를 탐닉하기 시작했지.

그 시점에서 '뭐 하는 짓이야!' 하고 나서는 게 정석이겠지만, 난 그러지 않았어.

……내 성욕에도 불이 붙었거든.

남의 성관계를 직접 보는 건 처음이라 완전히 흥분한 거야. 물론 야동이나 19금 영상은 본 적 있지. 하지만 그런 건 어린애 눈속임이라고 여겨질 만큼 현장에서 실시간으로 보는 성관계는 박력이 넘쳤어. 아주 음란했지.

이성이 확 날아갈 정도였어.

오부치 히데유키는 젊은데도 애무에 시간을 들이더라고. 그 광경을 보고 있으니 참을 수가 있어야지.

엿보고 있다는 사실도 잊고서 어느새 나는 치마를 걷어 올리고 팬티 속에 손을 넣었어. 그리고 오부치 히데유키의 애무에 맞춰 자위행위에 푹 빠졌지. 그것만으로도 두 번은 절정에 다다랐어. 오부치 히데유키의 애무는 정말로 대단해서, 아오타 사야코도 해삼처럼 딱딱해졌다가 흐물흐물해졌다가 하더라고. 그럴 때마다 지린 것처럼 하반신이 질척질척해졌어. 내 하반신도 마찬가지였고. 물이 한없이 흘러나왔어.

이제 안 돼. 더는 못 참아. 빨리, 빨리, 와줘!

그렇게 소리친 건 아오타 사야코였을까, 아니면 나 자신이었을까.

어쨌거나 길디긴 애무가 끝나고 오부치 히데유키가 드디어 아오타 사야코 안으로 들어갔지.

"앗, 앗, 앗, 앗."

아오타 사야코가 목 졸린 닭처럼 신음했어.

나도 소리 없이 신음했고. 마치 내게 삽입한 것 같은 쾌감을 느꼈거든. 그런 쾌감은 난생처음이었어. 지금까지 남자와 잤던 건 뭐였나 싶을 만큼 압도적인 쾌감. 머릿속이 찌릿찌릿하고 온몸이 경직됐지. ······이러다 죽겠다 싶지만 멈출 수가 없었어. 난 오부치 히데유키의 허리 놀림에 맞춰서 계속 손가락을 움직였어. 이대로 죽어도 좋다는 심정이었지. 이 쾌감 속에서 죽을 수 있다면······.

 그 후로 엿보는 버릇이 생겼어. 그래, 오부치 히데유키와 아오타 사야코의 성관계를 훔쳐보는 걸 그만둘 수가 없었어. 그래서 두 사람의 관계를 용납했지. 묵인한 거야. 성관계를 훔쳐보기 위해. ······물론 두 사람에게는 비밀로.

 하지만 어쩌면 알고 있었을지도 모르겠네. 특히 아오타 사야코는.

 점점 과장되게 신음소리를 냈고, 남에게 보여주려는 것처럼 대담한 자세를 취하기도 했거든.

 그게 문제였는지 오부치 히데유키는 점점 아오타 사야코에게 흥미를 잃었어. 오부치 히데유키가 좋아하는 건 어디까지나 '청순'한 아마추어야. 성인물 배우처럼 노련해진 아오타 사야코에게 정이 떨어진 것처럼 보일 때도 많아졌지.

 그때부터야. 아오타 사야코가 오부치 히데유키에게 그걸 먹이게 된 건.

 응, 분명 마약성 약품이겠지. 아오타 사야코가 자기 집에서

가지고 온 물건일 거야. 그걸 먹여서 그를 간신히 자기 곁에 붙들어둔 거지.

재판에서는 아오타 사야코가 부정했지만.

그래도 틀림없어. 아오타 사야코는 오부치 히데유키에게 뭔가 먹였어. 그걸로 오부치 히데유키를 파괴한 거야!

*

저녁 8시였다.

간신히 달래서 이치카와 세이코를 택시에 태운 후, 나와 하시모토 씨는 입가심이라도 하자는 듯 아카사카미쓰케의 패스트푸드점에 들어갔다.

"가사하라 씨 말대로였군. 이치카와 세이코는 주사가 심하댔는데."

하시모토 씨는 커피를 마시며 피곤하다는 듯 어깨를 움츠렸다.

"알고 계셨어요?"

놀라서 물어보았다.

"응. 가사하라 씨가 그러더라. 이치카와 세이코에게는 절대로 술을 먹이지 말라고."

"그럼 왜 먹인 건데요?"

나는 성난 목소리로 말했다. 너무 심했다. 카페에서 큰 소리로 상스러운 말을 늘어놓는 것도 모자라, 결국에는 옷까지 벗었다.

"……저, 창피해서 이제 그 카페에는 못 가요."

"나도 당분간은 못 가겠군."

말과는 달리 어쩐지 기쁜 표정이었다. 월척을 낚아서 좋아하는 낚시꾼 같았다.

"그래도 쓸 만한 이야기를 들었잖아."

하시모토 씨의 말에 나는 고개를 살짝 끄덕였다.

"어쩐지 알 것 같네요. 아오타 사야코가 어떤 인간인지."

"그래? 내 생각에는 아직 멀었는데."

"네?"

"좀 더 깊이 파야 해."

"좀 더 깊이?"

"내일은 분쿄구에 가 보자. 아오타 사야코가 태어나고 자란 집이자 사건이 발생한 현장에. ……언덕 위의 빨간 지붕 집에."

6장   언덕 위의 이웃 사람

하지만 그다음 날, 하시모토 씨에게 급한 볼일이 생겨서 사건 현장에 가기로 했던 일정은 취소됐다. 그 대신이라는 듯.
"약속 잡았어!"
하시모토 씨에게 연락이 왔다. 기오이초에서 취재하고 이틀 후 아침이었다.
"약속이요?"
"응. 사건 현장의 옆집에 사는 오가타 씨와 만나기로 했지."
"……오가타 씨?"
"오가타 가오리 씨. 아오타 사야코의 이웃이자 소꿉친구였던 여자야."
"아아, 그분이라면 알아요. 지금까지 매스컴의 취재에 일절 응하지 않았던 사람이죠? 저도 한번 취재를 요청해봤는데, 아니나 다를까 거절당했어요."

"나도 밑져야 본전이라는 생각으로 요청해봤어. 어쨌거나 아오타 사야코와도 그 부모님과도 옛날부터 알고 지낸 사이니까. 어떻게든 이야기를 듣고 싶잖아."

"용케 약속을 잡으셨네요."

"내일 오후 2시부터 한 시간 정도라면 괜찮다는 조건이 붙었지만."

"충분하죠!"

"그럼 내일, 가는 거지?"

그리고 그다음 날, 우리는 도쿄 메트로의 M다니역에서 내렸다.

M다니역은 지상역이라 그런가, 어쩐지 향수가 느껴졌다. 내 고향에 있는 역과 비슷하기 때문일까.

하지만 계절에 어울리지 않게 강한 햇살이 조금 눈부셨다. 살짝 현기증이 났다.

"M다니는 이름에 '골짜기谷'가 들어가지만 역 개찰구는 '골짜기'가 아니야."

하시모토 씨가 화과자 봉지를 흔들며 혼잣말하듯 말했다.

"아아, 확실히 그러네요." 나는 손수건으로 햇살을 막으며 대답했다.

"이 역은 산등성이…… 고지대의 가장자리에 만들어졌어."

"산등성이요?"

"도쿄 야마노테(山の手. 도쿄의 고지대인 서쪽과 북서쪽 지역을 가리키는 말―옮긴이)를 조감하면 산등성이와 골짜기가 손가락처럼 이어지는데, 이 역은 집게손가락의 두 번째 관절 가장자리에 위치해."

하시모토 씨가 왼손을 내밀며 설명했다. 나도 왼손을 펼쳐 보았다.

"그렇군요. 그래서 '산山'의 '손手'…… '야마노테'인 거네요!"

"그래. 서쪽 개찰구를 나서면 바로 내리막이고 그 아래가 '골짜기'야. 그 '골짜기'가 'M다니'라는 이름의 유래지."

"'골짜기'라면 내리막을 내려갔다가 다시 오르막이 나오나요?"

"응. 서쪽뿐만이 아니야. 우리가 갈 동쪽도 일단 긴 언덕을 내려갔다가 다시 올라가야 해."

"소문대로 기복이 심한 지역이네요."

"혹시 여기는 처음이야?"

"……네, 실은."

망설여졌다. 여기서 진실을 밝힐까? 하지만 지금은 아직 그럴 때가 아닌 것 같았다. 좀 더 상황을 보고 나서 밝히자.

"처음이에요." 나는 거짓말을 했다. "아, 인터넷 지도로는 매일같이 찾아오지만요."

"거리뷰?"

"……네."

"요즘은 거리뷰만 보고 직접 다녀온 것처럼 기분을 내는 사람도 많지."

"……죄송합니다."

"아니, 괜찮아. 소설은 결국 공상의 세계잖아. 실제로 갈 필요는 없어."

"그렇죠!"

"하지만 이번에는 달라. 소설이긴 하지만 현실을 모델로 삼은 이상, 어디까지나 논픽션이야. 사실이 중요해."

"……그렇겠죠."

"네 작품에는 현장감이 모자라. 즉 냄새, 기온, 습도. 그런 요소들이 부족하니까 별로인 거라고."

"……"

"가사하라 씨가 신경 쓰는 것도 그런 점이야."

"……"

"법정 화가도, 이벤트 회사 사장도 결국 전화 통화로만 인터뷰했잖아?"

"네. 하지만 상대방이 바쁜 탓에 직접 만날 수 없어서……."

"그건 밀어붙여야지. 실제로 만나서 이야기를 듣지 않으면 거짓인지 진실인지 알 수가 없잖아."

"……그렇지만!"

법정 화가도, 이벤트 회사 사장도 하시모토 씨가 억지로 끼워 넣은 것 아닌가.

초반부 흡입력이 중요하니까 일단 인터뷰 기사를 넣자면서. 기간은 고작 이틀. 이틀 만에 할 수 있는 일은 전화 취재가 고작이다.

하지만 지금 여기서 항의한들 역효과만 날 뿐이다.

나는 펼치고 있던 손을 꽉 부르쥐었다.

"혹시 분쿄구도 처음이야?"

내 마음속 목소리를 알아차렸는지 하시모토 씨가 화제를 바꾸었다.

"어, 그게." 이것도 거짓말하는 편이 나으리라. "네, 처음이에요. ……물론 차로 지나가거나 거쳐 간 적은 있어요. 하지만 뭔가 목적이 있어서 찾아오는 건 처음이네요. 이케부쿠로처럼 커다란 상업시설이 있는 것도 아니고, 신주쿠 같은 오락시설도 없으니까요. ……뭐, 남쪽에 도쿄 돔은 있지만 거기는 거의 이웃 구의 문화권이고요."

"확실히 놀 곳은 거의 없지. 있는 건 신사나 절, 그리고 정원. 내 대학 동기가 분쿄구 출신인데 게임센터에 가본 적이 없대. 파친코에도."

"왜요?"

"그런 오락시설이 없으니까."

"도심인데 아주 건실한 동네로군요."

"교육과 문화의 거리로 발전해온 역사 때문에 그런지도 모르지. 한때는 윤락가나 유흥가도 있긴 있었던 모양인데, 지금은 흔적조차 없어."

"범죄 발생률도 도쿄 23구 중에서 최저. 그야말로 우등생 거리로군요."

"우등생이라……."

"그러고 보니 인터넷에서 봤는데, 이곳의 공립 초등학교에는 유명 사립 초등학교 뺨치게 우수한 아이가 많대요."

"아아, 그렇지. 분쿄구의 공립 초등학교를 노리고 그 학군에 방을 빌리는 부모도 많아."

"학군에 방을 따로 빌려서 산다고요?"

"응. 우리 누나도 그랬지."

"누님이요?"

"우리 어머니가 교육열이 꽤 높았거든. 꼭 분쿄구의 초등학교에 들어가야 한다며 초등학교 근처에 방을 빌려서 한동안 누나와 단둘이 살았어."

"그렇군요. ……그럼 하시모토 씨도?"

"아니. 난 원래 살던 신주쿠구의 공립."

"아아, 그랬죠. 본가는 가구라자카시니까."

"어쨌거나 그런 분쿄구이기에 그 사건이 발생했는지도 몰라."

"네?"

"즉, 고저 차."

"고저 차?"

"낙차가 있는 곳에 에너지가 생긴다…… 그런 거지."

"에너지……."

"자, 얼른 가자. 약속 시간이 얼마 안 남았어."

약속 시간은 오후 2시. 현재 시각은 오후 1시 40분. 하시모토 씨 말대로다.

언덕을 내려가서 다른 언덕을 올라가야 하니까 여기서 목적지까지 언덕을 두 개 거치는 셈이다. 거리로만 따지면 걸어서 10분 정도지만, 실제로는 15분쯤 걸린다.

"네, 그러네요. 서두르죠."

우리는 부랴부랴 개찰구로 향했다.

*

분쿄구는 도쿄 23구의 중앙에서 약간 북쪽에 위치한 곳으로 고지대에는 한적한 주택가가 펼쳐지는 한편, 저지대는 인쇄 관련 공장으로 북적거린다.

도쿠나가 스나오는 이 모습을 『태양이 없는 거리』에서 이렇게 표현했다.

센카와 하수로는 옛날 모습을 완전히 잃었다. 땅바닥에 달라붙은 듯한 쪽방이 수없이 튀어나와 모양새가 비틀어지고 일그러졌다. 부엌 밑을 빠져나가고 화장실을 돌아서 흐르는 하수로는 먼지, 코크스 찌꺼기, 빈 병, 넝마, 쓰레기로 폭이 좁아졌고, 홍수가 날 때에야 비로소 그 존재를 드러낼 뿐이었다.

'골짜기 밑바닥 거리'의 중심인 센카와 하수로에서 멀어져 구릉을 따라 올라갈수록 이층집도 있고 비교적 부유한 동네 사람들이 살았다. 올라가는 것은 홍수를 피하고 태양에 가까워지는 길이었으며, 생활 수준의 높낮이를 가늠하는 잣대이기도 했다.

즉, 고지대에 사는 사람들은 '태양에 가깝고', 저지대에 사는 사람들에게는 '태양이 없다.'

우리는 그걸 확인하듯 일찍이 '유령 언덕'이라고도 불렸던 긴 언덕을 내려갔다. 오른쪽에는 고급 맨션이 줄지었고, 왼쪽은 다이묘 저택(일본의 봉건 영주인 다이묘들이 에도에 가지고 있던 저택—옮긴이)의 흔적이 남은 녹지다.

이른바 '한적한 주택가'로, 도내에서 손꼽히는 고급 주택지라는 명성에 부끄럽지 않은 풍경이다.

언덕 중턱에 다다랐을 무렵, 하시모토 씨가 갑자기 말을 꺼냈다.

"마치 결계 같군."

그 얼굴에 시선을 주자 이를 악물고 뭔가를 참는 것처럼 보이기도 했다.

"결계요?"

무슨 의미인지 궁금해서 물어보았다.

"골짜기 밑바닥에 고인 침전물이 고지대로 올라오지 않도록 언덕이 결계 역할을 하는 것 같아."

"골짜기 밑바닥에 고인 침전물……."

확실히 언덕을 내려갈수록 '한적함' 속에 속세의 번잡함이 섞이기 시작했다.

일단 카페가 나타났고, 이어서 편의점, 그리고 메밀국숫집. 결국은 작은 공장이 나타났다. 저건 제본 공장일까. 지게차가 오갔다.

그리고 교차로가 보였다.

소위 골짜기 밑바닥이다.

오부치 히데유키는 이 교차로에 대해 자서전에 이렇게 적었다.

……어느덧 나는 교차로에 서 있었다.

어디를 어떻게 걸어온 걸까. 처음 보는 풍경이었다.

올려다보니 신호등에는 'M언덕 아래'라고 적힌 표지판이 매달려 있었다. 시선을 더 돌리자 주민회 게시판이 보였다. 거기에는 '고텐마치'라는 글씨가 있었다.

"오부치 히데유키는 초등학생 시절, 학교를 조퇴한 날에 길을 잃고 여기로 왔지."

하시모토 씨가 횡단보도 앞에서 걸음을 멈췄다.

파란불이 깜박거렸다.

실은 얼른 달려서 건너고 싶었지만, 하시모토 씨는 다음 파란불까지 기다리려는 듯했다.

나도 발을 멈췄다. 여기까지 종종걸음친 탓인지, 아니면 익숙지 않은 펌프스를 신은 탓인지 발끝이 약간 욱신거렸다. ……왜일까. 현기증도 가라앉지 않았다.

"이 교차로가 평소 골짜기 밑바닥의 저지대에서 지냈던 오부치 히데유키에게 '고저 차'라는 개념을 일깨워줬어." 하시모토 씨가 생각에 잠긴 듯한 목소리로 말했다. "오부치의 가슴속에 무슨 독의 씨앗이 심겼다면, 그건 여기 처음 섰던 순간이었을지도 모르겠군."

"그럴까요." 나는 현기증을 떨쳐내려 애쓰며 대꾸했다.

"그래, 틀림없어. 오부치 히데유키도 자서전에 그렇게 썼잖아."

……횡단보도를 건너자 언덕 아래였다. 가파르고 긴 언덕이 눈앞을 막았다. 너무 경사져서 위쪽이 어떤지 아래에서는 보이지 않았다.

그저 파란 하늘이 펼쳐져 있었다.

한 발짝, 또 한 발짝 다가가 보았다.

빨간 뭔가가 보였다. 하늘을 아래에서 찌르는, 마치 피에 젖은 칼 같은 뭔가가.

시선을 모았다.

지붕이다.

빨간 지붕.

세찬 바람이 한차례 불었다.

그 지붕은 '오지 말라'라는 경고처럼 느껴지기도 했다.

그때 나는 비로소 실감했다. 지금 내가 있는 곳은 '골짜기'라는 사실을.

어떤 의미에서는 그때의 경험이 내 인생의 분기점이었던 것 같다.

"지붕이 빨간 그 집이 바로 아오타 사야코의 집이었어. 즉, 오부치 히데유키의 그 범행은 일종의 '복수'였는지도 몰라. 아니면 '운명'이거나."

"그럴까요?"

더는 견디지 못할 만큼 현기증이 심해졌다. 하지만 나는 현기증을 꽉 억누르고 대꾸했다.

"그 자서전은 오부치 히데유키가 나중에 살을 덧붙인…… 더 직설적으로 말하자면 창작일 거예요."

"창작? 무슨 소리야?"

"오부치 히데유키가 초등학생 때 이 부근에 살았던 건 사실이죠. 하지만 여기와 오부치 히데유키가 살았던 지역은 5킬로

미터나 떨어져 있어요. 아무리 길을 잃었대도 우연히 여기에 다다랐다는 건 너무 작위적이에요."

"그런가."

"저는 오부치 히데유키의 자서전 자체에 의혹을 품고 있어요. 진실이라는 심에 휴지를 둘둘 감은 두루마리 휴지같이 수상쩍거든요. 그 휴지를 다 풀어버려야 이 사건의 진상이 보이지 않을까 싶네요."

"그렇군. ……그럼 풀러 가자."

시선을 돌리자 신호등은 이미 파란불로 바뀌었다.

우리는 경쟁하듯 걸음을 내디뎠다. 하지만 횡단보도를 다 건넜을 때 현기증이 한계에 다다랐다. 더는 서 있을 수가 없었다.

나는 그 자리에 쪼그려 앉았다.

"어, 괜찮아?"

"……아아, 죄송해요. 요즘 계속 밤을 새웠더니만. 에너지 음료를 마시면 괜찮을 거예요. ……저기 편의점에서 사 올 테니 잠시만 기다려주세요."

하지만 다리가 꼬여서 일어설 수조차 없었다.

"얼굴이 새파랗게 질렸어. ……오늘은 돌아가는 편이 좋겠군."

"아니요, 괜찮아요. ……아무 문제도 없어요. 서둘러야겠네요. 약속 시간이."

그렇게 말하는 동안에도 시야가 서서히 좁아졌다.

"나한테 맡겨. 혼자 인터뷰하고 올게. 그러니까 오늘은 돌아가."

"하지만."

시야 가장자리에서 하시모토 씨가 힘차게 손을 들었다. 그걸 신호로 뭔가가 멈췄다.

택시였다.

"자, 오늘은 이만 돌아가. 택시 티켓도 줄게."

"그래도."

하지만 더는 저항할 기력도 체력도 없었다. 하시모토 씨가 밀어 넣다시피 나를 택시에 태웠다.

"네 몫까지 철저히 취재할게. 그러니까."

하시모토 씨가 뭐라고 말했지만, 내게는 대답할 여유가 전혀 남아 있지 않았다.

*

오늘은 혼자서?

전화로는 두 분이 오신다고 들었는데요.

아아, 그런가요. 한 분은 몸이 안 좋아서 돌아가셨군요.

요즘 기온이 너무 왔다 갔다 하니까요. 겨울처럼 추워졌나 싶더니 오늘은 초여름처럼 햇빛이 쨍쨍하고요. 실은 저도 감기에 걸렸어요. ……네, 괜찮아요. 가벼운 코감기예요. 심각한 독감 같은 건 아니니까 안심하세요.

어? 그거 녹음기인가요? 제 이야기를 녹음하시게요?

……이야, 그렇군요. 방송으로는 본 적이 있지만, 이렇게 녹음하는 거로군요. 속기 같은 방식으로 기록할 줄 알았거든요.

아아, 죄송해요. 속기라니. 제가 아날로그 인간이라서요.

……어머나, 도라야의 양갱이네. 감사합니다. 옛날부터 양갱을 아주 좋아했거든요.

후후후. 마치 할머니 같다는 말을 자주 들어요. 하지만 어릴 적부터 양과자보다 화과자를 더 좋아했답니다.

사야코도 그랬어요.

어릴 때부터 소금 찹쌀떡이니 라쿠간(쌀가루나 밀가루에 설탕이나 물엿을 넣어 만든 일본의 전통 건과자―옮긴이)이니 그런 화과자에 사족을 못 썼죠. 둘이 자주 공원 벤치에 앉아 구운 경단을 먹으며 거리를 멍하니 바라보곤 했어요.

여기는 지대가 좀 높잖아요? 그래서 여름에도 시원한 바람이 불어요.

저녁에는 멋진 노을이 펼쳐지고요. 오렌지색으로 빛나는 고층 빌딩이 얼마나 아름다운지.

아아, 죄송해요. 이야기가 엇나갔네요.

이래 보여도 긴장했거든요.

미디어 관계자의 취재를 받아들인 건 이번이 처음이라서요. 실은 오늘도 취재를 거절하려고 했어요.

한편으로 이런 생각도 들었죠.

취재를 받아들여서 그 사건을 일단락 짓고 싶다고. 그리고 앞으로 나아가고 싶다고.

그 사건이 벌어지고 오늘까지 저는 내내 멈춰 서 있었거든요.

근처 사람들도 많이 바뀌었어요.

이 일대에서 옛날부터 쭉 살아온 건 저희 가족뿐이에요. 변하지 않은 건 저희 가족뿐인 거죠.

하지만. ……실은 저희 가족도 내년 초에 이사할 예정이에요. 이 집을 아끼셨던 할머니가 작년에 돌아가셔서 여기 살 이유가 없어졌으니까요.

가마쿠라에 입지가 좋은 곳을 구해서 작은 집을 짓고 있어요. 연금으로 생활하시는 아버지와 어머니가 바다가 보이는 집에서 조용히 노후를 보내고 싶다고 하셨거든요.

저는 우라와에 사놓은 작은 맨션에서 혼자 살 예정이고요. 가마쿠라는 직장에서 너무 멀어서요.

네? 제 직장이요?

O대학에 부교수로 있어요. 여기서는 걸어서 다닐 수 있지만 내년부터는 전철로 통근해야죠.

어쩐지 가슴이 두근거리네요.

전철 통근을 동경했었거든요. 초등학교부터 대학교까지 가까운 공립에 다녀서 늘 걸어 다녔으니까.

그래서 사야코가 부러웠어요. 사야코는 초등학교 때부터 전철로 통학했거든요. 저도 사야코와 같은 초등학교에 가고 싶다고 떼를 썼답니다.

왜 나는 근처 공립이고 사야코만 X여학원에 다니느냐면서요. 그랬더니 어머니가 그러시더라고요.

"사야코도 실은 너랑 같은 학교에 갈 생각이었어"라고요.

"하지만 시험에 떨어져버렸단다. 그러니 어쩔 수 없지"라고요.

당시는 잘 몰랐지만 제가 다닌 초등학교는 공립은 공립이라도 국립이었어요. ……역에서 오시는 도중에 지나치지 않으셨나요? 국립 T대학교 부속 초등학교. 네, 국립이니까 입학하려면 까다로운 시험에 합격해야 하죠. 저는 붙었고 사야코는 떨어진 거예요.

그래도 이상했어요.

그럼 왜 구립 초등학교에 안 간 걸까 싶더라고요. 구립 초등학교는 엎어지면 코 닿을 곳이거든요. 여기서도 아이들 목소리가 잘 들리죠? 요 부근에 사는 아이는 대개 그 초등학교에 다녀요.

의아해서 물어봤죠.

"아오타 씨네는 허세가 심하니까."

어머니는 쓴웃음을 지으며 그렇게 중얼거린 후에 이렇게도 말씀하셨어요.

"아오타 씨 앞에서는 학교 이야기를 꺼내면 안 돼, 알겠지? 절대로 안 돼."

그 '금지 사항'은 제 가슴속에 묘한 형태로 새겨졌답니다. 학교 이야기를 꺼내는 게 금지였을 텐데, 점차 사야코와 이야기하는 게 '금지'된 듯 느껴진 거예요.

그건 사야코가 거리를 두었던 탓이기도 해요. 사야코는 명백히 저를 피했어요. 저는 저대로 어머니의 '안 돼' 때문에 어쩐지 사야코에게 서먹서먹한 감정을 품게 됐고요.

그러다 보니 유치원 때까지는 자매처럼 친하게 놀았는데, 초등학교 2학년에 올라갈 무렵에는 서로 눈도 마주치지 않게 됐죠. 이윽고 얼굴을 마주치지 않도록 서로 수를 쓰기 시작했어요. 등하교 시간을 일부러 옮기거나 통학로를 바꾸는 식으로.

부자연스러운 이야기죠. 이웃집에 사는 소꿉친구인데. 싸운 것도 아닌데. 그래도 저희는 서로를 피해서 생활했어요.

……초등학교 3학년 여름방학을 앞둔 어느 날. 오랜만에 사야코를 봤어요. 지금도 생생히 기억나네요.

언덕 아래 교차로. 지금은 편의점이지만 옛날에는 작은 서점이 있었는데, 거기서요.

그 서점은 1층이 점포고 2층은 주거 공간이었어요. 손님이 초인종을 눌러서 2층에 있는 사람을 부르는 시스템이었죠. 즉, 점포를 지키는 사람은 없는 거예요. 그 서점에서 X여학원 초등부 교복을 입은 사야코를 봤는데요. 말을 걸까 무시할까 망설이는데…… 사야코가 책 몇 권과 문구용품을 책가방에 넣었어요. 그리고 그대로 서점을 나섰죠.

네, 도둑질한 거예요.

그것도 평범한 좀도둑질이 아니죠. 지금 생각해보면 클렙토마니아…… 병적 도벽이에요.

클렙토마니아는 일종의 의존증으로, 마음의 병이에요. 가지고 싶거나 필요한 것도 아닌데 훔치지 않고서는 못 배기죠. 알코올의존증이나 도박 의존증처럼 충동을 억누르기 힘들어서 눈앞에 있는 물건을 훔칠 수밖에 없는 상태예요.

하지만 당시는 그런 줄도 모르고, 그저 멍하니 그 모습을 지켜봤어요. 그리고 무서워져서 집에 돌아가자마자 어머니에게 자초지종을 알렸죠.

그날 밤, 어머니가 절 불러서 이렇게 말씀하셨어요.

"그건 도둑질이 아니었나 봐. 나중에 사야코 엄마가 돈을 냈대. 그러니까 너도 그 일은 잊어버리렴."

어린 마음에도 참 궁색한 변명이다 싶었죠.

즉 도둑질을 부모가 뒤처리해줬을 뿐 아닌가. 돈을 내고 안 내고는 문제가 아니다. 분명 절도인데 왜 방치하는가. 도무지 이해가 안 되더군요.

사야코는 그날만 도둑질한 게 아니에요. 제가 적어도 세 번은 목격했으니까 실제로는 더 많이 했겠죠. 엄연한 상습범이에요.

……범죄는 익숙해지고 나면 늦어요. 익숙해지면 '습관'이 되니까요. 이 닦는 습관과 마찬가지로 그걸 하지 않으면 한없이 찝찝한 기분에 사로잡히죠. 따라서 범죄는 처음 저질렀을 때 '해서는 안 된다'라고 강제할 필요가 있어요. 아니면 점점 심해

지요. 처음에는 도둑질, 다음에는 살인…… 그런 식으로.
과장해서 말하는 게 아니에요.
살인 같은 중대 범죄를 저지르는 사람은 거의 100퍼센트 가벼운 범죄를 저지른 전력이 있어요. 좀도둑질을 하는 사람이 모조리 살인범이 된다고는 하지 않겠지만, 살인범이 절도 등의 죄를 저지른 사례는 허다하죠.
그러니까 처음으로 범죄를 저질렀을 때 멈춰야 해요. 아무리 사소한 일이라도, 그게 범죄라면 거기서 더는 나아가지 못하게 막아야 한다고요.
……그런데 사야코에게는 그 기회가 주어지지 않은 것 같았어요. 부모님이 좀도둑질을 눈감아주고 뒤처리까지 해줬죠.
이미 늦었다.
세 번째로 좀도둑질을 목격했을 때 그런 생각이 들더군요.

*

이미 늦었다.
세 번째로 좀도둑질을 목격했을 때 그런 생각이 들더군요.
…….

여기까지 재생했을 때 하시모토 씨가 정지 버튼을 눌렀다.
"잠깐 쉬자."

하시모토 씨는 그렇게 말하고 테이블 가장자리에서 메뉴를 끌어당겼다. "배고프네. ……너도 뭐 좀 먹을래?"

신주쿠 3번지의 노래방.

평일 낮인데도 사람들로 북적이는지 "한 시간만 이용하실 수 있습니다" 하고 입실할 때 몇 번이나 강조했다. "연장은 안 되니까, 양해 부탁드립니다" 하고.

나는 조마조마한 마음으로 시계를 보았다. 벌써 20분이 지났다. 앞으로 40분밖에 안 남았다.

"아니요, 저는 괜찮아요." 그렇게 말하며 녹음기 재생 버튼을 누르려 하자 하시모토 씨가 부드럽게 제지했다.

"서두르지 마. 일단 숨 좀 돌리자."

숨 돌리자니?

"너, 얼굴이 창백해. 식은땀까지 흘리고."

그 말을 듣고 이마를 만져보자 마치 결로가 맺힌 유리컵 같았다. 허둥지둥 손가방에서 손수건을 꺼냈다.

"실은 아직 몸이 다 회복되지 않은 것 아니야?"

어제 하시모토 씨에게 연락이 왔을 때 "이제 괜찮아요. 쌩쌩하다고요" 하고 얼른 큰소리를 쳤다. 실은 여전히 머리가 어질어질했지만, "내일? 네, 괜찮아요. 내일 갈게요" 하고 호언장담까지 했다. 그런데 오늘 아침에도 현기증이 가라앉지 않았고 구역질도 조금 났다. 그렇다고 쉴 수는 없다. 연재는 기다려주지 않는다.

"오늘은 쉬는 게 낫지 않겠니?"

어머니도 말렸다.

"아니야. 괜찮아. 괜찮다니까."

나는 그렇게 말하며 어머니의 손을 뿌리쳤다.

"정 그렇다면 택시라도 타렴."

어머니는 그런 내게 만 엔짜리를 쥐여주었다.

한순간 망설였지만 재빨리 그 돈을 지갑에 넣었다.

이미 장성했건만 금전적으로 어머니에게 도움을 받다니 스스로 생각하기에도 한심했다.

그 나이를 먹고도 여태 딸을 돌봐주고 싶어 하는 어머니가 원망스러웠다.

······정말로 괜찮으니까. 난 어디도 잘못되지 않았으니까.

나는 잔에 남은 진저에일을 쭉 들이켰다. 알싸한 단맛 덕분에 구역질이 좀 가라앉았다.

"정말로 괜찮아요."

이게 오늘 몇 번째의 '괜찮아'일까. 이 말을 꺼내면 꺼낼수록 체력이 소모되는 것 같기도 했다. 하지만 한 번 더 말했다.

"괜찮다니까요."

그리고 이번에야말로 재생 버튼을 눌렀다.

*

이미 늦었다.

세 번째로 좀도둑질을 목격했을 때 그런 생각이 들더군요.

그때부터 사야코가 몹시 싫어졌어요.

싫다고 할까. ……추잡스럽다고 할까. 사야코를 보기만 해도 뭔가 꺼림칙한 것이 전염되는 듯한 기분이 들었죠.

그래요, 혐오. 혐오라는 감정이 제일 딱 맞네요. 예를 들어 바퀴벌레나 길가에 널브러진 똥을 보았을 때처럼 뭐라고 형언할 수 없는 혐오감이 느껴졌어요.

실은 말이죠. 지금 이렇게 이야기만 하는데도 손이 떨려요. 뭐랄까 사야코를 떠올리기만 해도 뭔가 답답한 충동에 사로잡히죠. 그래서 이렇게 가운뎃손가락과 집게손가락을 꼬고 있는 거예요. 속으로 '엔가초(부정 타는 걸 막기 위한 미신적인 행동. 주로 두 손가락을 꼬며 엔가초라고 말한다—옮긴이)'라고 말하면서.

……인간의 감정은 참 신기해요. 한때는 마치 자매처럼 1년 내내 어울려 다녔는데. 함께 있으면 즐겁고, 잠시라도 떨어지면 쓸쓸했는데. 그랬건만 뭔가를 계기로 이렇게 싫어지다니. 정말이지 인간의 감정 변화만큼은 어쩔 도리가 없네요.

그래서 여태 결혼하지 않은 거예요. 불타는 연애를 해도 언젠가 이 사람이 싫어지지 않을까 하는 불안이 머리를 스쳐서, 결혼에 골인하지 못하고 나이만 먹었죠. 친구도 그렇고요. 아무리 깊은 우정도 언젠가 견디기 힘든 혐오감으로 바뀌지는 않을까. 그럼 애초에 혼자가 낫다. ……그런 생각을 품게 됐거든요. 그래서 초등학교, 중학교, 고등학교 내내 혼자였어요.

사야코는 그런 저를 낮잡아 보는 경향이 있었죠.

어느 날, 정원에 나가서 꽃에 물을 주고 있는데 옆집에서 사야코가 자기 어머니와 이야기하는 소리가 들렸어요. 왜 요즘은 옆집 아이랑 안 노느냐는 어머니의 질문에 사야코는 이렇게 대답했죠.

"걔는 성격이 너무 어둡단 말이야. 재미없어."

피가 거꾸로 솟는 기분이었죠.

"그러게. 확실히 좀 어두운 것 같기는 해" 하고 사야코 어머니가 동의해서 더 화났답니다.

"옛날에는 밝은 아이였는데. 왜 그렇게 어두워진 걸까. 무슨 일이라도 있었나……"라고요.

정말 웃기지도 않더군요.

무슨 일이 있었던 건 그쪽이죠. 사야코요.

제가 보기에는 어머니가 그딴 식이니까 사야코가 도둑질을 하는 게 아닐까 싶었어요. 어머니가 딸의 응석을 다 받아주니까. 딸을 과신하니까. 딸을 관리하지 않으니까. ……그래서 사야코가 폭주한 거죠. 그 결과, 본인도 살해당한 거 아니겠어요?

아, 죄송해요. 어쩐지 감정이 격해졌네요.

사실 저는 사야코의 어머니…… 사치코 씨가 거북했어요.

무서웠는지도 모르겠네요. 어쩐지 늘 퉁명스러운 얼굴로 매섭게 노려보듯 사람을 보거든요.

저런데도 용케 소아과 의사로 일하는구나, 하고 저희 어머니도 자주 말씀하셨답니다.

네, 짐작하신 대로 저희 어머니와 사치코 씨도 그렇게 친한 사이는 아니었어요. 그렇다기보다 늘 다퉜죠. 쓰레기, 주민회, 회람판, 그리고 담배에 관련된 문제로요.

다툴 때마다.

"아오타 씨네 부인은 날 무시해. 전업주부라고 깔보는 거야" 하고 푸념하셨죠.

"어휴, 이러니까 외지인하고는 상종을 하면 안 되는데……" 라는 불평도 꺼내셨고요.

맞아요. 아오타 씨네는 토박이가 아니었어요. 제가 태어나기 1년 전에 여기로 이사 왔다고 들었죠. 어머니 말씀으로는 그전에도 내과의원이 있었대요. 이름은 '빨간 지붕 의원'. 어머니는 그 빨간 지붕을 보면서 늘 말씀하셨어요.

"빨간 지붕이 눈에 확 띄니까 '빨간 지붕 의원'이라고 이름을 지었대. 좋은 병원이었지. 의사 선생님 실력도 좋고, 직원들도 최고였어. 평판을 듣고 다른 지역에서 찾아올 정도였단다."

그런데 그 의사 선생님이 돌아가신 후 아오타 씨네가 '빨간 지붕 의원'이라는 이름과 시설까지 포함해서 그 집을 매입했대요. 소위 시설 전체 인수죠.

"어떤 수단을 썼는지 아주 싸게 사들였대. 들은 이야기로는 아오타 씨 부인의 본가가 부동산 브로커라는구나. 남의 집을 헐값에 가로채는 건 식은 죽 먹기일지도 모르지."

즉, 아오타 씨네는 이곳에 오래전부터 뿌리를 내린 집이 아니에요. 그전에 있었던 의원은 제2차 세계대전 전부터 영업했지만요.

어머니는 이런 말씀도 하셨어요.

"아오타 씨는 요령이 얼마나 좋은지 몰라. 정말이지 혀를 내두를 지경이야. 신참내기 주제에 마치 몇십 년은 영업해온 의원의 명의처럼 행동해. 새로 온 사람들은 다들 깜빡 속는다니까. 아오타 씨가 '지역 명사'래. 그런 사기꾼 같은 짓을 계속하면 언젠가 분명 천벌을 받을 거야."

그리고 그 사건이 발생했죠.

"봐, 천벌 받았네."

어머니가 옆집을 바라보며 그렇게 중얼거리는 모습을 저는 놓치지 않았어요.

그 사건이 일어났을 때…… 그렇다기보다 사건이 발각됐을 당시의 일은 지금도 기억에 생생해요. 잊어버리려 해도 잊을 수가 없죠.

2000년 6월 12일. 분명 월요일이었을 거예요.

학교에서 돌아오자 저희 집 주변이 몹시 혼잡하더군요. 일단

'출입 금지'라고 적힌 노란색 테이프가 눈에 들어왔어요. 노란색 테이프를 사방에 둘러쳤고, 제복 경찰관도 여기저기 서 있었죠. 미디어 관계자인 듯한 사람들도 보였고요.

처음에는 드라마라도 촬영하나 싶었답니다. 전에도 무단으로 드라마를 촬영해서 주민회에서 문제로 삼은 적이 있었거든요.

"엄마, 또 촬영이야?"

그렇게 말하며 현관문을 열자 어머니와 양복 차림 남자 두 명이 현관홀에 서서 이야기를 나누고 있었죠. 방으로 가라고 어머니가 눈짓으로 신호를 보냈지만, 남자 한 명이 제지했어요.

"당신은?" 하고 남자가 묻길래 "이 집에 사는 사람인데요" 하고 대답했어요.

"이름은?" 하고 물어봤을 때는 아무래도 망설여지더군요. 우물쭈물하고 있으니 어머니가 대신 대답했어요. 남자들은 그걸 작은 수첩에 메모했고요. 그야말로 드라마에서 봤던 경찰 그 자체였죠.

"뭐야, 우리 집에서도 촬영하는 거야? 싫은데."

저는 아직 상황을 제대로 파악하지 못하고 엉뚱한 소리를 했어요.

"촬영 아니야." 어머니가 나무라듯 말씀하셨죠. "진짜야. 진짜 경찰."

경찰? 진짜? 그래도 제가 어리둥절해하자 두 남자가 경찰수첩까지 보여주더군요. 경찰수첩을 보고서야 상황을 이해했답니다.

"어, 혹시 사야코가 사고라도 쳤어?"

머리보다 입이 먼저 움직여서 그런 말이 튀어나왔어요.

그야 사야코는 좀도둑질 상습범이니까요. 게다가 그 무렵에는 머리도 금색으로 물들여서 그야말로 날라리 같아 보였고요. 그래서 불량서클에라도 가입한 게 아닌가 싶었죠.

"왜 그렇게 생각하죠?" 남자 중 한 명이 무서운 눈빛으로 물어봤어요.

마치 조폭 같더라고요. 어떤 면에서 경찰과 조폭은 종이 한 장 차이잖아요. 으름장을 놓아서 남을 자기 생각대로 다루는 점이라든가.

"사야코는 옆집 따님이죠?"

겁나서 아무 대답도 못 하자 다른 남자가 상냥하게 말을 붙였어요. 배우 아쓰미 기요시를 닮아 아주 사람 좋아 보이는 아저씨였죠.

"……네. 맞아요. 옆집 아이." 아쓰미 기요시와 대화하는 기분으로 대답했어요. "……소꿉친구예요."

"소꿉친구? 그럼 친한가요?"

"……아니요, 그게." 또 말을 우물쭈물했더니.

"지금은 학교가 달라서 거의 친분이 없어요" 하고 어머니가 또 도움을 줬어요.

"유치원 때까지는 같이 놀기도 했지만, 초등학교는 각자 다른 곳으로 갔죠. 그 무렵부터 자연스레 친분이 없어졌고요. 뭐, 마주치면 인사 정도는 하지만요. ……그렇지?"

어머니가 제게 시선을 던졌어요. 그 강한 눈빛에 저는 "네, 맞아요" 하고 고개만 끄덕였고요.

"그러니까 우리 애는 아무 상관도 없어요. ……그렇지?"

또 강한 눈빛이 날아들길래 "네, 상관없어요" 하고 고개를 끄덕였죠.

"자, 얼른 방으로 가. 숙제해야 하잖니?"

어머니의 재촉에 저는 신발을 벗고 도망치듯 제 방으로 향했어요.

하지만 실은 경찰관의 이야기를 더 듣고 싶었죠. 사야코는 무슨 짓을 저지른 걸까? 사야코는 어떻게 되는 걸까?

너무 궁금해서 안달이 났어요.

현관에서는 어머니와 경찰관이 계속 이야기를 나눴죠. 저는 방에 들어가지 않고 기둥 뒤에 숨어서 귀를 기울였어요.

"……사건."

"……그저께."

"……아오타."

"……강도."

어쩐지 불길한 단어만 들리더군요. 단어를 연결해보니, 아무래도 옆집에 강도가 든 모양이었어요.

다리가 덜덜 떨렸죠.

"강도라고요?" 어머니 목소리도 떨렸고요.

"네, 그렇습니다." 어머니를 달래듯 아쓰미 기요시가 싹싹하게 설명했어요. "오늘 아침에 출근한 간호사가 이상한 점이 있다는 걸 알아차리고 경찰에 신고했습니다."

"이상한 점······."

"자세하게 말씀드릴 수는 없지만, 의원과 그 안쪽 주거 공간이 몹시 어지럽혀져 있었어요."

"······그런데 아오타 씨는?"

"······뭐, 그것도 자세하게는 말씀드릴 수 없습니다만. ······현재 행방이 묘연한 상태입니다."

"누구의 행방요?"

"그러니까, 아오타 씨 부부와 그 딸이요."

"세 사람 다?"

"네. 세 명의 행방이 묘연합니다. 그래서 이렇게 돌아다니면서 조사하는 거고요. ······그저께 밤에 아오타 씨 댁은 어땠습니까?"

형사의 말을 듣고 있으니 가슴이 묘하게 요동치더군요. 온몸에 땀도 났고요. 한편으로 손끝과 발끝은 점점 차가워졌어요.

그도 그럴 것이 형사가 자꾸 같은 질문을 던졌거든요.

"그저께 밤에 아오타 씨 댁은 어땠습니까?"

세 사람의 행방을 모르십니까? 그런 질문이라면 이해해요. 그런데 왜 그저께 일을 그렇게 물어보는 걸까.

그저께 밤. 즉 6월 10일 토요일 밤이에요.

"그날 아오타 씨의 의원은 쉬는 날이었어요." 어머니가 아주 지친 듯한 말투로 대답했어요. "몇 번이나 말했지만 그날 아오타 씨는 이즈에 1박 2일 여행을 간다고 하셨어요. 그러니까 여행을 갔겠거니 했죠."

"여행 간다는 말은 누구에게 들으셨습니까? 본인한테요?"

"아니요. 의원에서 파트 타임으로 일하는 간호사요. 지난주 수요일이었나, 뒤뜰을 가꾸고 있는데 간호사들 이야기가 들렸어요."

"뒤뜰요?"

"네. 우리 집 뒤뜰이 의원 뒷문과 마주 보거든요. 의원 뒷문은 흡연 장소라서 직원들이 늘 담배를 피우며 이야기를 나눠요."

"그 담배 때문에 아오타 씨와 한번 싸웠다고 들었는데요."

"누가요? 누가 그러던가요?"

"그건 말씀드릴 수 없습니다만. ……싸운 건 맞으십니까?"

"싸우다니, 그렇게 거창한 일은 아니었어요. 흡연 장소를 바꿔줄 수 없겠느냐고 부탁했을 뿐인걸요. 그리고 꽁초를 우리 정원에 내던지지 말라고 주의를 주었을 뿐이에요."

"그렇군요. 하지만 고함을 지르며 무섭게 닦아세웠다는 증언도 나왔는데요. 고소하겠다고 위협한 적도 있다고 들었고요. 꽤 원한을 품은 것 같다는 이야기였습니다."

"잠깐만요. 뭐예요? 설마 우리가 아오타 씨네를 강도질했다,

그런 말이에요?"

어머니가 몸을 떨면서도 항의하듯 목소리를 높였어요.

"나 참 기가 차서. 왜 우리가 강도질을."

"그저께 저녁에 사야코를 봤어요!"

저는 참지 못하고 달려 나갔죠.

"그저께 저녁에 사야코가 웬 남자와 의원에 들어가는 모습을 봤다고요! 어쩐지 아주 불량스러워 보이는 남자였어요. 사야코도 낌새가 이상했고요. 뭔가 돈 문제로 말다툼하는 것 같았어요! 그리고."

"그리고?" 아쓰미 기요시 말고 조폭처럼 생긴 형사가 다그쳤어요. "그 밖에 뭘 목격했지?"

완전히 기가 죽어서 솔직히 털어놨죠.

"제 방 창문으로 옆집…… 아오타 씨네 거실이 보이는데요. 그저께 저녁에 불이 켜져 있었어요."

숨길 작정은 아니었어요. 그저 아오타 씨네 거실을 훔쳐봤다는 사실을 들키고 싶지 않았던 거죠. 사야코와 절교한 거나 마찬가지지만 근황이 궁금하다는 본심을 드러내고 싶지 않았을 뿐이에요.

하지만 그렇듯 미묘한 제 심정은 상관없다는 듯, 이번에는 아쓰미 기요시를 닮은 형사가 따져 물었죠.

"그럼 그저께 저녁에 거실에 불이 켜져 있었다는 겁니까?"

"네. 어머니한테 듣기로는 이즈로 여행을 갔다고 했는데 이상했죠. 그래서 불을 끄는 걸 깜빡했나, 아니면 혹시 여행을 떠난 게 아닌가 싶었어요."

"여행을 떠난 게 아니라고 생각했다? 왜죠?"

"창문 때문에요. 창문이 조금 열려 있었거든요. 그리고 그 후에 학원에 가려고 현관을 나섰을 때 사야코가 남자와 함께 의원에 들어가는 모습을 봤어요. 그래서 역시 여행을 안 갔구나, 하고 확신한 거예요."

"그건 몇 시쯤이었습니까?"

"오후 6시가 조금 넘었을 무렵일 거예요."

"어머, 이상하네." 어머니가 갑자기 끼어들었어요. "난 분명 여행을 떠난 줄 알았거든. 내가 옆집을 봤을 때는 거실은 물론 다른 방도 불이 다 꺼져 있었으니까."

어머니는 어머니대로 옆집이 신경 쓰였던 모양이에요.

"그건 몇 시쯤이었습니까?"

아쓰미 기요시가 물었어요.

"목욕하고 2층 베란다에 빨래를 널어둔 게 기억나서 걷으러 갔을 때니까…… 밤 10시가 넘지 않았으려나?"

"그렇군요. 즉, 그저께 토요일 저녁 6시경에는 아오타 씨 댁 거실에 불이 켜져 있었고, 사야코 씨가 웬 남자와 함께 의원에 들어갔다. 그런데 밤 10시경에는 아오타 씨 댁에 불이 전부 꺼져 있었다. 그런 말씀이네요."

아쓰미 기요시가 저와 어머니에게 차례대로 시선을 주길래 저희는 고개를 끄덕였어요.

……이 증언을 바탕으로 사야코와 남자는 중요 참고인이 됐죠.

경찰이 두 사람의 행방을 찾기 시작했을 때, 콘크리트에 담가진 아오타 씨 부부의 시체가 나왔고요.

시체는 6월 12일 밤에 맨션 건설 예정지에서 발견됐어요.

저희 집에서 100미터쯤 떨어진 곳이에요. 지금은 맨션이 들어섰지만, 당시는 주민의 반대 운동에 부딪혀 착공하지 못하고 쭉 방치된 상태였죠.

그 공사 현장에서 콘크리트로 가득 찬 대형 플라스틱 통이 발견됐다고 들었어요.

"하지만 빨리 발견한 덕분에 콘크리트가 완전히 굳지 않은 상태라 신원이 금방 파악됐습니다."

그렇게 알려준 사람은 어느 신문사 기자였어요. 다음 날이었을 거예요. 취재를 단호히 거절했는데도 그 사람은 성큼성큼 집으로 들어왔죠.

"그나저나 참 잔인한 사건입니다. 아오타 씨 부부는 내장이 튀어나올 만큼 칼부림을 당했어요. 대체 무슨 원한이 있어야 그런 짓을 할 수 있는 건지. ……범인이 체포됐다는 거 아십니까? 예상하셨겠지만 범인은 아오타 사야코와 아오타 사야코의 정인 오부치 히데유키입니다. 아카사카 프린스 호텔에서 합방하고 있다가 오랏줄에 묶였죠."

'정인'이니 '합방'이니 '오랏줄'이니 낡은 단어를 연발하는 기자의 케케묵은 어휘력이 귀에 거슬려서 이야기 내용은 별로 귀에 들어오지 않았어요.

하지만 기자가 돌아간 후 공포가 차츰차츰 밀려왔죠.

사야코가 자기 부모님을 살해하고 콘크리트에 담가서 건설현장에 버렸다. ……상상만 해도 지옥이 따로 없더군요.

확실히 사야코는 좀도둑질 상습범인 데다, 그 무렵에는 머리도 금색으로 물들여서 그야말로 불량아처럼 변했어요. 그래도 부모님과는 원만하게 지냈을 거예요. 특히 어머니와는 사이가 좋았고요. 정원에 나가면 두 사람이 이야기하는 소리가 늘 들렸는걸요. 결코 사이 나쁜 부모 자식의 대화가 아니었어요.

"오부치 히데유키와 사건 뒤로는 그렇지도 않았던 것 같습니다. 툭하면 부모님과 싸웠대요. 의원에서 일하는 간호사와 가사도우미가 그렇게 증언한 모양이에요."

저희 집에 취재하러 온 다른 기자가 그 사실을 알려줬어요.

"다들 그러더군요. 아오타 사야코는 오부치 히데유키에게 세뇌당했다고요. 남자에게 미친 여자는 무섭다고요. 당신 생각은 어떻습니까."

저한테 물어본들 난감할 따름이죠.

"남자는 상관없다고 생각해요." 그런데도 무심코 그런 대답이 튀어나왔어요. "사야코에게는 그런 소질이 있었을지도 몰라요. '범죄자'라는 소질이."

"……좀 더 자세히 말씀해주시겠습니까?"

사야코는 좀도둑질 상습범이다. 초등학생 때부터 절도범이었다. 그런 인간이니까 언젠가 더 중대한 범죄를 저지르지 않을까 싶었다.

……하지만 그런 말을 꿀꺽 삼켰어요. 굳이 제가 증언하지 않아도 사야코의 마음속 어둠은 조만간 재판에서 밝혀지리라는 생각이었죠.

아무튼 저는 이번에야말로 사야코와 인연을 끊고 싶었어요.

"……죄송해요. 사야코에 대해서는 아무것도 모릅니다. 초등학생 때부터 다른 학교에 다녔거든요."

저는 그렇게 말하고 기자를 쫓아냈어요. 그 후로 일절 취재에 응하지 않았고요. 오늘까지는요.

그나저나 좀 다른 이야기인데요. ……몇 년 전에 아는 변호사한테 얼핏 들었는데 사야코가 교도소에서.

*

여기서 하시모토 씨가 또 정지 버튼을 눌렀다.

흥미진진했는데 왜?

항의하려 했지만 녹음기는 하시모토 씨의 손안에 있다. 그걸 빼앗을 만한 기운은 없었다.

"장소를 바꿀까?"

하시모토 씨가 손목시계를 보았다. 나도 시간을 확인했다.

50분이 지나기 직전이었다.

아아, 시간이 거의 다 됐다.

그렇게 생각한 순간 인터폰이 요란하게 울렸다. 분명 종료 시간을 통보하려는 것이리라. 앞으로 10분 남았고 연장은 안 된다고.

예상대로였다. 하시모토 씨가 수화기를 내려놓고 시큰둥하게 어깨를 움츠렸다.

"자, 다른 곳으로 가자."

아르바이트생이 쌀쌀맞게 응대해서 짜증이 났는지 하시모토 씨는 굳은 얼굴로 내 대답을 기다리지 않고 재빨리 나갈 준비를 했다. 뒤처져서는 안 된다는 것처럼 나도 필요 이상으로 서둘러 겉옷을 입었다.

하지만 어디로 갈지 결정하기가 쉽지 않았다.

문득 시선을 들자 '요쓰야'라는 글씨가 눈에 들어왔다. 어느새 이런 곳까지.

"봐, 여기야."

하시모토 씨가 천천히 가리켰다. 그 손끝을 좇자 가늘고 길쭉한 건물이 있었다. 1층은 상가고 그 위로는 맨션인 듯했다.

......혹시?

그런 질문이 담긴 눈으로 하시모토 씨를 보자 그는 고개를 끄덕했다.

"오부치 히데유키가 이치카와 세이코와 살았던 맨션. 그리고 아오타 사야코와…….."

갑자기 하시모토 씨가 시선을 돌리더니 맨션 반대쪽에 있는 낡은 빌딩을 가리켰다..

"아아, 마침 잘됐네. 저기 노래방이 있어. 저기로 가자."

이 노래방에는 사람이 별로 없는 듯했다. 계산대 담당은 만화라도 보고 있었는지 우리가 들어가자 허둥지둥 일어섰다.

일단 두 시간을 요청하자 "감사합니다. 연장도 가능하니까 천천히 노시다 가세요" 하고 아주 밝은 목소리가 돌아왔다. 아까 갔었던 노래방과 달리 개인이 운영하는 가게인 듯했다. 여기저기서 조잡한 느낌이 물씬 풍겼다.

"그래도 이런 곳이 음식은 맛있어."

하시모토 씨가 익숙한 태도로 날 안내했다. 혹시 처음 와본 게 아닌가?

"맞아. 오늘로 네 번째인가?"

방으로 들어가자 하시모토 씨는 자기 집에 편하게 있는 것처럼 곧바로 겉옷을 벗더니 대충 달아놓은 듯한 후크식 옷걸이에 걸었다.

"네 번째요?"

나도 겉옷을 벗기는 했지만 후크식 옷걸이에 걸어도 될지 망설여졌다. ……나사가 반쯤 빠져 있다.

"응, 네 번째."

하시모토 씨는 변함없이 익숙한 손놀림으로 테이블 밑에서 메뉴를 꺼냈다.

"혹시 벌써 취재하신 건가요, 그 맨션을?"

후크식 옷걸이에 겉옷을 살짝 걸어보았지만 역시 불안했다. 하는 수 없이 소파에 내려놓았다.

"뭐, 그렇지."

뭘 주문할지 결정한 듯 하시모토 씨가 인터폰 수화기를 들고 '넌 뭐로 할래?'라는 눈으로 바라봤다. 나는 망설임 없이 "진저에일이요"라고만 말했다. 어질어질한 기분이 가라앉지 않았다. 이럴 때는 진저에일이 최고다.

"괜찮아?"

하시모토 씨가 주문을 마치고 내 얼굴을 들여다보았다.

"네, 괜찮아요." 나는 본심을 감추고 대답했다.

"그럼 다음 내용을 들어볼까?" 하시모토 씨가 드디어 녹음기를 꺼냈다.

"네. 부탁드립니다!" 나는 머리가 어질어질한 걸 숨기기 위해 일부러 들뜬 목소리로 대답했다.

"다음은 아오타 사야코의 부모님이 운영했던 의원에서 간호사로 일한 여성의 증언이야."

"네?"

"왜?"

"오가타 씨의 인터뷰는요?"

"사실 그 인터뷰는 거기서 끝났어."

"거기서 끝났다니요? 뭔가 이야기하는 도중이었잖아요?"

"그 후에 오가타 씨한테 급한 볼일이 생겼거든. 그래서 인터뷰를 중단했지."

"……그렇군요."

"대신에 의원에서 일했던 여성을 소개해줬어. 오가타 씨의 어머니와 친한 사람이래."

"의원에서 일했던 여성요? 간호사라고요?"

"응. 올해 예순다섯 살인데, 의원을 개업했을 때부터 일한 베테랑 간호사야."

"……오가타 씨 어머님과 그 여성은 아직도 친분이 있나요?"

*

……네.

오가타 씨와는 알고 지낸 지 오래됐죠. 딸이 아니라 어머니 쪽이지만요.

빨간 지붕 의원에서 일할 때도 오가타 씨가 잘해주셨어요. 그 사건 때문에 직장을 잃고 어쩔 줄 모르던 제게 일자리도 소개해주셨고요. 도코로자와에 있는 대학병원의 간호사 자리요. 아주 좋은 직장이라 오가타 씨께는 그저 감사한 마음뿐이에요.

그런 연유로 지금은 도코로자와에 살아서 오가타 씨를 직접 뵐 기회는 별로 없지만, 지금도 편지는 계속 주고받아요.

……요즘 같은 시대에 편지라니 이상한가요? 그렇겠죠. 요즘은 메일이나…… 메신저라고 하나요? 그런 전자 통신이 주류니까요.

하지만 오가타 씨도 저도, 그런 건 좋아하지 않아서요. 역시 붓으로 쓰는 게 최고죠.

붓이 무슨 의미냐고요? 그러니까 서예요, 서예.

오가타 씨는 서예 선생님이세요. 친분을 쌓은 계기도 서예였죠. 오가타 씨는 의원 옆에서 서예 교실을 하셨고, 저도 서예가 취미라 이야기가 잘 통했어요. 그 친분을 지금까지 이어온 거고요. 하기야 처음에는 좀 무서운 분인가 싶어 멀리했지만요.

그게, 의원의 사모님 선생님이랑.

……아, 사모님 선생님은 아오타 사치코 씨를 가리키는 거예요. 남편인 아오타 마사야 선생님은 아오타 선생님. 그런데 사모님도 그렇게 부르면 헷갈리잖아요? 그래서 사모님 선생님.

……좀 실례되는 호칭 같지 않아요? 그래서 처음에는 저희도 '사치코 선생님'이라고 불렀는데 선생님 본인이 '사모님 선생님'이라고 불러달라고 했어요. '사모님'이라고 불리는 게 좋다면서요. 이렇게도 말했죠.

"난 사실 의사 말고 전업주부가 되고 싶었어"라고요.

아, 이런 말도 했는데.

"내 어릴 적 꿈은 현모양처였어. 의사는 부업에 지나지 않아"
라고요.

이런 의사도 있구나 싶었죠.

말할 것도 없이 남자도 의사가 되기는 어려워요. 되고 싶다고 해서 될 수 있는 게 아니죠. 여자는 더 그렇고요.

머리가 좋아야 할 뿐만 아니라 금전적으로도 여유가 있어야 해요. 더구나 의사로서 어엿이 제 몫을 할 때까지는 시간이 걸리잖아요! 그런데도 사치코 씨는 아무렇지도 않게 말했어요.

'의사는 부업'이라고.

뭐, 뼛속까지 양갓집 아가씨였던 거겠죠. 사치코 씨의 본가는 도치기현의 자산가거든요. 고향에 땅이 많은 데다 도쿄에도 건물이 여러 채 있는 전형적인 부자예요. 사치코 씨가 의사가 된 것도 아버지가 깔아놓은 레일을 타고 간 것에 지나지 않는 듯해요. 사치코 씨가 그랬어요.

"아버지는 콤플렉스 덩어리야. 돈은 있어도 지위가 없으니까 도시 놈들에게 무시당하는 거라고 늘 투덜댔지"라고요.

얼마나 콤플렉스가 심했는지 큰아들은 대학교수, 둘째 아들은 회계사, 그리고 사치코 씨를 의사로 만들었대요. 전부 사회적으로 지위가 있는 직업이죠.

"하지만 난 원래 내향적인 성격이야. 의사는 적성에 안 맞아. 요리와 뜨개질, 정원 가꾸기를 하면서 살고 싶었어."

저도 들은 건데, 사치코 씨는 인턴 시절에 인간관계 때문에 엄청 고생한 모양이에요. 그런데도 아버지의 기대는 점점 커지기만 했고요. 훌륭한 의사가 되라고요.

……이건 제 상상인데요.

그래서 사치코 씨는 결혼을 서두른 게 아닐까요? 내과의인 아오타 선생님과 결혼한 게 분명 1981년. 둘 다 인턴을 막 마친 신출내기 때였죠. 대학병원에서 일할 예정이었던 아오타 선생님은 결혼에 적극적이지 않았는데, 사치코 씨가 혼인 신고서를 멋대로 관공서에 가져갔다고 아오타 선생님이 우스개 삼아 자주 이야기했어요. 소위 속도위반 결혼이었죠. 하지만 아오타 선생님에게는 행운이었어요. 도심의 유서 있는 지역에 느닷없이 개업했으니까요. 엄청난 일이라고요.

"그대로 대학병원에서 일했다면 평생 봉직의 신세였겠지."

아오타 선생님은 그렇게도 말했어요.

"사치코 덕분에 버젓한 개업의가 된 거야"라고도요.

분명 사치코 씨의 아버지가 개업 자금을 댄 거겠죠.

그런데 왜 거기였을까.

그러고 보니 아오타 선생님이 이렇게 말했던 것 같은데.

"사치코가 정했어. 빨간 지붕이 마음에 들었다면서. 어릴 적에 그림책에서 본 '과자의 집'과 똑같다나."

……사치코 씨는 천생 '소녀'였던 거겠죠. 진심으로 '전업주부가 되고 싶었던' 소녀.

그걸 뒷받침하듯 소아과 의사라는 역할은 제쳐놓고 정원을 가졌어요. 녹색 앞치마와 녹색 장화를 신고. ……의원 입구에 멋진 장미 아치가 있었는데, 그것도 사치코 씨가 만들었죠. 그 장미 꽃잎으로 만든 차를 우리 간호사들에게도 자주 나눠주곤 했어요.

사야코를 낳은 후로 사치코 씨는 더더욱 '사모님'같이 굴기 시작했어요. 의원 간판에는 '내과·소아과'라고 적혀 있었지만 소아과 의사인 사치코 씨가 진료를 보는 시간은 줄어들었죠. 의원은 아오타 선생님에게 맡겨두고 오로지 육아에 매진했어요. ……사야코가 일상의 전부가 된 거죠. 식사는 물론 옷도 직접 만들었어요. 사야코가 약간 아토피 체질이라 파는 물건은 걱정된다면서요. 유기농 원단을 주문해서 열심히 재봉틀을 돌렸죠.

사야코도 사야코대로 엄마에게서 떨어질 줄 몰랐고요. 한 몸 같은 모녀라고 할까요? 그 두 사람은 정말로 늘 함께였어요.

좀 과보호 아닌가 싶기는 했지만, 아이를 방치하는 부모보다는 훨씬 나으니까 우리 간호사들도 아무 말 안 했고요.

하지만 흡연팀은 "좀 걱정이네" 하고 뒷담화를 했던 것 같아요.

흡연팀은 말 그대로 담배를 피우는 간호사인데요. 당시 두 명 있었어요. 흡연 장소인 의원 뒷문에서 자주 불평을 늘어놓았죠. 아오타 선생님과 사치코 씨에 대한 불평을요. 제가 몇 번 주의를 줬지만 귀담아듣지 않더라고요.

……그런 젊은 간호사들의 예감이 적중하는 날이 찾아왔어요.

사야코가 국립 대학교 부속 초등학교 입시에 실패한 거죠.

제 생각에는 그 '실패'가 모든 것의 시작 아니었을까 싶네요. 그리고 결국은 그런 잔혹한 불행을 초래한 게 아닐까요?

지금도 기억나네요. 불합격 통지서가 온 날이.

그날 사치코 씨는 아침부터 안절부절못하는 모습으로 흡연 장소에서 담배를 뻑뻑 피웠어요.

네. 평소엔 피우지 않았지만, 극도로 스트레스가 쌓이면 가끔 피우곤 했죠. 아무래도 인턴 시절에 담배를 배운 모양이에요. 사야코가 아토피 체질이기도 해서 금연했지만, 어쩌다 그만 손이 가서 어쩔 수 없다는 듯 담배를 피웠어요. 하지만 일단 피우면 자제가 안 되는지, 뒷문에서 한 시간이고 두 시간이고 줄담배를 피웠죠.

그래서 옆집 오가타 씨와 한번 말싸움을 벌이기도 했고요.

음, 그건.

그렇지. 자녀와 동반 면접을 하기 전날이었어요. 워낙 긴장됐는지 사치코 씨가 계속 담배를 피워서 오가타 씨가 고함을 질렀죠. 창문으로 담배 연기가 자꾸 들어와서 옷에 담배 냄새가 배었다, 어떻게 할 거냐고요. 오가타 씨도 나름대로 신경이 곤두섰던 거겠죠. 오가타 씨 딸도 사야코와 같은 초등학교를 지망해서 다음 날이 동반 면접이었거든요. 면접 때 입으려고 걸어둔 옷에 담배 연기가 배었다는 거예요.

"담배 냄새 때문에 불합격하면 어떻게 할 건가요? 얼른 담배

꺼요!"

그때의 오가타 씨 얼굴이 잊히질 않네요. 늘 온후한 사람이었지만 자식 문제 앞에서는 이렇게까지 달라지는구나 싶어 아이가 없는 입장에서는 깜짝 놀랐답니다.

한편 사치코 씨도 지지 않았어요.

"담배 냄새 정도로 떨어지겠어요? 불합격하면 그건 댁의 딸한테 문제가 있는 거겠죠."

그렇게 받아쳤으니 오가타 씨도 머리끝까지 화가 났죠. 그 후로 격렬한 말다툼이 시작됐어요. ……그야말로 아수라장이었죠. 그전까지는 사이좋은 이웃사촌이었어요. 딸끼리도 친했고요. 같은 유치원이었는데 갈 때고 올 때고 사이좋게 손을 꼭 잡고 다녔답니다. 보기만 해도 흐뭇한 관계였는데.

한 30분은 말싸움을 벌였을 거예요. 어쩌면 평소에 서로를 좋게 여기지 않았는지도 모르겠네요. 딸이 보는 앞에서만 친한 척했던 거겠죠. 어휴, 정말 듣기에도 민망한 말들이 오갔어요.

왕진을 마치고 돌아온 아오타 선생님이 중재하지 않았다면 머리끄덩이를 붙잡고 싸웠을지도 몰라요.

어쨌거나.

그 시점에서 뭔가가 망가진 건 확실해요. 사치코 씨의 자존심이었을지도 모르고, 주변 사람들에게 잘 차려온 체면이었을지도 모르죠. 하지만 그 시점에서는 아직 작은 균열에 불과했어요. 사치코 씨와 오가타 씨 딸이 사이좋게 합격했다면, 혹시 우스갯감으로 넘어갔을지도 몰라요.

하지만 운명은 그렇게 만만치 않았죠.

그날 도착한 불합격 통지서.

그걸 집배원에게 받은 사람이 바로 저예요. 정말이지 왜 나한테 이런 역할을 주느냐고 신을 원망했답니다.

"말도 안 돼."

통지서를 확인한 사치코 씨는 마치 죽은 사람처럼 얼굴이 창백해졌죠. 어떻게 위로하면 좋을지 몰라서 망설이는데 사치코 씨가 말했어요.

"옆집은? 옆집은 어떻게 됐지? 좀 물어보고 올래?"

이게 무슨 '업'인가 싶어 등골이 서늘해졌죠. 이럴 때 옆집 딸의 합격 여부를 궁금해하다니.

"부탁이야. 옆집에도 통지서가 왔을 테니 넌지시 물어봐. 옆집 여자랑 친하잖아?"

그때 제 심경은.

'……오가타 씨 딸도 불합격했기를.'

왜 저까지 이러나 싶었죠. 하지만 그렇게 바라지 않을 수 없을 만큼 사치코 씨는 살기등등했어요.

만약 오가타 씨 딸이 합격했다면 뭔가 사건이 터지는 것 아닐까? 만약 뭔가 사건이 벌어지면 나도 여기서는 일할 수 없다, 그러면 곤란하다. 그러니 제발 오가타 씨 딸도 불합격했기를. ……그렇게 제 한 몸 지킬 생각만 해서 그런지 오가타 씨가 "불었어"라고 했을 때 바로 '축하드립니다'라는 말이 나오지 않더군요. 대신에 "이쪽은 떨어졌어요"라고만 말했죠.

총명한 오가타 씨는 그 한마디만 듣고도 모든 것을 이해한 듯했어요. 합격의 기쁨을 억누른 채 주변에 자랑도 하지 않고 입을 꾹 다물었죠. 가엾게도 오가타 씨 딸은 합격해서 기쁜 티도 못 냈고, 칭찬도 제대로 못 들었어요. 입학식 날도 쉬쉬하듯 몰래 집을 나섰고요.

한편 사야코는 대체 어떤 연줄을 이용했는지 세타가야에 있는 사립 초등학교에 입학했어요. 이름난 명문교에요. 사치코 씨는 그 사실을 사방팔방 떠들고 다녔고, 입학식 날은 주변에 고하쿠만주(경사스러운 일이 있을 때 사람들에게 나누어주는 축하용 홍백색 만주—옮긴이)까지 돌리며 화려하게 딸의 새로운 출발을 축하했죠.

흡연팀 간호사가 그 만주를 먹으며 또 이런 험담을 꺼내놓았어요.

"세타가야면 여기서 꽤 멀잖아. 전철로 한 시간 가까이 걸린대. 게다가 세 번이나 환승해야 하고. 사람들이 몰리는 시간에는 어른도 힘들 텐데, 저런 어린애한테 잘도 그런 짓을 시키네. 엎어지면 코 닿을 곳에 구립 초등학교도 있는데 말이야."

그야말로 정론이었죠. 약 한 시간이나 전철을 타고 통학하다니 어린애한테는 부담이 컸을 거예요. 한편 국립 대학교 부속 초등학교에 합격한 오가타 씨 딸은 걸어서 15분이면 갈 수 있었고요.

기껏해야 전철 타는 게 뭐 그리 대수냐고 할 수도 있겠지만, 그래도 중요한 문제랍니다. 어른에게도 이 정도 시간 차이는 크게 다가와요.

제 생각에는 이 차이가 장래에 사야코의 인생을 크게 비틀어 버리지 않을까 싶었어요.

아아, 그러고 보니 언제였더라. 오가타 씨 딸에게 뭔가 이상한 소문을 들었어요. 사야코가 교도소에서.

*

빨간 지붕 의원에서 일했다는 베테랑 간호사의 증언은 여기서 끝났다.

"이게 끝인가요?"

나는 녹음기와 하시모토 씨의 얼굴을 번갈아 보았다.

"응, 뭐. ……바쁜 것 같아서 이야기를 별로 못 들었어."

하시모토 씨는 오른쪽 눈썹을 집게손가락으로 문지르면서 말했다.

최근에 알았는데 이건 뭔가 흑심이 있거나 거짓말할 때 나오는 그의 버릇이다.

혹시 뭔가 감추는 게 있나?

"저기, 괜찮으시면 녹음기 좀 빌려주시겠어요?"

나는 한번 떠보기로 했다.

"어? 왜?"

하시모토 씨가 무릎을 달달 떨었다. ……무릎을 떠는 것도 몹시 당황했을 때 나오는 그의 버릇이다. 하지만 나는 모르는 척 말을 이었다.

"증언자들의 이야기를 차분히 음미해서 원고에 참고하려고요."

"그렇군……." 하시모토 씨가 몇 번이나 팔짱을 고쳐 꼈다. 말할 것도 없이 팔짱은 방어 자세다. 공격을 어떻게 피할지 머리를 굴리는 것이리라.

"알았어. 그럼 나중에 데이터를 보낼게."

"지금 받을 수 있을까요? 녹음기의 SD카드 좀 주세요. 노트북 가져왔으니까 바로 저장할게요."

"……그건 안 돼." 하시모토 씨가 무릎을 더 심하게 떨었다. "회사 내규상 데이터를 외부로 내보낼 때는 나름의 절차를 밟아야 하거든."

"절차요?"

"응. 녹음기의 데이터를 일단 보안 관리실에 가져가서 말이야."

하시모토 씨가 빠른 말투로 설명했다. 말이 빨라지는 것도 그의 버릇이다. ……거짓말에 거짓말을 더할 때의.

관찰하자 하시모토 씨의 콧등에 진딧물같이 작은 땀방울이 잔뜩 맺혀 있었다. 분명 손바닥도 땀으로 흥건하리라.

이만큼 몰아붙일 생각은 아니었다. 그냥 확인하고 싶었을 뿐이다.

하시모토 씨가 뭔가 숨기고 있다는 사실을.

"알았어요." 나는 바짝 쥔 고삐를 풀어주듯 말했다. "그럼 절차를 밟아서 제 메일로 데이터 보내주세요."

"응응, 그럴게."

안도한 듯 하시모토 씨가 활짝 웃었다.

"그럼 저는 이만."

"가려고? 아직 5시도 안 됐는데?"

"네. 그게 어머니가……."

"통금 시간?"

"네, 뭐."

"하지만 통금 시간은 9시 아니었나?"

"네, 그랬는데요. ……요전에 이치카와 세이코 씨를 취재했을 때 자정을 넘겨서 들어갔잖아요. 그래서 어머니가 잔뜩 화나서 통금 시간이 더 빡빡해졌어요."

"어머님도 참 걱정이 많으시군."

"간섭이 심한 거죠. ……정말로 넌더리가 나요."

"그럼 오늘도 통금 시간을 확 어기는 건 어때?"

"그건 안 되죠. 원고도 써야 하니까."

"그렇군. 다음 마감은 모레니까."

"네. 이번에 취재한 내용을 빨리 담아내고 싶네요."

"응응, 알았어. 녹음 데이터는 오늘 밤중에라도 보낼게."

"잘 부탁드립니다." 대답한 후 돌아갈 채비를 할 때였다.

"집이 어디였더라?" 하시모토 씨가 느닷없이 물었다.

"네?"

"아니, 집이 어딘지 들었었나 싶어서."

……아아, 그러고 보니 하시모토 씨에게는 아직 집에 대해 이야기하지 않았다.

"히가시무라야마시예요."

"……그랬었나?"

"네."

"언제부터?"

"네?"

"아니, 아무것도 아니야. ……히가시무라야마라. 취재하러 한번 가봤어. 좋은 곳이지."

"그런가요? 저는 좀……."

"마음에 안 들어?"

"그런 건 아니고요. ……다만 어쩐지 여태 적응이 안 돼서요."

"그렇군."

"아, 하지만 교통편은 좋아요. 신주쿠에서 타면 한 번에 가거든요."

"세이부신주쿠선?"

"네."

"그럼 세이부신주쿠역까지 바래다줄게."

*

오후 6시가 지났을 무렵, 집 현관문을 열었다.

현관홀에 있는 괘종시계의 시곗바늘이 6과 1 언저리를 가리켰다. 5분쯤 느린 시계니까 6시 10분쯤 됐을까.

나는 안도하며 어깨에서 힘을 뺐다. 역에서 여기까지 달려와서 심장이 쿵쿵 뛰었다. ……현기증도 살짝 났다.

"사나?"

거실에서 어머니 목소리가 들렸다.

"사나, 왔니?"

탁, 탁, 하고 슬리퍼 소리가 났다. 나는 얼른 자세를 바로 했다. 몸이 안 좋은 듯한 모습을 보이면 또 방에 갇힌다.

양손으로 뺨을 가볍게 두드려 근육을 풀고 웃음을 지었다.

"다녀왔어."

그리고 평소보다 목소리를 한 옥타브 높였다.

"어휴, 피곤해라."

하지만 어머니는 내 몸 상태가 별로라는 사실을 놓치지 않았다.

"사나. 당장 병원에 가자."

병원? 아무리 그래도 너무 호들갑스럽다. 감기가 아직 완전히 떨어지지 않았을 뿐이다. 약 먹고 좀 자면 좋아진다. 내일이면 몸이 개운해질 것이다. ……그러니까 그렇게 야단 떨지 마.

"사나, 넌 아직 정상이 아니야. 당장 병원에 가자. 주치의 선생님께 전화할게."

그러니까 그렇게 참견하지 말라고. 내 몸은 내가 제일 잘 알아. 난 괜찮아. ……그리고 모레가 마감이라 일해야 해. 병원 갈 시간 없어.

"마감? 지금 마감이라고 했니?" 어머니 얼굴이 잔뜩 일그러졌다. "너 역시 이걸."

어머니는 본 적 있는 주간지를 들고 있었다. 《주간 도도로키》다.

온몸의 땀구멍이 꽉 오므라들었다.

아아, 들켰나?

내 이름은 숨기고 연재했는데. ……역시 들켰구나.

"사나, 왜 이런 짓을?"

그야. ……그야 어엿한 작가가 되고 싶었으니까. 가와세미 신인상을 탄 건 좋았지만, 그 후로는 원고를 보내는 족족 퇴짜 맞았어. 데뷔작 말고는 세상에 나온 책이 없다고. 그래서.

"어차피 또 속은 거지? 예전에 못된 판매원한테 걸려서 30만 엔이나 대출받았을 때처럼."

아니야, 아니라고. 이번에는 안 속았어. 그게 이 기획은 내가.

……아아, 틀렸다. 현기증이 심해진다. 더는 못 서 있겠다.
"사나!"
어머니 목소리가 멀리서 들렸다.
"사나! 괜찮니?"
괜찮아, 괜찮아. 그냥 감기니까 좀 자면 나을 거야. 좀 자면…….

7장   여자의 정체

"그거 정말이에요? 아니, 그게 무슨."
도도로키쇼보의 임원 가사하라 도모코는 말문이 막혔다.
너무 놀라서 혀가 잘 돌아가지 않았다.
"어머, 뭐야. 시치미 떼는 거니? 아니면 설마 진짜로 몰랐다든가?"
이치카와 세이코가 어쩐지 의기양양하게 턱을 쳐들었다.

세 시간쯤 전, 도모코는 이치카와 세이코의 전화를 받았다.
"오랜만이네."
선배랍시고 거들먹거렸던 예전과 똑같은 말투였다.
……이제는 별 볼 일 없는 프리랜서 작가인 주제에. 한편 이

쪽은 대형 출판사 임원이다. 그런데도 이치카와 세이코는 명령하듯 말했다.

"지금 좀 볼까?"

"지금? 그건 안 되겠는데요."

도모코는 일부러 존댓말로 대답했다. 한때 선배였던 사람을 공경하는 뜻에서 그런 건 아니다. 이제는 완전히 남남이고, 서로 다른 세상에 산다는 사실을 알려주기 위해서다. 도모코는 은근무례하게 말을 이었다.

"죄송합니다만, 회의로 시간이 꽉 차서요. 밤에는 방송에 출연해야 하고요."

"그럼 이 정보는 다른 곳에 가져가야 하나."

이치카와 세이코가 감질나게 말했다. 그런 식으로 말하면 신경 쓰이지 않을 리 없다.

"……어떤 용건이신지?"

"아오타 사야코와 관련해 재미있는 정보를 입수했어."

"아오타 사야코?"

"그래. 너희《주간 도도로키》에서 연재를 시작한 그거 말이야."

"'분쿄구 부모 강도 살인 사건'을 바탕으로 한 소설요?"

"그래. 어때? 구미가 당겨?"

"그럼 담당자를 보내겠습니다."

"담당자라면 하시모토라는 남자? 그리고…… 이다 초? 그 두 사람이라면 요전에 만났어."

"그렇다면 그들을 다시 보낼게요."

"그건 무슨 깜짝 카메라야?"

"네?"

"이다 초 말이야."

어째 말에 두서가 없다. 혹시 취했나? 그렇다면 길게 이야기해봤자 헛수고다.

"볼일이 있으니 이만."

전화를 끊으려 한 순간 이치카와 세이코가 말했다.

"저기, 아오타 사야코가 지금 어떻게 지내는지 알아?"

"네? 아오타 사야코가 어떻게 지내느냐니요?"

대체 무슨 소리를 하는 걸까. 아오타 사야코는 당연히 콩밥을 먹고 있지 않은가. 사건 당시 미성년자였지만, 성인과 똑같은 재판을 거친 끝에 무기징역을 받았다.

"아무튼 만나자. 서로를 위해서."

그로부터 세 시간 후. 도모코는 이다바시역 근처의 이탈리안 레스토랑에 있었다. 도모코가 자주 다니는 가게지만 원래 이치카와 세이코가 가르쳐준 곳이다.

"아아, 옛날 생각나네. 하나도 안 변했어."

이치카와 세이코는 단골이었던 시절처럼 친근하게 웨이터를 불렀다.

그리고 이것저것 주문하더니 당연하다는 듯 가게에서 제일 비싼 와인을 병으로 주문했다. 화이트 와인과 레드 와인을 한 병씩.

웨이터가 일단 화이트 와인을 가져와서 잔에 따라주었다.

"그런데 아오타 사야코는 지금 어떻게 지내고 있나요?"

도모코는 그림책의 다음 내용을 읽어달라고 조르는 아이처럼 몸을 내밀었다.

"너도 참 변함없구나. 여전히 성격이 급해."

"시간이 별로 없어서요. 이다음에도 일정이 꽉 찼거든요. 실은 이 시간도 회의지만 취소하고 달려온 거예요."

"생색내는 것도 똑같네."

"자꾸 비꼬지 말고 얼른 이야기해줘요."

도모코는 몸을 더 내밀었다. 그 기세에 잔 속의 와인이 출렁였다.

"정말이지 성급한 데다 체면이고 뭐고 가리지 않는 점까지 변함없어. 봐, 원피스에 와인이 튀었잖아. 그 원피스, 셀린느지? 화이트 와인이라도 얼룩 남을 거야."

이치카와 세이코가 그렇게 말하며 물수건을 건네서 도모코는 깜짝 놀랐다.

이치카와 세이코 말대로 좋아하는 셀린느다. 이다음에 있을 방송 출연을 위해 오늘 처음 입은 원피스다.

아아. 맙소사! 영문 모를 초조함으로 머리에 피가 확 쏠렸다.

"세이코 씨, 적당히 좀 해요!" 도모코는 화풀이하듯 목소리를 높였다. "뜸 들이지 말고 빨리 말하라고요!"

그 서슬에 여유만만하던 이치카와 세이코도 놀라서 몸을 움츠렸다.

"그런 점도 똑같구나. 열 받으면 흉악한 얼굴이 나오는 점도. ……지금 네 얼굴, 완전히 살인귀 같아."

"세이코 씨!"

"알았어, 알았어. 이야기할 테니까 진정해."

"전 흥분한 적 없는데요."

"그래? ……그럼 어디부터 이야기할까?"

"결론부터."

"결론부터? 정말 넌 옛날부터……."

이제 그런 말은 됐다. 도모코는 이치카와 세이코를 노려보았다.

"알았어, 알았어. 그럼 결론부터 말할게." 이치카와 세이코는 엿듣는 사람이 없는지 살피듯 주변을 빙 둘러본 후에 조용히 말했다. "……아오타 사야코, 출소했잖아?"

"네?"

"아오타 사야코가 출소해서 지금은 바깥세상에 있다고 했어."

"그거 정말이에요? 아니, 그게 무슨."

도모코는 말문이 막혔다.

너무 놀라서 혀가 잘 돌아가지 않았다.

"어머, 뭐야. 시치미 떼는 거니? 아니면 설마 진짜로 몰랐다는 거야?"

이치카와 세이코가 어쩐지 의기양양하게 턱을 쳐들었다.

"하지만, 하지만. ……아오타 사야코는 무기징역인데."

"무기징역이라고 해서 죽을 때까지 교도소를 벗어나지 못하는 건 아니야. ……가석방될 가능성이 남아 있지."

"하지만 무기징역으로 들어간 수감자가 가석방 심사를 받으려면 최소한 30년은 지나야 한다고 들었는데요."

"응, 그렇지. 쇼와(1926~1989년까지 일본에서 사용한 연호—옮긴이) 시대에는 15년 만에 출소가 인정된 사례도 있었나 보지만, 형법이 개정된 후로는 가석방 심사를 받으려면 30년은 복역해야 하는 게 대세려나."

"맞아요. 요즘은 가석방 기준이 해마다 엄격해지고 있대요. ……아오타 사야코는 구류 기간을 계산에 넣어도 아직 18년밖에 지나지 않았는데 가석방이라니…… 도저히 믿기지 않는걸요."

"뭐, 통상적이라면 그렇겠지."

"그게 무슨 말이죠?"

"즉, 통상적이지 않은 일이 일어난 거야." 이치카와 세이코는 뜸 들이듯 씩 웃었다.

아아, 답답하다.

도모코는 주먹으로 테이블을 살짝 내리친 후 와인을 꿀꺽꿀꺽 마셨다. 그런 도모코의 모습을 즐기듯 이치카와 세이코는 히죽거리며 입술을 핥았다.

"얼마인가요?" 도모코는 참다못해 말했다. "세이코 씨가 가지고 있는 정보, 얼마면 팔겠어요?"

"허?" 이치카와 세이코가 의외라는 듯한 표정으로 이쪽을 보았다. "뭐야, 계속 시치미를 뗄 생각? 아니면 모르는 척하고 나한테서 뭔가 정보를 끌어내려고?"

"정말로 아무것도 모른다니까요."

"그럼 묻겠는데, 왜 지난번에 하시모토라는 남자와 이다 초를 내게 보낸 거야?"

"대체 무슨 뜻인지……."

"설마 싶긴 하지만, 정말로 아무것도 모르니?"

그 거만한 말투에 도모코는 입술을 떨었다.

이치카와 세이코는 "흐음" 하고 콧방울을 부풀리더니 다시 씩 웃었다.

"난 금방 알아차렸는데. 이다 초라는 이름이 가명이라는 걸."

"가명요?"

"그리고 그 여자가 평범한 알바생이 아니라는 것도. ……그 여자가 그 소설을 집필하는 저자 본인이라는 것도."

"어? 하지만 하시모토는 그런 소리를."

"에이, 높은 자리에 앉아서 눈이 흐려진 거야? 옛날의 너였으면 그딴 거짓말은 단번에 꿰뚫어 봤을 텐데."

"……."

"정말로 아무것도 몰랐구나."

이치카와 세이코는 어이없다는 듯 쓴웃음을 지었다.

"아무튼 이다 초라는 그 여자를 보고 소스라치게 놀랐어. 그래도 그때는 확실한 증거가 없었지. 하지만."

그때 웨이터가 "주문하신 요리 나왔습니다" 하며 모둠 치즈와 아쿠아 파차를 들고 경쾌하게 다가왔다. 이치카와 세이코가 내밀었던 몸을 뒤로 물렸다. 도모코도 의자 등받이에 몸을 맡겼다.

웨이터가 물러가자 도모코는 재촉하듯 말했다.

"너무 두서없어서 뭐가 뭔지 통 모르겠네요. 순서대로 차근차근 설명해줘요. 부탁할게요."

"어머, 뭐야. 아까 자기가 결론만 말하라고 했으면서."

"제발 심술 좀 그만 부리고요!"

"그래, 그래, 알았어. ……정말로 아무것도 모르는 것 같으니 처음부터 차근차근 설명해줄게."

히죽거리던 이치카와 세이코의 얼굴이 드디어 '업무' 모드로 바뀌었다. 도모코는 한마디도 놓치지 않기 위해 다시 몸을 내밀었다.

"이다 초라는 여자를 보고 깜짝 놀랐지. 어쩐지 그녀와 닮아서."

"그녀라니요?"

"질문은 나중에 해."

"죄송해요."

"……아니, 하지만 그녀일 리 없어. 그냥 아주 비슷하게 생긴 남이겠지. 하지만 몸짓과 말투가 역시 그녀와 닮았단 말이야. ……너무 혼란스럽더라. 혼란스러운 나머지 술을 진탕 마셔야 할 만큼. 결국은 쫓겨나다시피 가게를 나서서 택시에 태워졌지만, '작가'라는 의식만큼은 또렷하게 남아 있었어. 술기운을 빌려 그 여자에게 안겨서 왼팔을 확인했지. 그랬더니 있더라, 손목에 자해한 흔적이!"

"……손목에 자해한 흔적이요?"

"그래, 마치 꿈을 꾸는 것 같았어. 그야말로 악몽. 집에 돌아가자마자 협력자에게 연락했지. ……이래 보여도 나한테도 협력자가 있거든. 법률 사무소에서 조사원으로 일하는 사람이. 머리가 홀렁 벗어진 기분 나쁜 아저씨지만, 일솜씨는 최고야. 양지부터 음지까지 정보망을 꽉 쥐고 있지. 그 인간 나한테 마음이 있어서, 한번 자줬을 뿐인데 날 여자친구처럼 여겨. ……아무튼 그 인간한테 조사를 부탁했더니, 아니나 다를까 그녀가 출소했더라고."

"그래서, 그녀가 누군데요?"

도모코는 참지 못하고 다시 물어보았다.

이치카와 세이코가 딱하다는 듯한 눈으로 이쪽을 쳐다보았다.

"얘, 눈이 흐려져도 너무 흐려진 거 아니니? 이야기의 흐름상 당연히 아오타 사야코지. 한 번 더 말할게, 아오타 사야코. 틀림없어. 난 몇 번 봤으니까. 아오타 사야코의 왼팔을. 손목에 자해한 흔적을."

"자, 자, 잠깐만."

도모코는 또 말문이 막혔다. 그런 도모코를 본체만체 이치카와 세이코가 말을 이었다.

"협력자가 조사한 바에 따르면 아오타 사야코는 2년 전에 출소했어. 즉, 16년 복역하고 가석방됐다는 뜻이지. 이건 이례적인 일이야. 아까도 말했지만 무기징역을 받으면 최소한 30년은 지나야 가석방 심사 대상이 되니까. 그런데 어떻게 16년 만에 나왔을까?"

"……." 도모코는 말없이 고개를 저었다.

"아오타 사야코는 교도소에서 뭔가 사고를 당한 모양이야. 그래서 기억을 깡그리 잃었대. 전체 생활사 건망. 이른바 기억상실증이지. 자기 이름은 물론, 자기가 누구인지조차 알지 못하는 그거. 즉, 자기가 무슨 죄를 저질렀는지도 완전히 잊어버린 거지. 따라서 자기가 왜 교도소에 있는지도 몰라. 그래서 변호사가 나선 결과, 이례 중의 이례지만 출소가 인정된 거야."

"위법 아니에요? 무기징역 수감자가 가석방되려면 최소한 30년 이상은."

"이례지만 위법은 아니야. 형법 제28조에 따르면 무기징역이라도 10년이 지나면 가석방될 가능성을 인정해. 다만 그 규정대로 가석방되는 수감자가 극히 적을 뿐이지."

"그럼 아오타 사야코는 2년 전부터……."

"응. 세상에 나왔어. 그리고 완전히 다른 이름으로 살아가고 있지 않을까."

"완전히 다른 이름?"

"예를 들면 이다 초."

"……이다 초. ……즉, 걔가…… 아오타 사야코?" 도모코는 혼이 빠져나간 듯한 얼굴로 중얼거렸다.

"그래. 틀림없어. 성형이라도 했는지 얼굴은 조금 변했지만, 왼팔에 자해한 흔적이 움직일 수 없는 증거야. 문제는 왜 '이다 초'라는 가명을 쓰면서 분쿄구 부모 강도 살인 사건을 취재하느냐지. 본인은 전부 다 잊어버렸다는데 말이야. 그 기억이 떠오르도록 하려는 건가?"

"……."

"정말로 아무것도 몰라?"

물어보길래 도모코는 조용히 고개를 끄덕였다.

"그럼 하시모토라는 편집자가 단독으로?"

도모코는 또 힘없이 고개를 끄덕였다.

"그 남자. 얼핏 어벙한 뚱보처럼 보였는데 꽤 야심가로군. 기억을 잃고 다른 인생을 살고 있던 아오타 사야코에게 자기 자신의 범죄를 취재시켜서 소설로 쓰게 하다니. ……뭐, 이 소설이 완성되면 그는 틀림없이 이름을 떨치겠지. 독보적인 편집자의 탄생이야."

"……그런데 세이코 씨가 바라는 건 뭔가요?"

도모코는 와인으로 입술을 적신 후, 겨우 제대로 된 말을 짜냈다.

"내가 바라는 거?"

"뭔가 꿍꿍이가 있으니 저를 불러낸 거겠죠?"

"꿍꿍이랄까…… 이렇게 군침 도는 소재는 평생 한 번 있을까 말까야. 그래서 나도 좀 끼어볼까 싶어서." 이치카와 세이코가 볼썽사납게 입을 벌려 블루 치즈를 베어 물고 말했다. "자기 자신의 범죄를 소설로 써나가는 아오타 사야코의 모습과 그걸 발판 삼아 위로 올라가려는 하시모토의 모습을 철저히 쫓아보고 싶어. 그리고 그 결과물을 책으로 내는 거지. ……어때? 그걸 너희 회사에서 출판해보지 않을래?"

"나쁘지 않네요."

"그럼 계약 성립이네. 일단 취재비를 가불한 셈 치고 200만 엔쯤 입금해줄래? 그리고 입막음 조로 100만 엔."

"입막음 조?"

"《주간 도도로키》가 아오타 사야코를 이용해 소설을 쓰고 있다는 정보를 다른 미디어에 넘겨도 돼?"

"그런."

"그렇지? 소설의 작자가 아오타 사야코라는 사실은 끝까지 비밀로 하는 편이 낫겠지? 막판에 가서 한껏 화려하게 공표하는 편이 좋을 거야."

이번에는 도모코도 힘 있게 고개를 끄덕였다.

"그러니까 입막음 비용으로 100만 엔. ……총 300만 엔을 내일까지 부탁해."

"내일? ……하지만 품의서가."

"뭐야. 너 임원이잖아? 품의서를 올리지 않아도 네 재량으로 300만 엔 정도는 껌일 텐데? ……뭐, 옛날의 나 같았으면 1억 엔은 움직였을 거야."

"지금은 그런 시대가 아니라서요."

"내일까지 입금되지 않으면 다른 곳에 갈지도 몰라."

"알겠어요. 어떻게든 해볼게요."

"고마워, 잘 부탁해."

이치카와 세이코가 천박하게 윙크했다. 도모코는 구역질이 살짝 올라오는 걸 감추려고 아쿠아 파차 그릇을 끌어당겼다. 뒤질세라 이치카와 세이코도 포크를 뻗었다.

"……아아, 그나저나 굉장하네. 아오타 사야코가 출소했다니. 그것도 완전히 다른 사람이 돼서! 오부치 히데유키가 알면 어떻게 생각할까? 그래, 오부치 히데유키도 취재해봐야겠어."

'오부치 히데유키'라는 이름을 입에 담은 순간, 이치카와 세이코의 얼굴이 소녀처럼 발그레해졌다.

혹시 이 여자, 아직도 오부치 히데유키를? ……진심으로 토

악질이 났다. 하지만 이런 생각도 들었다.
 "……어쩐지 여러모로 재미있어질 것 같네요."
 도모코는 그렇게 중얼거렸다.

2부

8장   사형수의 아내

네, 단언할게요. 그 사건은 아오타 사야코가 주도해서 일으킨 거예요. 오부치 히데유키는 아오타 사야코에게 끌려가는 형태로 공범이 된 것에 불과하고요.

오부치 히데유키에게도 잘못은 있겠죠.

하지만 그는 대중이 생각하는 만큼 '나쁜 인간'이 아닙니다. 굳이 말하자면 나쁜 척했을 뿐이에요.

그 수기도 문제였죠.

『너무 이른 자서전』.

그것 때문에 그의 '악인' 같은 태도가 더욱 강조되고 말았어요. 하지만 제가 보기에 그건 진정성 있는 글이 아니에요.

출판사 편집자가 그를 구워삶아 있는 말 없는 말을 지어내서 쓰게 한 거죠. ……그뿐만 아니라 원고를 멋대로 고쳤다고 들었어요. 오부치 히데유키 모르게 수기 첫머리에 오래된 소설을 한 구절 인용하기도 했다나 봐요. ……『태양이 없는 거리』였던가요.

 분명 그는 어릴 적에 그 동네에 살았었대요. 하지만 아주 잠깐요. 그래서 기억에도 거의 없다는군요.

 '언덕 위의 빨간 지붕'도 그는 기억하지 못했어요. 그런데 그 수기에서는 어릴 적에 르상티망이 싹튼 것을 계기로 그 사건을 저질렀다…… 그런 흐름이에요. 어릴 적에 우연히 봤던 빨간 지붕 집, 그곳이 훗날 '분쿄구 부모 강도 살인 사건'의 무대가 된다는 줄거리죠.

 억지도 그런 억지가 어디 있어요!

 그는 아주 슬퍼했어요. 하지만 결국은 사형수, 고소할 마음도 안 든다, 어쩔 수 없다……라며 체념했죠.

 그래도 되는 걸까요?

 사형수에게는 인권이 없다는 건가요?

 사형수에게는 어떤 엉터리를 들이대도 저항할 권리가 없다는 거예요?

 하지만 그는 이렇게 말했어요. ……이제 됐다고. 세상이 자기를 '악인'으로 만들고 싶어 한다면 모든 것을 받아들이겠다고.

 네? 제가 그런 걸 어떻게 아느냐고요?

 그건.

……다 알고서 오늘 연락하신 것 아닌가요?

저는 오부치 히데유키와 옥중 결혼했어요.

네, 저는 그의 아내예요.

그러니까 싸울 겁니다.

남편의 명예를 되찾기 위해, 그리고 남편의 결백을 증명하기 위해.

곧 재심을 청구할 작정이에요.

─「법정 화가의 기억」에서

*

"……그러고 보니 이치카와 세이코에게 편지가 왔어."

맞은편에 앉은 그가 구멍이 여러 개 뚫린 아크릴 칸막이에 얼굴을 가까이 대고 속삭이듯 말했다.

"네? 이치카와 세이코?"

레이코도 머뭇머뭇 아크릴 칸막이에 다가붙었다.

맞은편에 대기 중인 교도관이 이쪽을 힐끗 보았다.

레이코는 재빨리 고개를 숙였다.

오부치 히데유키와 이렇게 면회하는 것도 오늘로 여든아홉 번째다. 하지만 아직도 익숙하지 않다.

"좀 더 당당하게 행동해. 오부치 레이코 씨."

오부치 히데유키가 빙긋 웃었다.

오부치 레이코. ……그렇다. 오부치와 옥중 결혼한 지 어느새 4년. 그의 형기가 아직 확정되지 않았을 무렵에 혼인신고를 했다. 그렇다, 나는 오부치의 엄연한 아내다. 그러니 교도관의 시선에 겁먹을 것도, 기죽을 것도 없다. 내게는 남편과 만날 권리가 있으니까.

레이코는 스스로를 타이른 후 다시 구멍에 얼굴을 가까이 댔다.

"이치카와 세이코 씨는 누구시죠? 친족?"

재심 청구는 하고 있지만, 현재 오부치 히데유키의 신분은 '사형 확정자'다. 변호인과 친족 말고는 면회는 물론 편지도 제한될 것이다.

"아닌데. ……내 전 여친."

"네?" 레이코는 구멍에 더 바싹 다가붙었다. "전 여친?"

"뭐야, 질투하는 거야?"

그 말에 뺨이 화끈 달아올랐다. 레이코는 뺨에 손수건을 대고 대답했다.

"아니요, 그런 게 아니라. ……음."

"왜? 뭔데?"

말을 머뭇거리고 있으니 오부치 히데유키가 얼굴을 더 가까이 댔다. 숨결까지 전해지는 듯해서 레이코는 한순간 몸을 물렸다. 그러다 실수로 손수건을 놓쳤다. 손수건은 무릎을 스치고 바닥에 팔랑팔랑 떨어졌다. 레이코는 손수건을 잠시 바라보다가 질문했다.

"……친족도 아닌데 편지를 보낼 수 있나요?"

"뭐, 보통은 안 되지. 그래서 우표 시트를 보냈더라고."

"우표 시트……?"

"응. 친족이 아니라도 현금이나 우표는 넣어줄 수 있는 모양이야. 물론 개인적인 편지를 동봉하는 건 금지지만."

"……그래요, 그렇군요. 그럼 전 여친이 우표 시트를."

"어? 역시 질투?"

"……아니요. 그런 건 아니고요."

레이코는 바닥에 떨어진 손수건을 내려다보며 중얼거렸다. ……질투심 많은 여자로 여겨지기는 싫다. 그래도.

"솔직해져. 질투 나지? 질투한다면 어쩐지 기쁜걸."

"기쁘다고요?"

"여자의 질투는 귀엽잖아."

'귀엽다'라는 말에 레이코는 뺨이 더 달아올랐다.

"어때? 질투 나지?"

끈질기게 묻길래 레이코는 항복이라는 듯 고개를 살짝 끄덕였다.

"괜찮아. 그쪽과는 이제 아무 사이도 아니니까."

그런 레이코를 가지고 놀듯 오부치 히데유키가 입술 가장자리를 핥으며 말했다.

"애당초 지금까지 잊어버리고 지냈을 정도인걸. 그쪽도 날 기억에서 지웠을 줄 알았고. 그래서 편지를 받고 좀 당황했어."

"……그런데 왜 이제 와서……?"

질투심을 감추듯 레이코는 바닥에 떨어진 손수건에 손을 뻗었다.

"나도 잘 모르겠어. ……하지만 그 사람 성격상 아무 이유도 없이 보내지는 않았을 테고, 뭔가 전하려는 것 같기는 해."

'그 사람'이라는 표현이 아주 비밀스러워서 레이코는 심장이 쿵쿵 요동쳤다.

"……뭐 하는 분인가요?"

"도도로키쇼보라고 알아?"

도도로키쇼보? 주워 든 손수건이 또 손에서 빠져나갔다. 하지만 이번에는 무릎에 떨어졌다.

레이코는 손수건을 움켜쥐었다.

도도로키쇼보. ……얼마 전 그 출판사의 취재에 응했다. 하지만 레이코는 그 사실을 밝히지 않고 그저 잠자코 있었다.

"어? 뭐야?" 오부치 히데유키가 의심하는 기색으로 말했다. "왜 그래? 뭔데?" 똑바로 쳐다보는 오부치 히데유키의 시선이 따가웠다.

레이코는 당황해서 얼버무리듯 말했다.

"……아니요. 도도로키쇼보, 물론 알죠. 큰 출판사니까. …… 그런데 도도로키쇼보가 뭐 어쨌는데요?"

질문 방식이 안 좋았는지 오부치 히데유키의 얼굴이 일그러졌다. 그리고 날카로운 시선이 날아들었다.

얻어맞는다.

절대 그럴 리 없는데도 레이코는 반사적으로 이를 악물었다.

그 모습에서 무슨 낌새를 느꼈는지 칸막이 너머에 대기 중이던 교도관이 짐짓 헛기침을 두 번 했다.

그 순간 오부치 히데유키가 활짝 웃었다.

"에이, 레이코, 오늘 좀 이상하네? 왜 그래? 혹시 뭔가 숨기고 있는 거 아니야?"

하지만 시선은 여전히 날카롭고 차가웠다. 이대로 가다가는 도도로키쇼보의 취재에 응했다는 사실을 실토할 것만 같았다. ······자신의 독단으로 응한 취재다. 왜 취재에 응했는지 이제는 잘 생각나지 않지만, 어쨌거나 '아무리 사소한 일이라도 사전에 상의한다'라는 약속을 어긴 셈이다. '서로 비밀은 없고 거짓말도 하지 않는다'라는 약속도 했는데. ······결혼할 때 나누었던 약속을 동시에 두 개나 어기고 말았다. 그리고 그에 관한 변명을 오늘은 준비해 오지 않았다.

겨드랑이에서 식은땀이 흘렀다. 레이코는 그걸 들키지 않으려는 듯 겨드랑이를 딱 붙이고 말했다.

"······그래요. 질투 나요. 거슬리네요, 이치카와 세이코라는 사람이. 아주 거슬려요. ······지적하신 대로 질투예요. 속이 메슥거리고 머리가 어질어질해서 지금 당장이라도 쓰러질 것 같네요. ······이치카와 세이코라는 여자는 대체 어떤 사람인가요?"

무슨 스위치가 켜진 것처럼 레이코의 말이 갑자기 빨라지자 이번에는 오부치 히데유키가 당혹스러워하는 표정으로 땀을 흘렸다.

"진정해, 레이코." 오부치 히데유키의 시선이 드디어 부드러워졌다. "안심해. 아주 먼 옛날에 사귀었을 뿐, 지금은 아무 사이도 아니니까. 애당초 여기는 구치소잖아? 어떻게 바람을 피우겠어?"

"……."

"체포되고 재판을 받는 도중에 편지가 몇 번 왔을 뿐이야. 그 후로는 깜깜무소식이었고."

"……정말인가요?"

"당연하지. 바보 같은 질문이로군. 내가 거짓말을 왜 해? '서로 비밀은 없고 거짓말도 하지 않는다', 우리 그러기로 약속했잖아?"

그 말을 듣자 또 겨드랑이가 땀으로 축축해졌다.

레이코는 얼른 화제를 되돌렸다.

"그런데…… 도도로키쇼보는?"

"아참, 그렇지. 이치카와 세이코라는 여자는 예전에 도도로키쇼보의 편집자였어."

"……그래요?"

"지금은 프리랜서로 활동하는 모양이지만."

"……그렇군요."

"저기, 시간 날 때 이치카와 세이코를 만나보지 않을래?"
"네?"
"느닷없이 우표 시트를 보내다니 왠지 마음에 걸려서. 그 사람 성격상 단순한 차입품이나 원조하려는 뜻은 아닐 것 같아. ……그러니까 만나고 와."
"……."
"안심해. 이치카와 세이코와 어떻게 해보려는 생각은 아니니까. 이제 내게는 레이코뿐이야."
"……정말인가요?"
"그럼. 어제도 널 생각하면서 세 번 절정에 다다랐어."
"……세 번이나?"
레이코는 불에 올린 주전자처럼 뺨이 뜨거워졌다. 교도관도 이쪽을 힐끔힐끔 살폈다.
"레이코는? 어제 몇 번이나 절정을 맛봤어?"
"……."
대답하지 못하자 의문이 날아들었다.
"레이코야말로 바람피우는 거 아니야?"
"설마!"
"다른 남자에게 안겨서 나와 결혼한 걸 후회하는 거 아니야?"
"절대로 아니에요!"
"정말?"

"맹세할게요."

"그럼 정조를 지키고 있다는 증거를 보여줘."

"……어떻게요?"

"내가 뭘 요구하든 받아들여. 말대답은 일절 하지 말고."

"……."

"아, 역시 바람피우는구나?"

"아, 아니에요!" 레이코는 접의자에서 엉거주춤 몸을 일으켰다. "……알았어요. 당신이 무슨 요구를 하든 받아들일게요. 그리고 말대답은 일절 하지 않겠어요."

"좋아, 착하다. 그럼 이치카와 세이코를 만나주는 거지?"

"……아, ……네."

"대체 뭐야? 아까부터 반응이 영 시원찮네. 무슨 일 있었어? 뭔가 숨기고 있는 거야? 역시 다른 남자와 잤다든가?"

"아니요, 절대로 그런 거 아니에요!"

"어쩐지 미덥지 못하네."

오부치 히데유키가 아크릴 칸막이에서 몸을 뗐다. 쫓아가듯 레이코는 아크릴 칸막이에 얼굴을 들이댔다.

"믿어주세요! 당신 말고 다른 사람과는 절대로."

"알았어. 믿을게."

잠시 후 오부치 히데유키의 얼굴이 다시 이쪽으로 다가왔다.

"……그럼 이치카와 세이코를 만나줄 거지?"

"……네, 알았어요."

본의는 아니었지만 레이코는 오부치 히데유키의 '전 여친'과 만나기로 했다.

"……그런데 이치카와 세이코 씨를 어떻게 만나죠?"

"주소 불러줄 테니까 외워."

오부치 히데유키는 주소를 세 번 되풀이해 말했다.

익숙한 주소를 술술 외는 것처럼 보이기도 해서 레이코는 또 마음이 몹시 어지러워졌다.

역시 전 여친과 지금도 이어져 있나? 나 모르게?

……구치소에서 어떻게 바람을 피우느냐고 했지만, 마음만 먹으면 할 수 있다.

그래, 그 방법으로.

'매일 밤 오후 11시에 난 널 상상하며 자위해. 그러니까 너도 내게 따먹히는 상상을 하면서 자위하도록 해. 그게 우리의 부부 관계야.'

오부치 히데유키가 청혼하면서 보낸 편지다. 물론 이렇게 직접적인 표현은 쓰지 않았다. 검열을 감안해 비유적으로 그런 뜻이 담긴 표현을 사용했다.

그 편지를 읽었을 때의 쾌감은 지금도 잊지 못한다. 오부치 히데유키의 말이 질을 통해 자궁으로 스멀스멀 기어드는 것 같았다. 그 후로 약속 시간인 11시가 되면 그 편지를 떠올리며 쾌감에 젖는다. 몸을 직접 만질 수는 없지만 마음과 마음을, 혼과 혼을 탐닉하는 두 사람만의 신성한 행위다.

그렇다. 오부치 히데유키는 '말'만으로 여자를 발가벗기고, 애무하고, 쾌락의 늪으로 끌어들일 수 있다.

그러니까 이치카와 세이코라는 전 여친과도 똑같은 방법으로 정을 통할 수 있다.

안 돼, 싫어. 그런 건 절대로 싫어. 나 말고 다른 여자가 오부치 히데유키의 상대여서는 안 돼. 오부치 히데유키는 내 남자야!

"외웠어?"

오부치 히데유키가 잠자리에서 정답게 대화를 나누듯 상냥하게 속삭였다.

"……네. 외웠어요."

"응. 착하다. ……그런데 어제는 몇 번 절정을 맛봤지?"

"……네 번이요."

"네 번이나? 참 밝히기도 하네. ……그럼 오늘 밤에도 네 번 가능해?"

레이코는 수줍어하며 고개를 숙였다.

*

히데유키 씨……. 아아, ……히데유키 씨. 허억, 허억, 허억…… 아웅, 아아…… 히데유키 씨!

레이코는 몸을 비비 꼬며 세 번째 절정을 맛보았다.

숨도 못 쉴 만큼 큰 쾌감. 이 정도 쾌감이 세상에 존재했다니.

레이코는 질에 손가락을 넣은 채 쾌감의 여운에 한동안 몸을 맡겼다.

"여자의 성욕은 끝이 없어."

누군가 그런 소리를 했다. 십 대 시절 호기심에 읽어본 야설의 대사였던가.

"아니야. 성욕이 아예 없는 여자도 있어."

그때는 그런 반론도 해봤지만, 지금은 '정론'이었다며 고개가 끄덕여질 뿐이다. 그렇지 않은가. 자위만으로도 이렇게 달뜨고, 찌릿찌릿하고, 황홀한데…… 진짜로 몸을 섞으면 어떻게 될까?

아아, 히데유키 씨, 히데유키 씨. 당신이 진짜로 내 몸을 구석구석 애무해주면 얼마나 좋을까. 그리고 내 안에 들어와서 실컷 더럽혀준다면.

아아, 히데유키 씨, 히데유키 씨……!

레이코는 질에서 빼낸 손가락을 입술에 댔다.

"……아아, 잔뜩 젖어서 야한 냄새가 나. ……히데유키 씨에게도 맛보여주고 싶어."

그런 소리를 중얼거리며 손가락을 살짝 물었다.

그러자 순식간에 쾌감의 물결이 또 밀려왔다.

쿠션을 사타구니에 대고 민감한 부분을 마구 비벼댔다.

앗, 앗, 앗……!

네 번째 절정이 가까워졌을 때였다.

"누나, 있어?"

문밖에서 무신경한 목소리가 들렸다. ……남동생이다.

레이코는 물밀듯 몰려오는 쾌감을 밀어내고 급브레이크를 밟듯 움직임을 멈췄다.

"뭐, 뭐야?"

호흡이 거칠어진 탓인지 목소리가 이상하게 뒤집혔다.

"……뭔가 이상한 소리가 난다면서 엄마가 보고 오래." 동생이 반쯤 재미있어하는 목소리로 말했다. "삐걱삐걱하는 소리가 난다나. 누나, 뭔가 하는 거야?"

레이코는 벗어 던진 실내복을 끌어당겨서 품에 안았다.

"아니. ……그냥 일하는데."

"그렇구나. 그럼 분명 귀신의 소행이겠네." 동생이 신난 목소리로 놀리듯이 말했다. "할머니가 저세상에 가지 못하고 지금도 집을 돌아다니는 건가."

"……으, 응. 그러게. 할머니일지도 모르지."

레이코는 옷을 입으며 동생의 말에 적당히 장단을 맞추었다.

"잠깐 들어가도 돼?"

동생이 물었다.

"안 돼!" 그만 큰 소리가 나왔다.

문밖에서 부스럭거리는 소리가 딱 멈췄다.

"……아아, 미안해. 지금 일하느라 바빠서. 나중에 다시 와."

남동생은 거북하다. 어떻게 대해야 할지 아직도 모르겠다.

문밖에서 기척이 사라진 걸 확인한 후 레이코는 한숨을 길게 내쉬었다.

동생 요헤이는 레이코가 일곱 살 때 태어났다. 지금도 잊을 수 없는, 세상이 확 뒤바뀐 순간이었다. 아버지도 어머니도 마치 딴사람처럼 서먹서먹해졌다. 눈을 마주치려고, 목소리를 들으려고 아무리 애써도 동생에게만 관심을 줄 뿐, 레이코는 거들떠보지도 않았다. 어쩌면 내가 투명인간이 된 것 아닐까. 또는 이미 이 세상에 없는 것 아닐까. 아니면 자기만 빼고 세상 사람이 모조리 바뀐 것 아닐까. ……그런 불안과 공포 때문에 하루하루가 고통스러웠다.

그 불안과 공포는 지금도 사라지지 않았다.

아버지도 어머니도 여태 머릿속이 아들로 가득해서 딸이 하나 더 있다는 사실을 잊어버린 듯하다. 동생은 동생대로 누나를 '애물단지'처럼 취급한다. 그렇다, 얕잡아 본다.

"나이를 마흔 살이나 먹고서 돈도 안 되는 그림쟁이 짓이나 하고 있다니 문제야, 문제"라는 식으로 동생이 이야기하는 걸 몇 번이나 들었다. 하다못해 '그런 소리 하면 못써' 하고 누군가 말리기라도 하면 위안이 될 테지만, 부모님은 "그러게, 참 골치야" 하고 동생에게 맞장구를 친다. "정말이지 저걸 어떻게 좀 해야 할 텐데" 하고. 마치 흰개미나 쥐를 대하는 듯한 말투다.

해결하고 싶어도 그리 쉽게는 안 된다. 도대체 어떻게 하면 저걸 처리할 수 있을까. 도대체 언제면 저것에서 해방될까.

……저 애물단지를 어떻게든 해야 한다. 지금도 분명 가족끼리 그런 이야기를 하고 있으리라.

"천장의 쥐새끼가 시끄럽네. 좀 보고 오렴."

그래서 동생이 마지못해 올라온 것이리라.

그렇다, 나는 쥐다. 하지만 보통 쥐는 아니다. 사형수의 아내다.

그래, 사형수.

당신들은 될 수 있어? 못 되겠지. 당신들은 평범하기 짝이 없는 인간이니까. 애물단지인 쥐 한 마리 죽이지 못하고, 오로지 쥐가 달아나기를 기다리는 겁쟁이. 하지만 난 달라. 세상 사람들이 두려워하고 미워하는 사형수, 그의 아내야.

사형수의 아내라고!

*

하지만 오부치 히데유키와 결혼했다는 사실을 아직 가족에게 밝히지는 않았다.

다음 날 아침, 오랜만에 일찍 일어난 레이코는 웬일로 가족이 둘러앉은 식탁에 얼굴을 내비쳤다.

일단 어머니가 놀란 표정을 지었다. 다음으로 아버지가 머쓱한 얼굴로 바라보았다. 마지막으로 동생이 작게 혀를 찼다. 아니나 다를까 식탁에 레이코의 밥은 없었다.
"……아아, 레이코. 오늘은 일찍 일어났네." 어머니가 어색한 분위기를 바꾸려는 듯 말했다. "빵 괜찮니? 아니면 밥을 데울까? 어제 먹다 남은 거지만."
"아니, 필요 없어."
레이코는 그렇게만 말하고 빈 의자에 앉았다.
"자, 난 이만 갈게."
마루노우치의 은행에서 일하는 동생이 우쭐거리는 태도로 남은 커피를 마셨다.
"나도 슬슬 나가야겠군. 차가 데리러 올 시간이야." 낙하산 인사로 상사회사의 임원 자리에 앉은 아버지가 기세등등하게 헛기침을 했다.
"나도 오늘은 꽃 전시회에 가야 하는데."
뭔지 잘 모를 교육 자격증을 여러 개 가지고 있는 어머니가 부랴부랴 볼일을 꾸며냈다.
"잠깐만 있어봐."
레이코는 오늘이야말로 말하겠다는 각오로 목소리를 높였다.
"할 말이 있어."
한순간 팽팽하게 긴장된 분위기가 흘렀다.
꿀꺽. 침을 삼키는 소리까지 들릴 듯했다.
아버지, 어머니, 동생이 서로 얼굴을 마주 보았다.
"나, 결혼했어."

과감하게 말을 꺼냈다.

"에에엥." 어머니가 죽임을 당하기 직전의 토끼 같은 소리를 냈다.

얼굴을 보니 '새삼스레 무슨 소리를' 하고 어이없어하는 기색이었다.

역시 알고 있었구나. 당신들 이미 알고 있었어.

그야 그렇겠지.

호적에서 딸의 이름이 사라졌는걸. 무슨 일인가 싶었겠지.

분명 동생이 직업을 바꾼 게 계기였겠지. 공무원으로 일하던 동생은 3년 전에 은행원이 됐다.

즉, 지난 3년간 알면서 모르는 척했던 거네? 이런 가식적인 인간들! 체면만 차리느라 딸이 결혼한 걸 모른 척하다니! 당신들, 역시 최악이야.

"상대가 누구인지는 이미 알겠지만." 레이코는 쐐기를 박듯 말했다. "난 사형수 오부치 히데유키의 아내야. 재심 청구를 진행 중이지. 그래서 돈이 필요해. 돈 줘."

아버지, 어머니, 동생이 넋 나간 것처럼 입을 떡 벌렸다.

"1000만 엔을 생전 증여해줘. 그럼 당신들과 연을 끊을게. 이 집에서도 나갈 거고. ……즉, 의절해주는 대가지. 1000만 엔으로 애물단지를 쫓아낼 수 있으니까 싸게 먹히는 거 아니야?"

그날 저녁.

거실로 가자 테이블에 갈색 봉투가 아무렇게나 놓여 있었다.

봉투에는 '레이코 님에게'라고 적혀 있었다. 내용물을 확인하자 100만 엔 묶음이 다섯 개였다.

"500만 엔이라." 레이코는 한숨을 섞어 중얼거렸다.

역시 한꺼번에 1000만 엔은 무리였던 듯하다.

레이코는 어깨를 축 늘어뜨리고 봉투를 빤히 들여다보았다.

'레이코 님에게.'

어머니 글씨일까. 정중한 글씨체였지만 어쩐지 차가운 느낌이었다. 특히 '님'이라는 글씨가.

레이코는 연이어 한숨을 쉬었다. 그리고 한 번 더.

네 번째로 한숨을 쉬려고 했을 때 갑자기 눈물이 흘러 떨어졌다.

왜 눈물이 나는 걸까.

1000만 엔이 500만 엔으로 줄어드는 바람에 속상해서? 화나서?

아니다.

500만 엔도 아주 큰 돈이다. 진심을 말하자면 한 푼도 안 줄 줄 알았다. 1000만 엔을 달라고 한 건 일종의 위협이자 쇼에 불과했다. 그러니까.

'무슨 소릴 하는 거니, 레이코! 엄마 미치는 꼴 보고 싶어!'

그렇게 야단치는 걸로 충분했다.

'아무튼 이야기를 해보자. 대체 무슨 일이 있었던 거야? 아빠

한테 말해보렴.'

그렇게 다가와주었다면 이쪽도 마음이 조금은 흔들렸을지도 모른다.

하지만 부모님은 선선히 500만 엔을 준비했다. 분명 아버지의 명령으로 어머니가 당장 은행에 달려가 500만 엔을 인출했으리라. ……분명 당장 인출할 수 있는 액수가 500만 엔이었으리라.

하여튼 지금 당장 준비할 수 있는 돈은 이것뿐이야. 좀 모자라지만 당분간은 이걸로 어떻게든 해. 나머지 500만 엔은 나중에 반드시 줄 테니까 지금은 이걸로 참아! ……그런 절박한 기분이 '님'이라는 글씨에 담겨 있었다.

아니면 '얼른 결말짓고 싶다'라는 기분의 표출일까? '꼴도 보기 싫으니까 한시라도 빨리 이 집에서 나가'라는 혐오감이 '님'에 담겨 있는 걸까?

어쨌거나 '님'이라는 글씨는 보기 싫게 삐뚤빼뚤했고 어쩐지 경멸도 묻어났다.

"알았어. 이걸로 끝내줄게."

레이코는 봉투를 구깃구깃 움켜쥐었다.

"당장 내일이라도 이 집을 떠날게."

*

그러나 이사하느라 애를 좀 먹었다. '즉시 입주 가능'이라길래 바로 들어가서 살 수 있을 줄 알았는데, 그렇게는 안 됐다. 주민표를 떼러 가고, 인감도장을 만들고, 소득 증명서를 갖추고, 심사를 받고, 계약서를 작성했다.

이런저런 절차를 밟은 끝에 레이코가 작은 맨션으로 거주지를 옮긴 건 그로부터 열흘 후였다.

야마노테선 오쓰카역에서 걸어서 15분. 건축 연수 43년인 구축 맨션이지만, 최근에 리모델링했는지 그렇게 낡아 보이지는 않았다. 어쩐지 신축 같은 느낌마저 들었다.

레이코는 창문을 활짝 열고 심호흡했다.

공기가 좋다고는 할 수 없었지만 전망은 좋았다. 부동산 중개사의 조언에 따라 이 집으로 하길 잘했다. 예산보다 만 엔 비쌌지만.

"타협해서 집세가 만 엔 더 싼 저지대의 집을 빌려봤자, 결국은 주거 환경에 불만이 생겨서 이사하실 겁니다. 그러면 또 돈이 들겠죠. 그럴 바에야 처음부터 만 엔 비싼 고지대에 사는 편이 나아요. 집은 몸에도 마음에도 영향을 주니까요. 만 엔 비싸더라도 탁 트인 고지대의 집에 살면, 저절로 그만큼 수입이 더 생기는 법입니다."

약간 가르치는 말투이기는 했지만, 틀린 말은 아니었던 듯

하다.

어쩐지 활력이 서서히 차올랐다.

'야호' 하고 소리를 지르고 싶은 충동에 사로잡혔지만, 꾹 참고 창문으로 몸을 살짝 내밀었다.

"어, 저거 혹시 선샤인60(도쿄 이케부쿠로에 자리한 240미터 높이에 60층 규모의 고층 빌딩—옮긴이)?"

그 빌딩이 눈에 들어온 순간 상쾌한 기분에 그림자가 살짝 드리웠다.

……옛날에는 저기에 스가모 구치소가 있었다는 사실이 떠올랐기 때문이다. 동시에 오부치 히데유키의 얼굴도 떠올라서 레이코는 자세를 바로 했다.

—내가 뭘 요구하든 받아들여. 말대답은 일절 하지 말고.

"네!"

레이코는 여기에 없는 오부치 히데유키를 향해 잘 훈련된 군인처럼 대답했다.

—좋아, 착하다. 그럼 이치카와 세이코를 만나주는 거지?

"네!"

—주소 불러줄 테니까 외워.

"네!"

레이코는 명령에 절대복종하는 군인처럼 몸을 빙글 돌려 아까 사 왔던 편지지 세트를 테이블에 펼쳤다.

—설마 이치카와 레이코에게 편지를 쓰려고?

"네. 지금 편지를 써서 만날 약속을 잡으려고요."

―지금?

"네, 지금요."

―그래도 그렇지, 너무 늦은 거 아니야? 난 이럭저럭 열흘 전에 부탁했는데?

"죄송해요. 이사하느라 여러모로 바빠서요."

―이사? 그게 내 부탁보다 중요해?

"물론 히데유키 씨의 부탁이 제일 중요하죠."

―그럼 왜 뒤로 미룬 거지?

"미룬 게 아니에요. 새로운 주소가 확정되고 나서 이치카와 세이코 씨에게 연락해야 차질이 없을 것 같았어요."

―그럼 주소가 확정되자마자 연락했어야지. 1주일 전에 이 집에 살기로 정했잖아?

"맞아요. 하지만 심사를 받아야 해서요. 일단 심사에 통과해야……."

―심사는 닷새 전에 통과했잖아? 그때 편지를 썼으면 됐을 텐데?

"그때는 아직 정식으로 계약하지 않아서……."

―쳇, 변명은 됐어. 결국 내 부탁을 들어주기 싫었던 거 아니야? 역시 내가 싫어진 거지? 다른 남자가 생긴 거지?

"아니에요! 믿어주세요! 저는 히데유키 씨의 아내예요! 당신 밖에 없다고요!"

―그럼 얼른 편지를 써. 그리고 지금 당장 우체통에 넣어.

"알았어요. 당장 편지를 써서 부칠게요."

―날 면회하러 오기 전에 세이코를 만나서 뭘 전하고 싶은 건지 알아내서 보고해.

"네. 알겠습니다."

―이것 봐라, 손이 멈췄잖아. 빨리 써!

"네! 지금 당장 쓰겠습니다!"

레이코는 재촉당하는 것처럼 편지지에 펜을 놀렸다.

'느닷없이 편지를 드려서 죄송합니다. 저는 오부치 히데유키의 아내, 오부치 레이코라고 합니다. 요전에 남편에게 우표 시트를 보내주셨다고 들었습니다. 감사합니다. 남편 말로는 뭔가 전할 말씀이 있으신 듯한데요. 남편 대신 제가 그 말씀을 받잡고자 이렇게 편지 올립니다. 어떤 형태가 좋으실지 알려주시면……'

그로부터 사흘 후, 이치카와 세이코의 엽서가 배달됐다.

엽서에는 딱 한 마디밖에 없었다.

'그럼 직접 만나죠.'

그다음에 날짜와 장소가 적혀 있었다. 레이코는 달력을 확인했다.

"……내일?"

그렇다, 내일이다!

겨드랑이에 땀이 서서히 배었다.

"이런, 어쩌지?"

그런 말을 중얼거리며 거울 앞에 앉았다.

"이런, 정말로 어쩌지?"

살펴보니 흰머리가 드문드문 눈에 띄었다.

"……염색하는 편이 나으려나."

*

이치카와 세이코가 지정한 곳은 요쓰야역에서 걸어서 약 5분 거리의 작은 노래방이었다.

약속 시간 3분 전에 계산대에 도착해 이치카와 세이코의 이름을 대자, 사장인 듯한 중년 남자가 아주 싹싹한 태도로 밝게 대답했다.

"302호실입니다."

"아, 감사합니다." 레이코는 대답한 후 엘리베이터를 찾았다.

"엘리베이터는 없어요. 계단을 사용하시기 바랍니다." 중년 남자가 싱글싱글 웃으며 손가락으로 가리켰다.

그쪽을 보자 어둠 속에 계단 같은 것이 있었다.

"비상계단 겸용이니까 무슨 일이 생겼을 때도 사용하시기 바랍니다!"

비상계단?

"사장이 바뀌기 전에 불이 났었는데요! 큰불은 아니었지만, 대피가 늦어서 사람이 한 명 죽었어요!"

……죽었다고?

"네, 죽었습니다! 지금 손님이 서 계신 거기서요!"

이런! 깜짝 놀라서 도망치듯 계단을 오르자 눈앞에 302라고 새겨진 팻말이 보였다.

"302호실이지만 2층이에요! 어쩐지 헷갈리게 해서 죄송합니다!"

아래층에서 쫓아오듯 중년 남자의 목소리가 들렸다.

"예전 사장이 실수한 모양이에요! 노래방을 설비와 함께 통째로 인수해서 팻말도 그대로입니다! 그러니까 신경 쓰지 마세요!"

딱히 신경 쓰지는 않는데……. 쓴웃음을 짓고 있으니 문이 열렸다.

"어머."

여자가 서 있었다. ……혹시 이치카와 세이코 씨?

레이코는 어쩔 줄 모르고 가방을 품에 끌어안았다. ……아직 마음의 준비를 못 했다. 심호흡해서 호흡을 가다듬은 후에 문을 열려고 했는데. ……이렇게 느닷없이 나타나다니. ……어떻게 반응하면 좋을까?

어쩌지. 말이 안 나온다.

"손님, 왜 그러세요? 방은 찾으셨어요?"

아래층에서 변함없이 중년 남자가 목소리를 높였다.

"네, 괜찮아요!" 레이코 대신 여자가 대답했다.

"이제 됐으니까 신경 쓰지 마세요!"

여자는 그렇게 말한 후 레이코의 팔을 잡고 방으로 끌어들였다.

"어휴, 저 사장은 싹싹해서 좋은데 오지랖이 넓은 게 옥에 티야."

"저, 저, 저기……."

아직 마음의 준비를 못 했다. 레이코는 가방을 꼭 끌어안았다. 그런 레이코의 마음을 꿰뚫어 본 것처럼 여자가 일방적으로 인사했다.

"만나서 반가워요. 이치카와 세이코예요. 예전에는 도도로키 쇼보에서 일했지만, 지금은 보잘것없는 프리랜서 작가죠."

그리고 명함을 한 장 꺼냈다.

레이코도 허둥지둥 가방을 뒤졌다. ……없다. 명함집을 두고 왔다!

"아, 괜찮아요. 편지 받았으니까 그걸로 충분해요."

"……죄송합니다. 나오기 전에 가방을 바꿔서요."

"어머, 가방을 바꿨어요?"

"네……."

"왜요?"

"그게…… 특별한 의미는 없는데요……."

거짓말이었다. 나오기 전에 문득 신경이 쓰였다. 이 가방을 들고 가도 될까? 왜 그런 생각이 들었는지는 모른다. 다만 평소 사용하는 검은색 가방이 어쩐지 볼품없어 보였다. 어쨌거나 이제 만날 사람은 오부치 히데유키의 전 여친이다. 어떤 사람인지는 모르지만, 추레한 꼴로 만나고 싶지는 않다. ……그런 생각이 머리를 스쳐서 막 나가려는 참인데도 가방을 바꿨다. 10년쯤 전, 동창회에 들고 가려고 장만했던 버버리 백. 결국 그때 들고 나가지 않고, 내내 벽장 속에 모셔두었던 물건이다.

"혹시 미장원에 갔었어요?"

뜬금없는 질문에 레이코는 가방을 더 세게 끌어안았다.

"……네? 왜요?"

"아무래도 그런 '냄새'가 나서요. 미장원 특유의 '냄새'가. ……염색했죠?"

정답을 맞혀서 레이코는 몸을 움츠렸다.

"남편의 전 여친을 만나는 자리인걸요. 조금이라도 꾸미고 싶은 게 여자의 심리죠. 응, 이해해요."

"……."

"실은 나도 제일 마음에 드는 외출복을 입고 왔어요."

이치카와 세이코는 그렇게 말하며 원피스 치마 부분을 걷어 올렸다.

"……그래본들 19년 전에 산 옷이라 디자인은 낡았지만. 그래도 나쁘지 않죠? 50만 엔 줬어요."

"50만 엔요?"

"네. 오부치 히데유키와 함께 사러 갔었어요. 오부치 히데유키에게도 같은 브랜드의 정장을 사줬는데, 그건 지금 어떻게 됐으려나. 혹시 알아요?"

"……."

"부인인데 몰라요?"

"……."

"뭐, 어쩔 수 없지. 결국은 '옥중 결혼', 살을 맞댈 수도 없는 형식적인 부부니까."

"……."

"그런데 오부치 히데유키는 요즘 어때요? 잘 지내요?"

"……."

"그것참, 왜 그래요? 아까부터 조개처럼 입을 꾹 다물고."

"……."

"혹시 긴장했어요?"

"……아니요."

레이코는 간신히 입을 열었다.

"그럼 화났어요?"

"……."

"미안해요. 옛날부터 이런 성격이라. 필터를 거치지 않고 생각을 있는 그대로 말해서 상대를 불쾌하게 만드는 것 같더라고요. ……하지만 나쁜 뜻은 없어요. 그러니까 그냥 흘려넘겨요."

"……."

"그나저나 좀 앉죠? 괜히 서서 이야기할 것 없잖아요."

이치카와 세이코가 소파에 몸을 묻었다. 레이코도 맞은편 소파에 앉았다.

"노래방에 온 김에 노래라도 한 곡 할래요?" 이치카와 세이코가 리모컨을 끌어당기며 말했다.

"……아니요." 레이코는 고개를 살짝 저었다.

……어쩐지 주도권을 완전히 빼앗기고 말았다. 실은 자신이 주도권을 쥐려고 했는데. 그러려고 어제 밤을 새워가며 몇 번이나 예행연습을 했는데. ……전혀 도움이 안 된다. 예상을 너무 벗어난다. 역시 한때 편집자였던 사람답다. 분위기를 자신의 색깔로 물들이는 데 능숙하다. 하지만 나도. ……나도 오부치 히데유키의 아내다.

그래. 나는 오부치 히데유키의 아내. 세상을 떠들썩하게 만들었던 살인자의 아내다. 사형수의 아내란 말이다. 당당하게 맞서자. 레이코는 마음을 다잡고 고개를 들었다.

"그럼 내가 한 곡 불러도 돼요?" 이치카와 세이코가 또 예상 밖의 말을 꺼냈다.

"……그, 그러세요."

"뭘 부를까……. 아, 〈황사 바람을 맞으며〉로 할까. 오부치 히데유키의 애창곡."

"……네?"

"어? 부인인데 그런 것도 몰라요?"

"……."

"오부치 히데유키는 노래방에 가면 반드시 이 노래를 제일 먼저 불러요. 초등학생 때 용돈을 모아서 난생처음으로 산 CD 라나. ……그런 이야기 못 들어봤어요?"

"……."

"그럼 무슨 이야기를 해요?"

"네?"

"오부치 히데유키와 무슨 이야기를 하느냐고 물었어요."

"재심 청구 이야기나."

"이야, 재심을 청구하려고 하는구나. 히데유키도 의외로 끈질기네."

'히데유키'라고 이름만 부르는 소리에 레이코는 눈 밑이 실룩 떨렸다.

그 사실을 눈치 빠르게 알아차렸는지 이치카와 세이코가 히죽 웃으며 말했다.

"당신, 그 여자를 닮았네요."

"그 여자?"

"아오타 사야코."

그 이름을 듣자 눈 밑이 더 떨렸다.

"아오타 사야코를 본 적 있어요?"

"……네, 재판에서 한 번."

레이코는 겨우 말 같은 말을 쥐어짜냈다.

"흠, 재판에서. ……나도 그 재판에 증인으로 소환됐어요. 어쩌면 우리, 그때 만났을지도 모르겠네."

"……죄송해요, 기억이 안 나네요."

"그런데 당신은 왜 그 재판에?"

"법정 화가라서 일하러요."

"어머, 법정 화가예요?"

"네."

"지금도?"

"네, 가끔."

"이야, 화가구나. 어쩐지 편지가 독특하더라니."

"독특?"

"글씨가 어쩐지 예술적이었어요."

"악필이라는 뜻이로군요."

"그런 소리는 안 했는데."

"괜찮아요, 악필이니까. 오부치도 그랬어요. 이런 악필은 처음 본다고. 너무 글씨를 못 써서 자신도 모르게 봉투를 뜯었다고요."

"그게 무슨 소리예요?"

"형이 확정되기 전에 편지를 썼거든요. 구치소에 있는 오부치 히데유키에게. 재판을 방청해보니 아무래도 오부치가 주범인 것 같지 않아서, 그 마음을 전하려고요. 그리고 격려하려고…….”

"과연. 그래서 오부치 히데유키의 눈에 든 거군요. 면회도 허락받았고.”

"네.”

"그렇군요. ……하지만 그것만은 아닐 것 같은데.”

"네?”

"오부치 히데유키는 글씨가 독특하다는 이유만으로 여자에게 흥미를 품는 남자가 아니니까.”

이치카와 세이코는 오부치 히데유키에 대해서라면 뭐든지 다 안다는 듯 의기양양하게 코를 벌름거렸다.

레이코의 가슴속에 뭐라고 형용할 수 없는 질척한 감정이 퍼져나갔다. 하지만 그 감정을 노골적으로 드러내면 이 여자에게 완전히 놀아나는 셈이다.

"그게 무슨 말씀이시죠?” 레이코는 턱을 바짝 쳐들었다.

이치카와 세이코도 턱을 쳐들고 말했다.

"바로 이런 점.”

"네?”

"그 도전적인 눈빛. ……그 여자와 똑같아요.”

레이코는 바로 눈을 내리깔았다. 하지만 다시 눈을 들고 온 힘을 집중해 이치카와 세이코를 쏘아보았다.

이번에는 이치카와 세이코가 눈을 내리떴다.

이겼다. 그렇게 생각한 것도 잠시, 이치카와 세이코가 이렇게 말했다.

"나, 히데유키와 아오타 사야코가 섹스하는 모습을 여러 번 봤어요."

레이코의 눈에서 힘이 단숨에 빠져나갔다. 섹스라는 말을 아무렇지도 않게 꺼내는 사람이 있다는 사실에 놀란 데다, 오부치 히데유키가 아오타 사야코와 육체관계를 가졌다는 사실에 놀랐기 때문이었다.

……아니, 전혀 놀랄 일이 아니다. 오부치 히데유키와 아오타 사야코가 그런 사이였다는 건 재판에서도 여러 번 언급됐다.

하지만 어째서일까. 이치카와 세이코에게 그런 말을 듣자 몹시 실감 나게 느껴졌다. 마치 그 장면을 직접 목격한 것처럼.

"두 사람의 섹스는 엄청났어요. 그렇게 야한 섹스는 그 전에도 그 후로도 본 적이 없다니까. ……두 사람은 분명 내가 엿본다는 걸 알고 있었을 거예요. ……그래요, 마치 남에게 과시하는 듯한 섹스였죠. 특히 아오타 사야코. 그 여자는 완전히 나라는 존재를 의식했어요. 의기양양한 눈빛으로 이쪽을 쏘아봤죠. 그야말로 방금 당신 같은 눈빛으로."

"……."

"그 여자는 정말 팜므파탈이에요. 미디어에서는 청순한 여고생이 양아치인 오부치 히데유키에게 속은 것처럼 보도했지만,

말도 안 돼요. 속은 건 오히려 히데유키라고요."

"……"

"당신 생각도 그렇죠? 그래서 히데유키와 옥중 결혼해서 재심 청구까지 하려는 거잖아요?"

"……"

"말해두겠는데 난 당신의 적이 아니에요. 굳이 따지자면 같은 편이지."

"……같은 편요?"

"그래요. 그러니까 오늘도 이렇게 만난 거고. 재미있는 정보를 들려주고 싶어서."

"재미있는 정보……?"

"그런데 최근에 《주간 도도로키》의 관계자를 만났죠?"

"……네?"

"《주간 도도로키》에 연재 중인 『언덕 위의 빨간 지붕』에 나오는 '법정 화가', 그거 당신이잖아요? 취재에 응했죠?"

이 사람에게는 숨길 수 없겠다는 걸 깨닫고 레이코는 단념한 듯 조용히 고개를 끄덕였다.

"……네."

"그렇다면." 이치카와 세이코도 조용히 고개를 끄덕였다.

"그 여자를 만났겠네요."

"여자? ……아니요. 여자와는 전화로만 이야기했고 실제로는 안 만났어요."

"그럼 이름은 뭐라던가요?"

"네? 이름요? 이름은……."

이름이 뭐였더라? 어디 보자.

어? 전혀 인상에 남아 있지 않다. 한 시간 가까이 이야기했는데. 질문 내용도, 목소리도 기억나지 않는다. ……마치 유령 같은 여자.

유령 같은…….

어느 틈에 예약했는지 노래방 기계에서 반주가 흘러나왔다. 기다렸다는 듯 이치카와 세이코가 마이크를 잡았다.

그리하여 이야기는 잠시 중단됐다.

9장   내추럴 본 킬러스

─그럼 질문하겠습니다. 오부치 히데유키와 어떤 관계였습니까?

"……어떤 관계? 육체관계가 있었느냐는 뜻인가요?"

─질문에 질문으로 답하지 마십시오.

"네, 죄송합니다."

─그럼 다시 묻겠습니다. 오부치 히데유키와 육체관계가 있었습니까?

"네. 있었습니다."

─계기는요?

"1999년 여름, 오부치 히데유키가 요쓰야의 사무실로 부른 거요."

─요쓰야의 사무실이라니요?

"오부치 히데유키가 사장으로 있었던 이벤트 회사의 사무실입니다."

─그 사무실에는 왜 갔죠?

"그러니까 오부치 히데유키가 불러서……."

─왜 불렀습니까?

"그 전날, 미스 도도로키의 1차 심사에 통과했다는 연락이 왔는데, 미디어용으로 사진을 찍어야 하니까 사무실로 오라고 했습니다."

─하지만 실제로는 심사에 통과한 게 아니었다?

"네. ……진행 요원으로 불렀다는 걸 나중에 알았습니다."

─사무실에 갔던 그날, 육체관계를 맺었습니까?

"네."

─오부치 히데유키와는 초면이었나요?

"네."

─초면인 사람과 왜 육체관계를 맺었습니까?

"잘 기억이 안 나요. 그냥 정신을 차려보니 옷을 벗겨놔서 반라 상태였습니다."

─잘 기억나지 않는다니요?

"갑자기 졸음이 몰려왔거든요. 정신이 몽롱해져서 기억이 잘 안 납니다."

─왜 졸음이 몰려왔을까요?

"잘 모르겠어요. 다만 오부치 히데유키가 준 음료를 마신 후에 졸음이 몰려왔습니다."

―무슨 음료였죠?

"아이스 티요. 하지만 맛이 좀 별나다고 생각했습니다."

―어떤 맛이었습니까?

"얼그레이 맛이었는데, 보통 얼그레이보다 어쩐지 맛이 진하달까. ……쓰달까, 약 맛 같달까."

―약 같은 맛이라고 느낀 거군요?

"네."

―그럼 약을 탔을 거라고는 생각지 않았습니까?

"네. 얼그레이는 원래 맛이 독특한 데다 제조사에 따라서도 맛이 다르거든요. 그래서 원래 이렇겠거니 하고 마셨습니다."

―그때 오부치 히데유키는 뭘 했습니까?

"그냥 저를 가만히 보고 있었어요. 제가 아이스 티를 다 마시는 모습을."

―아이스 티를 다 마셨습니까?

"네. ……목이 많이 말랐거든요. ……아주 더운 날이라 목이 탔습니다."

―아이스 티를 다 마신 후, 얼마 만에 졸음이 몰려왔죠?

"기억은 잘 안 나지만, 비교적 금방이었을 겁니다."

―오부치 히데유키는 당신이 갑자기 옷을 벗었다고 증언했는데요?

"아주 더웠으니까 카디건은 스스로 벗었을지도 모르죠. ……하지만 그것도 잘 기억이 안 나네요. 정신을 차려보니 옷을 벗겨놔서요."

— 정신을 차려보니…… 즉 누군가 옷을 벗겼든 스스로 옷을 벗었든 간에 그 상황 자체가 잘 기억나지 않는다는 뜻이군요.

"네."

— 그럼 왜 '옷을 벗겨놨다'고 단언하는 겁니까?

"처음 만난 남자 앞에서 스스로 옷을 벗다니…… 상상도 할 수 없는 일이기 때문입니다."

— 지금까지 남자 앞에서 스스로 옷을 벗은 적이 없습니까?

"……"

— 왜 대답이 없죠?

"……묵비권을 행사하겠습니다."

*

레이코는 정신을 번쩍 차린 것처럼 눈을 떴다.

커튼 너머로 햇빛이 비쳤다. 하지만 익숙하지 않은 풍경이었다. ……여기는 어디지?

레이코는 세 번 눈을 깜박였다. 커튼 너머로 선샤인60이 보였다.

"……아아, 그렇구나. 여기로 이사했지 참."

여기로 이사한 지 곧 1주일이다. 그런데 아직도 익숙지 않다. 잠에서 깰 때마다 길을 잃은 어린아이처럼 여기저기 둘러본다.

"그나저나 찜찜한 꿈을 꿨네."

레이코는 눈꺼풀 안쪽에 남은 그 영상을 지우듯 손등으로 눈을 문질렀다. ……어째서 그런 꿈을. ……아오타 사야코가 재판받는 꿈 같은 걸. ……그렇다. 이치카와 세이코 탓이다. 이치카와 세이코가 괜한 소리를 해서. 그날 밤부터 계속 아오타 사야코 꿈을 꾼다.

그렇다, 사흘 전. 요쓰야의 노래방에서 이치카와 세이코는 약 올리듯 이렇게 말했다.

'그 두 사람의 섹스는 엄청났어요. 그렇게 야한 섹스는 그 전에도 그 후로도 본 적이 없다니까. ……그 두 사람은 분명 내가 엿본다는 걸 알고 있었을 거예요. ……그래요, 마치 남에게 과시하는 듯한 섹스였죠. 특히 아오타 사야코. 그 여자는 완전히 나라는 존재를 의식했어요.'

하지만 아오타 사야코는 오부치 히데유키가 약을 먹이고 성폭행했다고 재판에서 증언했다.

'그 여자는 정말 팜므파탈이에요. 매스컴에서는 청순한 여고생이 양아치인 오부치 히데유키에게 속은 것처럼 보도했지만, 말도 안 돼요. 속은 건 오히려 히데유키라고요.'

그렇다. 아오타 사야코는 팜므파탈이다. 그 증거로 그 여자에게 오부치 히데유키는 첫 남자가 아니다. ……재판에서는 묵비

권을 행사했지만 낙태한 경험이 있다는 사실을 한 주간지가 폭로했다.

"어디 보자, 그 기사는 분명······."

아직 풀지 않고 쌓아놓은 골판지상자를 바라보며 레이코는 잠시 생각에 잠겼다.

······분명 그 상자다.

하지만 점찍은 상자에는 원하는 물건이 들어 있지 않았다. 그럼 저건가 싶어서 다음 상자를 열어보았지만 그것도 꽝이었다. 그런 짓을 한 시간쯤 하고서야 겨우 찾아냈다. 매직펜으로 '신발'이라고 적어놔서 설마 이건 아니겠지, 하며 계속 미뤄둔 상자였다.

왜 '신발'이라고 적었을까? 스스로 생각하기에도 이상했다. 분명 그만큼 혼란스러웠던 것이리라. 어쨌거나 살면서 이사는 처음이었으니까. 그래도 짐 하나 제대로 포장하지 못하는 자신이 너무 우스웠다. ······그리고 너무 화가 났다.

하지만 지금은 그런 감정에 휘둘릴 때가 아니다.

"어디 보자, 그 기사는 분명······."

드디어 찾아낸 상자에서 스크랩북 열한 권을 꺼냈다. 전부 '분쿄구 부모 강도 살인 사건'에 관련된 기사를 수집한 스크랩북이다. 용케도 이렇게 많이 모았구나, 하고 자기 자신에게 감탄했다.

"어디 보자, 그 기사는 분명······."

레이코는 같은 말을 주문처럼 되뇌며 제일 먼저 집어 든 스크랩북의 표지를 넘겼다.

'부모님을 살해한 청순한 여고생의 본성! 난잡한 성생활과 낙태한 과거가 밝혀지다!'

그런 헤드라인이 시야를 덮쳤다.

"아, 이거다."

운 좋게도 이번에는 단번에 목표를 달성해서 잠시 표정이 풀어졌다.

하지만 그 기사를 읽자 위산이 역류하는 듯한 불쾌감이 온몸을 덮쳤다.

*

……분쿄구 부모 강도 살인 사건의 범인으로 체포된 여고생 S에게 동정의 시선이 쏟아지고 있다. 재판에서 오부치 히데유키에게 성폭행당한 사실이 밝혀졌기 때문이다.

약을 먹어 몽롱한 상태에서 당했다고 한다.

가엾은 여고생 S는 성폭행이라는 이름의 굴레에 씌어 순식간에 오부치 히데유키의 성노예가 됐다. 스스로 '이 사람 없이는 살 수 없다. 이제 이 사람에게서 벗어날 수 없다'라고 여길 만큼 오부치 히데유키는 폭력과 성관계로 여고생 S의 몸과 마음을 옭아맸다. 이른바 '세뇌'다.

여고생 S는 오부치 히데유키를 신처럼 숭배하고, 그의 지배 아래 악의 꽃을 피워나갔다.

등교 거부, 염색, 짙은 화장, 결국은 가출해서 오부치 히데유키와 동거한다.

오부치 히데유키와 동거하면서 여고생 S는 더더욱 악에 물들었다. 동거를 시작하고 한 달 후부터는 나이를 속이고 가부키초의 룸살롱에서 호스티스로 일한다. 호스티스로서 여고생 S의 평판은 몹시 안 좋다. 손님의 신용카드를 훔치고, 꽃뱀 같은 짓을 하기도 했다. 그렇게 해서 번 돈은 대부분 오부치 히데유키의 주머니로 들어갔다.

여고생 S의 악행은 여기서 멈추지 않았다.

때때로 본가에 침입했고, 아버지 명의의 저금통장과 현금 100만 엔을 훔친 적도 있었다. 어머니의 보석도 훔쳐서 죄다 전당포에 넘겼다. ……오로지 오부치 히데유키를 위해.

하지만 이는 어디까지나 여고생 S의 주장에 지나지 않는다.

지난번 공판에서 오부치 히데유키는 이렇게 증언했다.

……S는 처음으로 사무실에 왔던 그날, 스스로 옷을 벗었습니다. ……아이스 티에 술을 탄 건 인정합니다. 하지만 아주 조금이었어요. 풍미를 높이려고 위스키를 아주 조금 넣었죠. 위스키 봉봉에 들어가는 정도로만요. 결코 약은 아닙니다. 실제로 본인은 맛있다며 아이스 티를 순식간에 다 마셨습니다. 그리고

더 달라길래 아이스 티를 한 잔 더 줬죠. 그때는 위스키를 넣지 않았고요. 그것도 순식간에 다 마시더군요. 저는 얼떨떨한 기분으로 그 모습을 바라봤습니다. 왜냐하면 S가 묘하게 들뜬 상태였고, 뭐가 우스운지 깔깔 웃었거든요. 그리고 영문 모를 소리를 계속 늘어놨습니다.

경계심이 들더군요. 혹시 정신에 문제가 있는 거 아닌가 싶어서요. 직업상 지금까지 수많은 여자를 만나봤어요. 명백하게 정신에 문제가 있는 사람도 몇 명 있었는데, 그 여자들과 공통점이 있었습니다. 정신 사나울 만큼 잔뜩 들떠서 종잡을 수 없는 말을 늘어놓는 거요.

아무래도 위험하다 싶었습니다. 과거에도 이런 여자 때문에 피해를 입었거든요. 그때와 같은 전철을 밟기 전에 잘 달래서 돌려보내려 했는데, S가 갑자기 옷을 벗기 시작했습니다.

무슨 짓이냐며 말리는데도 아랑곳없이 S는 스트리퍼처럼 옷을 한 장씩 벗어 던졌습니다. 브래지어까지 벗고 팬티 한 장만 남았을 때, 무슨 생각을 했는지 S가 갑자기 쪼그려 앉더군요.

그야말로 순식간에 일이 벌어졌죠.

S의 사타구니에서 오줌이 줄줄 흘러나왔습니다.

그뿐만 아니라 큰 것도요.

그걸 보고 기절할 뻔했죠.

사무실에 악취가 진동했습니다. 그만하라고 제가 악을 쓰는데도 S는 똥을 잔뜩 쌌습니다.

정말로 위험한 인간이다 싶어서 겁이 나더군요. 얼른 쫓아내야 했지만, 그 전에 바닥에 싸지른 오물부터 처리해야 했습니다.

저는 사무실의 티슈와 수건을 몽땅 긁어모아 오물을 처리하는 데 전념했습니다.

S는 넋 나간 것 같은 상태로 히죽히죽 웃으며 저를 가만히 바라보기만 했고요.

화가 머리끝까지 치밀었습니다.

안 도우면 경찰 부를 거야! 저는 그렇게 고함을 질렀습니다.

S는 그제야 정신을 차린 듯 죄송하다면서 자기가 벗어 던진 옷으로 바닥을 닦았습니다.

무슨 짓인가 싶었죠. 그러면 입고 돌아갈 옷이 없잖아요.

아무튼 엉망진창이었습니다.

악취는 진동하지, 눈앞은 오물 천지지, 여자는 벌거벗었지.

마르키 드 사드의 소설인가 싶더군요.

그렇게 생각한 순간 어쩐지 기분이 묘했습니다. 눈앞의 여자가 『악덕의 번영』 속 쥘리에트로 보이더라고요. 아니면 『미덕의 불운』 속 쥐스틴.

어쨌거나 저는 일종의 성욕을 느꼈습니다.

맞습니다. S 때문에 가슴속 깊이 잠들어 있던 일종의 '성적 취향'이 각성한 거죠.

그래도 저는 마지막 이성을 짜내서 S에게 옷을 입으라고 재촉했습니다. 하지만 눈앞의 쥘리에트는 말을 듣기는커녕 제게 안겨 입을 맞췄죠.

그만큼 악취가 넘치는 키스는 또 없을 겁니다.

하지만 악취는 향수에 빠져서는 안 될 성욕의 에센스이기도 합니다.

제 성욕이 마침내 억누를 수 없을 만큼 뻣뻣하게 고개를 쳐들었습니다.

S가 제 입안에 혀를 넣었을 때 성욕이 폭발했습니다. 네, 이성이라는 방파제가 무너진 거죠.

저는 S의 다리를 벌리고 의욕만 넘치는 숫총각처럼 거칠게 S의 안으로 들어갔습니다. 그 순간 처녀가 아니구나, 하는 생각이 들었죠. S의 질은 경험이 풍부한 매춘부의 그것처럼 젖은 상태로 제 물건을 대번에 받아들였습니다. 성 경험이 제법 많은 게 아닐까 싶더군요. 어쩌면 임신 경험이 있을지도 모른다는 생각도 들었고요.

관계를 맺은 후 임신한 적 있느냐고 물어봤습니다. 그러자 고개를 살짝 끄덕이더군요.

"두 번 임신했는데 두 번 다 낙태했어요"라면서요.

이렇게 사연 있는 여자를 안았다니, 저절로 몸서리가 쳐졌습니다. 이런 여자와 얽히면 안 됩니다. 이런 여자에게 얽혔다가 파멸한 남자를 수많이 봤거든요.

저는 냉큼 S의 몸을 떠밀었습니다. 그런데도 제 몸에 엉겨 붙더군요. ……마치 뱀처럼요. 더더욱 몸서리가 났습니다.

이 여자는 그야말로 쥘리에트다!

온갖 악덕을 저지르고 무수히 많은 시체를 발판 삼아 빛나는 영광과 성공을 거머쥔 전대미문의 악덕의 여왕.

성욕이 역할을 마친 풍선처럼 한심하게 쪼그라들었습니다.

한시라도 빨리 이 여자에게서 벗어나야겠구나 싶었죠.

아니면 이 여자의 먹잇감이 되어 지옥의 거름밭에 버려질 테니까요.

……머릿속에서 경고음이 울려 퍼졌습니다. 도망쳐, 도망쳐, 도망쳐!

위험에 처하면 초인적인 힘이 발휘된다고 하죠. 저는 그 힘으로 오물을 깨끗이 처리하고 S에게 제 옷을 입힌 후 교통비로만 엔짜리를 쥐여주고 사무실에서 쫓아냈습니다.

악취와 오물로 범벅된 S의 옷과 속옷이 남았죠.

저는 막막한 심정으로 멍하니 이런 생각을 했습니다.

S를 임신시켰으면 어쩌지?

그 순간 제 가슴속에 어마어마한 강박관념이 뿌리를 내렸습니다…….

이상은 오부치 히데유키의 증언을 요약한 내용이다. 실제 증언은 훨씬 생생해서 듣기만 해도 구역질이 날 만큼 역겨웠다. 참지 못하고 자리를 뜬 방청인도 꽤 많았다.

오부치 히데유키는 마르키 드 사드를 예로 들었는데, 그야말로 『소돔의 120일』 또는 『악덕의 번영』을 읽는 듯 음험하고 도착적인 내용이었다.

여기서 마음에 걸리는 것이 여고생 S의 언동이다. 오부치 히데유키의 증언이 옳다면 여고생 S의 인상이 180도로 달라진다. 오부치 히데유키의 증언은 진실일까?

취재를 진행했지만 여고생 S가 다니던 학교에는 함구령이 내려졌는지 관계자도 학생도 입을 꾹 다물었다.

하지만 '익명 보장'을 조건으로 S와 같은 반이었던 학생이 무거운 입을 열었다.

……네. S가 낙태했다는 소문을 들은 적 있어요.

소위 모범생들이 다니는 학교지만, 방학이나 긴 연휴가 끝나고 얼마쯤 지나면 그런 소문이 나돌곤 해요. 헛소문일 때도 있지만 S는 아마 진짜일 거예요.

그게, S는 조금 가볍달까…… 허술한 면이 있었거든요.

툭하면 남자들의 작업에 걸려들었죠.

그런 헌팅남들이 늘 학교 주변을 어슬렁거려서 대부분 경계하는데도 S는 언제나 무방비했어요. 말을 걸면 졸래졸래 따라가죠. S가 헌팅남의 차에 올라타는 모습을 본 적이 있는데요. 처음에는 아는 사람인가 싶었는데, 다음 날 슬쩍 물어보니까 전혀 모르는 사람이라는 거예요.

"어? 무섭지 않아?" 하고 물어보자 "전혀" 하고 대답했어요.

그런 일이 여러 번이라 언젠가 사건에 휘말리지 않을까 걱정됐는데, S가 학교를 1주일쯤 쉰 적 있어요. 감기라고 했지만 낙태 수술을 받아서 컨디션이 안 좋아진 듯하다는 소문이 어디에서랄 것도 없이 퍼졌죠. 아무 근거도 없는 소문이었지만 저희는 "걔라면 그럴지도 모르지" 하고 곧이곧대로 받아들였어요.

아무튼 S는 좀 별난 아이였어요. 불량아는 아니고 그렇다고 우등생도 아니고 굳이 따지자면 수수한 아이였지만, 어떤 의미에서는 몹시 눈에 띄었죠. 수업 중에 화장실에 간다며 느닷없이 교실에서 나간 뒤로 돌아오지 않는다든가. 수업 시간에 갑자기 빵을 먹거나 소설을 읽는 건 예사였고요. 처음에는 선생님도 야단쳤지만, 여름방학이 지났을 무렵에는 포기했어요. S가 뭘 하든 못 본 척. 어쩌면 S라는 존재를 완전히 무시했던 것도 같네요.

……네, 어느덧 S는 투명 인간이 됐어요. 또는 교실의 지박령. 실제로 S를 '유령'이라고 부르는 아이도 있었답니다. 개중에는 S가 '퇴학 처분'당했다고 여기는 아이도 있었고요. 바로 저기에 S가 있는데도. 그만큼 S는 반에서 이질적인 존재였어요.

그래도 성적은 나쁘지 않았죠. 시험을 치면 늘 높은 등수를 차지했어요. 그 덕분인지 갖가지 기행을 벌이는데도 S는 퇴학은커녕 정학 한번 당하지 않고 순조롭게 진급했어요.

제 생각에는 부모님의 영향력도 컸을 거예요. S의 부모님은 둘 다 개업의고, 학교에도 기부금을 많이 냈다고 들었어요. 학교 이사장과도 친분이 있는 데다, S의 어머니가 학부모회 활동에 적극적이라 이런저런 일로 매일같이 학교에 왔죠. 반 아이 중 한 명이 "개업의는 참 한가하구나" 하고 비꼬듯이 농담하기도 했어요.

그렇다 보니 S와 친하게 지내는 아이는 없었죠. 그렇다고 괴롭힘을 당한 건 아니고요. 저희가 말을 걸어도 반응다운 반응을 보이지 않아서 자연스레 모두와 거리가 생긴 거죠. S가 낯선 남자를 무방비하게 따라간 건 그래서일지도 모르겠네요.

언제였던가 웬일로 S가 먼저 말을 꺼낸 적이 있어요.

"난 동성은 거북해. 남자가 말이 훨씬 잘 통해……" 하고요.

솔직히 깜짝 놀랐죠. 저희가 담소를 나누고 있을 때 느닷없이 끼어들어서 그런 소리를 했으니까요. 그러고 나서 "정말이지 여자는 성가셔" 하고 말을 툭 내뱉더니 어딘가로 가버렸어요.

S는 만사가 그런 식이었죠. 정말 종잡을 수가 없었다니까요.

아, 그리고 이런 일도 있었어요. ……〈내추럴 본 킬러스〉(한국에서는 〈올리버 스톤의 킬러〉라는 제목으로 개봉됐다—옮긴이)라는 미국 영화 아세요? 미키와 말로리라는 젊은 커플이 살인 행각을 벌이는 영화예요. S는 이 영화를 아주 좋아해서 전단지를 책받침으로 만들어서 쓰기도 했죠. "나도 언젠가 미키와 말로리처럼 끝장을 보는 사랑을 하고 싶어"라는 말도 자주 했고요. 꺼림칙했죠. 미국에서 〈내추럴 본 킬러스〉의 영향을 받아 범죄로 치닫는 젊은이가 많아졌다는 이야기를 들었으니까요 그래서 이번에 이런 사건을 일으켰다는 걸 알았을 때 놀라움보다는 '역시나'라는 감정이 앞섰어요. S를 아는 사람이라면 누구나 이렇게 생각할걸요?

역시 사건을 일으켰구나.

그보다는 미디어의 대응이 더 놀랍더라고요. 다들 한결같이 S를 '청순한 여고생'으로 표현했잖아요. 청순? 대체 어디서 그런 말이. S를 아는 사람이라면 다들 이렇게 생각하겠죠.

S만큼 청순이라는 말과 동떨어진 사람은 또 없다고.

S가 여러 남자와 차례차례 놀아났던 건 사실이에요. 앞서 말씀드렸듯이 낙태했다는 소문도 있고요. ……소문이랄까 분명 낙태했겠죠. 그야 본인이 그랬으니까요. 학교를 1주일 쉬다가 불쑥 등교했을 때요.

"이번에는 실수였어. ……다음부터는 피임을 제대로 해야겠네."

웃으면서 그런 소리를 하더라고요. 진심으로 S가 무서웠어요. 그리고 이런 말도 했죠.

"진정한 '미키'가 나타날 때까지 임신할 수는 없지. 난 '말로리'니까."

10장   질투

……그리고 훗날, 저는 그 사건의 공범자로 체포된 여자의 재판도 방청했어요.

맞아요. 아오타 사야코요.

아오타 사야코는 당시 18세라 미성년자였지만, 훨씬 어른 같아 보였어요. 도저히 열여덟 살 같지 않은 분위기라…… 어쩐지 닳디닳았다고 할까요.

신문사에서 제공해준 자료에는 늘씬하고 청초한 미인 여고생이라고 적혀 있었는데요.

도저히 그래 보이지는 않았어요.

머리는 그야말로 푸딩. 네, 거의 금색에 가까운 색으로 염색했는데 뿌리 부분 10센티미터 정도만 새까맸죠. 눈썹도 거의 없었고요. 아마도 꽤 옛날부터 뽑아서 더는 나지 않은 것 아닐까요. 손등에는 문신까지. ……이른바 '날라리'였죠. 그것도 꽤 질이 안 좋은 양아치.

그런데 왜 미디어에서는 '늘씬하고 청초한 미인 여고생'이라고 보도한 걸까요?

아, 이 기사.
레이코는 스크랩북을 넘기던 손을 멈췄다.
"이거 《주간 도도로키》에서 취재했을 때의."
그렇다. 지난달이었나 《주간 도도로키》의 취재에 응했다.
그때 답변한 내용이 기사화됐길래 스크랩북에 붙여두었는데.
……기사라기보다 소설 형식의 읽을거리다.
그래서 꽤 각색됐고, 말투도 어쩐지 과장됐다. 게다가 어설프게 캐릭터성을 부여한 탓에 자신이 마치 악역처럼 느껴졌다. ……실제로 악역의 위치이리라. 소설과 유사한 이 글은 아오타 사야코 쪽에 서서 이야기를 진행한다. 즉, 오부치 히데유키야말로 악행의 장본인이고, 아오타 사야코는 그에게 휘말린 애처로운 피해자에 지나지 않는다는 것이다.
"아니지, 아니지. 아오타 사야코야말로 악행의 장본인. 주범이야."
레이코가 그렇게 단언하는 이유는 인상이다. 법정에 나타난 아오타 사야코의 뭐라고도 형언할 수 없이 뒤틀린 인상. 그걸 보았을 때 '아, 얘가 주범이구나' 하고 레이코는 직감했다.

이른바 '여자의 감'인데, 그걸 무시해서는 안 된다. 인류의 역사는 '여자의 감'에 좌우되어온 경향이 있다. 여성의 뇌에만 담겨 있는 생존을 위한 능력. 그것이 바로 '여자의 감'이다.

그 '감'이 이렇게 속삭였다.

'그 여자가 자기 부모를 죽이고 싶어 했어'라고.

그리고 이렇게도 속삭였다.

'그 여자는 전혀 후회 안 해. 오히려 부모를 죽이고 해방감에 차 있어'라고.

아오타 사야코는 그만큼 강렬한 인상을 남겼지만, 정작 그 인상을 재현하라고 하면 레이코는 머리를 끌어안을 수밖에 없다.

아오타 사야코라는 여자의 모습이 잘 기억나지 않기 때문이다.

똑똑히 봤는데. 머릿속에 단단히 새겼는데. 이제는 그 윤곽조차 떠올릴 수 없다.

……마치 '유령' 같았다. 아오타 사야코를 봤을 때 온몸의 세포가 떨리는 듯한 긴장감 속에서 최고로 집중력을 발휘했을 텐데도, 아오타 사야코를 자세히 떠올려보라고 하면 어렴풋한 이미지밖에 생각나지 않는다. 머리를 금색으로 물들였고, 눈썹이 없고…….

마치 유령처럼.

유령? 그러고 보니 이 단어를 얼마 전에도 사용했다. 그렇다, 사흘 전에.

요쓰야의 노래방에서 이치카와 세이코와 이야기하다가.

"그런데 최근에 《주간 도도로키》의 관계자를 만났죠?"
"······네?"
"《주간 도도로키》에 연재 중인 『언덕 위의 빨간 지붕』에 나오는 '법정 화가', 그거 당신이잖아요? 취재에 응했죠?"
이 사람에게는 숨길 수 없겠다는 걸 깨닫고 레이코는 단념한 듯 조용히 고개를 끄덕였다.
"······네."
"그렇다면." 이치카와 세이코도 조용히 고개를 끄덕였다.
"그 여자를 만났겠네요."
"여자? ······아니요. 여자와는 전화로만 이야기했고 실제로는 안 만났어요."
"그럼 이름은 뭐라던가요?"
"네? 이름요? 이름은······."
이름이 뭐였더라? 어디 보자.
어? 전혀 인상에 남아 있지 않다. 한 시간 가까이 이야기했는데. 질문 내용도, 목소리도 기억나지 않는다. ······마치 유령 같은 여자.

유령 같은······.

그렇다.

《주간 도도로키》에 소속된 여자. 그 사람도 유령 같았다.

레이코는 스크랩북으로 자기 무릎을 가볍게 내리쳤다.

그래, 그래. 《주간 도도로키》와 취재할 때 일단 남자가 접촉했다. 지난 9월, 도쿄 지방 법원 방청석에서 일하고 있는데 "이야기 좀 나눌 수 있을까요" 하고 뚱뚱한 남자가 말을 걸었다.

남자의 이름은 하시모토 료. 이 사람에게서는 명함을 받았다. 남의 이름은 잘 기억하는 편이다. 명함에 박힌 이름과 얼굴을 번갈아 보면 적어도 석 달 정도는 기억난다.

하지만 여자에게는 명함을 받지 못했다. 당연하다. 전화로만 접촉했으니까. "조만간 한 여자가 전화로 취재할 텐데요. 잘 부탁드립니다"라는 하시모토 료의 말대로 며칠 후 실제로 전화가 왔다.

어쩌면 이름을 못 들은 것 같기도 했다. 그럴 수가 있을까? 자기소개도 없이 취재를 한단 말인가?

레이코는 당시 상황을 떠올리기 위해 눈을 꼭 감았다. 그리고 통화 내용을 머릿속으로 재현해보았다.

하지만 머리에 떠오르는 건 이치카와 세이코의 얼굴뿐이었다.

"그 여자와 이야기했을 때 뭔가 위화감이 느껴지지 않았어요?"

히죽히죽 웃으며 애태우듯 말하는 초로의 여자 얼굴뿐이다.

"위화감?"

"그래요. 위화감."

"······딱히는."

"그렇군요. 그럼 됐어요. 참 둔감하네."

"네?"

"변호사를 통해서 히데유키에게 편지를 보내볼게요. 아무래도 그 사실은 직접 전달해야겠어요."

"그 사실이라니······?"

"히데유키, 깜짝 놀라겠네. 아아, 어떤 표정을 지으려나?"

아. 레이코는 재현을 멈췄다.

그때 이치카와 세이코의 끈덕진 심술을 견디다 못해 이야기를 끝까지 듣지 않고 자리를 떴다.

이치카와 세이코는 오부치 히데유키에게 편지를 보냈을까?

그 편지를 읽었다면 그는 어떻게 생각할까.

'세이코는 역시 도움이 돼. 반대로 레이코는······.'

안 된다. 그런 건 싫다. 오부치 히데유키의 아내는 바로 나다.

레이코는 황급히 이치카와 세이코의 명함을 꺼내 들고 스마트폰을 집었다.

*

"요전에는 죄송했습니다. 정말로 반성 많이 했어요. ······그러니 가르쳐주세요. 이치카와 씨는 뭘 아시는 건가요? 그리고 오부치 히데유키에게 뭘 전달하고 싶으신 건가요?"

"출소했어."

이치카와 세이코는 잡담이라도 하듯 아무렇지도 않게 말했다.

"출소……? 누가요……?"

"아오타 사야코 말고 출소할 사람이 또 누가 있어?"

"네……?"

스마트폰을 쥔 손이 땀으로 미끈거렸다. 레이코는 땀을 닦지도 않고 다시 질문했다.

"어떻게 출소를? ……무기징역을 받았잖아요. 무기징역으로 수감된 사람이 가석방되려면 최소한 30년은 지나야 한다고 들었는데……."

"진짜야. 아오타 사야코는 2년 전에 출소했어."

"왜요?"

"교도소에서 무슨 사고를 당한 모양이야. 그래서 기억을 싹 잃어버렸다나. 전체 생활사 건망이라고 하지."

"전체 생활사 건망……."

"쉽게 말하면 기억상실증. 자기 이름은 물론, 자기가 누구인지조차 잊어버리는 그거."

"……그렇다면?"

"응. 그쪽 짐작대로 자신이 무슨 죄를 저질렀는지도 완전히 잊어버렸어. 그러니 자기가 왜 교도소에 있는지도 모르겠지."

"……그럴 수가."

"그래서 변호사가 활약한 끝에 이례 중의 이례지만 출소가 인정된 거야."

"……그래도 되나요?"

"이례지만 위법은 아니니까. 형법 제28조에 따르면, 무기징역을 받았어도 10년이 지나면 가석방될 가능성을 인정한대."

"……도무지 믿기지 않네요."

"그쪽이 믿든 말든 아오타 사야코는 지금 바깥세상에 있어. 이건 진실이야. ……완전히 다른 이름으로 생활하고 있지."

"완전히 다른 이름이라니요……?"

"글쎄……. 그런데 당신은 이미 접촉한 거 아니야?"

"네?"

"이다 초. 들어본 적 없어?"

"이다 초."

"……어쨌거나 아오타 사야코는 바깥세상에 있어. 일반인으로서 말이지. ……자, 어떻게 할래? 이 사실을 오부치 히데유키에게 말할래? 아니면 내가 편지를 보낼까?"

레이코는 천천히 탁상 달력에 시선을 주었다.

내일 날짜에 표시해두었다. 오부치 히데유키를 면회하러 가는 날이다.

"제가 직접 말할게요. 그러니까 편지는 보내지 마세요. 부탁드립니다. 제발 부탁드릴게요……."

다음 날.

레이코는 도쿄 구치소 면회실에 있었다.

"이치카와 세이코는 만났어?"

오부치 히데유키는 의자에 앉자마자 인사도 하는 둥 마는 둥 물어보았다.

"이치카와 세이코를 만났지?"

"……네. 만났어요."

"뭐래?"

"……딱히 별말은."

레이코는 밤새 고민한 끝에 아오타 사야코가 출소했다는 사실을 덮어두기로 했다. ……대뜸 그런 이야기를 꺼내면 오부치 히데유키가 어떻게 나올지 전혀 짐작이 가지 않았기 때문이다. ……아니다, 제일 큰 이유는 자기 자신의 마음이 전혀 정리되지 않았기 때문이다. 일단 자신의 마음부터 정리하고 나서. 그러려면 아직 시간이 걸릴 듯했다. 그래서 오늘은 덮어둘 작정이었다.

"딱히 별말은? 그게 무슨 소리야?"

"특별한 이야기는 못 들었어요."

"정말이야? 못 써먹겠네."

"……죄송해요."

"진짜로 쓸모없어."

"……죄송해요."

"야, 뭔가 쓸데없는 짓을 한 거지?"

"네?"

"이치카와 세이코는 신경질적인 구석이 있어. 조금이라도 마음에 거슬리는 점이 있으면 조개처럼 입을 꾹 다문다고."

"……."

"넌 좀 둔한 데다 눈치도 없으면서 괜한 짓을 하거나 괜한 말을 꺼내잖아. ……이치카와 세이코가 제일 싫어하는 인간이야."

"……죄송해요."

"혹시 약속 시간에 늦었다든가?"

"……그건 아닌데요."

"이치카와 세이코는 굼뜨고 일 못하는 인간을 아주 싫어해."

"……죄송해요."

"아니면 그건가? 선불리 선물을 들고 갔다든가?"

"……그건 아닌데요."

"이치카와 세이코는 그렇게 알랑거리는 짓을 제일 싫어해."

"……죄송해요."

"젠장, 이 더럽게 쓸모없는 년아!"

"……죄송해요."

"죄송하다는 말밖에 몰라!"

오부치 히데유키의 짜증이 심해졌다. 이대로 내버려두면 교도관이 면회를 강제로 끝낼지도 모른다. 레이코는 냉큼 그 이름을 꺼냈다.

"아오타 사야코."

"뭐?" 오부치 히데유키의 표정이 굳어졌다.

"아오타 사야코에 대해 여러모로 조사하고 있다고 이치카와 세이코 씨가 말씀하셨어요."

"사야코에 대해…… 조사한다고?"

"네. 책을 내신대요. '분쿄구 부모 강도 살인 사건'의 진상을 쫓는 내용의."

"진상을 쫓아? ……아, 그러고 보니."

"뭔가요?"

"《주간 도도로키》에 연재되는 그건가?"

"네? ……그걸 읽으셨어요?"

"정작 궁금한 기사 부분은 새까맣게 칠해서 주지만. ……군데군데 못 읽을 정도는 아니야."

"……그렇군요."

"……그렇구나. 이치카와 세이코가 그 연재를 맡은 건가."

"네? ……네, 맞아요. 이치카와 세이코 씨가 맡으셨어요."

입에서 나오는 대로 말했지만, 상황이 상황이니 어쩔 수 없다. "다큐멘터리 형식이지만 엄연한 소설이에요. 그 소설의 브레인 중 한 명이 이치카와 세이코 씨인 거죠." 레이코는 계속 거

10장 질투 247

짓말을 했다.

"이야, 과연. 하지만 도도로키쇼보를 그만뒀을 텐데."

"현재는 프리랜서 작가로서 도도로키쇼보와 일하는 것 같아요."

"오, 그렇구나. 그 여자도 미련이 많네. 출판업계는 지긋지긋하다느니 뭐니 그랬으면서."

"……면회를 온 적이 있나요?"

"응. 재판 중에 몇 번. ……그때는 출판업계에 돌아가지 않겠다고 했는데."

"……면회를 했군요. 전에는 편지만 주고받았다고 했으면서."

"뭐라고?"

"아니요. ……한번 그 업계에 발을 들이면 빠져나오기가 쉽지 않은 건지도 모르죠."

"배우와 출판은 사흘 하고 나면 못 그만둔다는 그 말? 하하하."

그제야 오부치 히데유키의 표정이 풀어졌다. 레이코도 안도해 어깨에서 힘을 뺐다.

"그래서? 이치카와 세이코가 뭐래?" 오부치 히데유키가 처음 질문을 되풀이했다.

레이코의 어깨에 다시 힘이 들어갔다.

"……아오타 사야코에 대해 자세히 알고 싶다고…… 그런 말쏨을 하셨는데요."

"뭐야. 이야기를 제대로 듣고 왔잖아."

"……네, 뭐."

"그럼 왜 아까는 '딱히 별말은'이라고 했지?"

"……."

"아아, 알았다, 알았어. ……질투심이 발동했구나?"

오부치 히데유키가 심술궂게 웃었다. "이치카와 세이코를…… 더 나아가 아오타 사야코를 질투하는 거지?"

"……네, 맞아요." 레이코는 고개를 살짝 끄덕였다.

질투? 그럴지도 모른다. 확실히 그런 감정은 있다.

레이코는 혼자 조용히 고개를 끄덕였다. ……난 아오타 사야코에게 강한 질투심을 느낀다.

그야.

그야 '살인'이라는 어마어마한 일을 오부치 히데유키와 함께 저질렀으니까. 이제는 서로 아무리 미워할지라도 평생 끊어질 수 없는 인연을 맺은 셈이다.

나도 그런 인연을 맺고 싶다.

'인연'은 '굴레'이기도 하다고 누군가 말했는데, 그럴 것이다. 그래도 누군가와 운명을 함께하는 인연을 맺어보고 싶다. ……그래, 오부치 히데유키와.

한편 이치카와 세이코에게는 어떨까?

질투하나?

그럴지도 모른다. 어쨌거나 이치카와 세이코는 오부치 히데유키의 전 여친이다. 그 사실을 알았을 때 제일 먼저 솟아오른 감정은 다름 아닌 '질투'였다. 하지만 실제로 만나보자 또 다른 감정이 싹텄다.

공감.

이치카와 세이코와 마주했을 때, 마치 거울을 보는 것 같았다. 자기 자신을 보는 것만 같았다. 물론 나와 이치카와 세이코는 전혀 닮지 않았다. 그러나 자기 자신과 딱 겹친 순간이 몇 번이나 있었다. 그건 분명 내면이다. 이치카와 세이코가 몰래 간직한 어두운 화염. 그게 뭐냐고 묻는다면, 구체적으로는 모른다. 하지만 그 화염이 내 안의 뭔가와 공명했다. 더 단순히 말하자면…… 이치카와 세이코와 나는 '일맥상통'한다고 느꼈다.

"아아, 그렇구나."

레이코는 짚이는 일이 있었다.

초등학생 시절, 별로 이야기해본 적 없는 반 아이가 말을 걸었다. 그 아이는 원래 에이코라는 여학생이 군림하는 그룹에 끼어 있었는데, 뭔가를 계기로 따돌림을 당했는지 에이코와 사이가 나쁜 내게 말을 건 것이다. 그 아이와 특별히 친하지는 않았지만 함께 싸우기로 했다. 에이코에게 대항하기 위해. 그러는 동안 우리는 절친한 친구가 됐다. 지금도 연락을 주고받는 몇 안 되는 친구 중 하나다. 일찍이 이런 말을 자주 들었다. "너희

둘 어쩐지 닮았네. 마치 쌍둥이 같아."

겉모습이 비슷한 건 아니었다. 굳이 따지자면 정반대였다. 하지만 내면에 똑같은 걸 품고 있으면 인상이 비슷해지는지도 모른다.

그 아이와 나는 타도 에이코를 외치는 사이에 사고방식이 비슷해졌다. 그리고 아무 말 없이도 서로 마음을 이해하기에 이르렀다.

인간은 공통의 '적'을 만듦으로써 강한 인연으로 맺어지는 건지도 모른다. 바꿔 말하면 '적'이라는 존재가 있기에 인간은 하나로 뭉쳐 동료가 되는 건지도 모른다. 더 나아가 '적'이 없으면 인간은…….

어쨌거나.

레이코가 이치카와 세이코에게 공감한 건, 그 아이와 자신이 하나로 뭉쳤을 때와 상황이 똑같기 때문이다. 즉, 공통의 적이 있기에 그런 것이다.

그리고 그 '적'은 두말할 필요도 없이 아오타 사야코다.

이치카와 세이코는 아무렇지도 않은 척했지만, 아오타 사야코에 대한 적의를 체취처럼 주변에 흩뿌렸다. 분명 나도 그랬으리라.

미워, 미워, 아오타 사야코가 미워!

그렇게 부르짖으며 코를 찌르는 체취를 풍겼을 것이다.

이치카와 세이코도, 그리고 나도 안다. 예나 지금이나 오부치 히데유키의 마음속에 자리 잡고 있는 건 아오타 사야코뿐이라는 사실을. 그래서 이치카와 세이코는 내가 오부치 히데유키와 옥중 결혼했다는데도 딱히 신경 쓰지 않는 눈치였다. 오히려 '동정'의 눈빛을 보냈다. 그리고 이렇게 말하는 것도 같았다.
　―이봐, 이대로는 아무 보답도 못 받을 거야. 아오타 사야코가 이 세상에 있는 한. ……어때? 우리 둘이 사야코를 끝내버리자.

*

"어떻게? 어떻게 끝내는데?"
레이코는 저도 모르게 그런 소리를 중얼거렸다.
"더워? 에어컨 끌까?"
다도코로 유미에가 그렇게 말했다.
초등학교 시절에 에이코라는 적에게 대항하기 위해 함께 싸웠던 친구다.
레이코는 니시신주쿠의 법률 사무소에 있었다. 다도코로 유미에는 여기 직원이다. 변호사가 한 명뿐인 소규모 개인 법률 사무소의 비서 겸 잡역부 겸 사무원으로 일한다.
"미안해, 우리 변호사님이 추위를 많이 타거든. 1년 내내 에어컨 온도를 28도로 설정해. 한겨울에도."
"한겨울에도?"
레이코는 문득 창밖에 시선을 주었다. 완전히 겨울 풍경이었다. 니시신주쿠의 고층 빌딩들을 배경으로 낙엽이 을씨년스러운 바람에 휘날렸다. 올해 들어 처음으로 차가운 북풍이 몰아칠 거라던 일기예보가 들어맞았다.

"그런데 오늘은 어쩐 일이야? 오부치 히데유키에게 무슨 일 있었어?"

오부치 히데유키에 관해서는 이 법률 사무소에 일임했다. 옥중 결혼을 했을 때도 유미에와 이곳의 변호사가 보증인이 돼주었다.

감개가 밀려왔다. 오부치 히데유키와 결혼할 수 있었던 것도, 재심 청구를 결심한 것도 유미에가 이 법률 사무소에서 일한 덕분이다. 유미에가 없었다면 지금의 나도 없다.

그나저나, 인연이란 참 신기하다. 처음에는 유미에와 별로 친하지 않았는데, 이제는 육친보다 믿음직하고 둘도 없이 소중한 존재다. 이런 관계를 쌓은 것도 다 에이코가 있었기 때문이다. 에이코와 관련해 싫은 기억도 많지만, 이제는 고마워해야 할지도 모르겠다.

"오부치 히데유키에게 무슨 일 있었어?"

유미에가 커피 컵을 테이블에 내려놓으며 다시 물어보았다.

"혹시 또 생떼를 부렸니?"

유미에가 심술궂게 웃었다. 유미에는 오부치 히데유키의 입장에 약간 회의적인 태도를 보인다. 재심 청구 절차는 밟고 있지만, 그가 사형을 면할 수는 없을 거라고 예상한다. ……그렇다, 오부치 히데유키야말로 주범이라고 믿는다.

"……변호사님은?"

레이코는 구원을 바라듯 말했다. 이 사무소의 주인인 가시마 리쓰코만은 오부치 히데유키의 주장을 100퍼센트 신뢰한다. 이른바 아군이다.

"선생님은 도쿄 지방 법원에. 당번이 돌아왔어, 살인 미수의."

"……국선? 변함없이 힘든 일을 하시는구나."

"정말이야. 국선 변호인은 돈이 거의 안 돼. 좀 더 돈이 되는 일을 하면 좋을 텐데. ……아, 이 말은 변호사님에게 비밀이야. 돈 벌려고 변호사가 된 게 아니다. 그게 변호사님 말버릇이니까."

"그야말로 정의의 사자네."

"이제는 유행이 지났는데 말이지. 사무소를 유지하기 위해서도 좀 더 돈이 되는 일을 맡아야 하는데." 유미에가 어깨를 축 늘어뜨리고 한숨을 쉬며 말했다. "……이 허름한 건물에서 빨리 탈출하고 싶어. 여기 건축 연수가 50년이다? 엘리베이터도 툭하면 고장 나."

"아까도 멈춰 있던데."

"진짜? 또 멈췄어? 그럼 5층까지 계단으로?"

"응."

"아아, 짜증 나."

유미에는 또 어깨를 축 늘어뜨리고 한숨을 쉬었다. 하지만 그렇게 난감해하는 눈치는 아니었다. 오히려 즐거워하는 것 같았다.

이러쿵저러쿵 불평하면서도 유미에는 이 일을 좋아하는 것이다. 그리고 건축 연수가 50년인 이 건물도. 그렇지 않다면 냉큼 그만두고 다른 직장을 찾으리라.

유미에는 초등학생 시절부터 머리가 좋았다. 공부도 잘했다. 지망하던 대학에는 가지 못했지만, 우수한 인재가 틀림없다. 변호사 자격증은 없지만, 도움이 되는 국가 자격증을 여러 개 가지고 있다. 행정사, 부동산 감정평가사, 공인중개사……. 그러고 보니 최근에 조리사 자격증도 땄다고 들었다. 유미에가 마음만 먹으면 더욱 수입이 좋은 일터, 예를 들면 창밖에 우뚝 솟은 고층 빌딩들에 입주한 사무소나 회사로 직장을 옮기기도 어렵지 않으리라. 그러지 않는 건 결국 여기가 마음에 들기 때문이다. 여기가 만족스럽기 때문이다.

"그런데 오부치 히데유키에게 무슨 일 있었어?"

유미에는 자기 커피 컵을 끌어당기며 한 번 더 물었다.

"으음……."

레이코는 말을 머뭇거렸다. 그 이름…… 아오타 사야코라는 이름을 꺼내도 될까.

"뭐야? 뭔가 있으니까 일부러 찾아온 거 아니야?"

"……나, 이사했어."

레이코는 얼른 화제를 바꾸었다.

"어? 이사?"

"응. 지난주에."

"본가에서 나왔다는 뜻?"

"응. 독립했어."

"이야. ……그렇구나." 유미에가 또 심술궂게 웃었다.

"마흔이 넘어서 난생처음 독립해보니 어때? 이것저것 힘들지 않아?"

힘들다. 지금까지는 관공서에 가거나 전기, 수도, 가스 관련 절차를 밟는 등 생활에 관련된 일들을 전부 어머니가 도맡아서 했다. 설마 이렇게 귀찮고 손이 많이 갈 줄은 몰랐다. 자잘한 절차를 처리하는 데만도 1주일이 후딱 지나갔다. 그렇다고 본가로 돌아가고 싶지는 않았다. 그 집에서 답답하게 지내는 것에 비하면 아무리 성가신 절차도 전혀 고생스럽게 느껴지지 않았다.

"어디 사는데?"

"도시마구."

"정확히 도시마구 어디?"

"도시마구…… 음." 아직 주소를 확실히 외우지 못했다. 그렇게 다양한 서류에 주소를 적었는데도. 가방을 뒤졌지만 주소가 적힌 종이는 나오지 않았다. "미안해. 조만간 엽서 보낼게."

"응, 잘 부탁해."

"그런데 이사했다고 알리는 엽서는…… 누구한테 보내는 거야?"

"응? 어휴, 그런 걸 나한테 물어본들 알겠니?"

"유미에는 이사 경험이 많잖아. 벌써 여러 번 보내보지 않았어?"

"뭐, 그건 그렇지만. ……나는 일단 연하장을 주고받는 사람에게는 보냈어. 친해서 자주 만나는 사람에게는 메일로 때우지만."

"어? 메일?"

……그래? 하지만 나한테는 엽서를 보냈다. 벌써 다섯 장쯤 모아두었다.

"그게, 이사했다고 알리는 엽서는 그런 거잖아? 어쩐지 거리가 있는 듯한 사람에게 보내는 이미지."

"거리……."

"거리는 있지만 의리는 지켜야 하는 상대라든가?"

"……의리."

"아아, 그러고 보니…… 에이코 기억해?"

"에이코? 물론이지." 우리가 공통으로 대항했던 적인데 어떻게 잊어버리겠는가. "에이코가 어쨌는데?"

"걔도 지난달에 이사했다고 메일이 왔어."

"메일이…… 왔다고?"

어째서? 왜 에이코에게 메일이 왔는데? 메일을 주고받는 건가?

"걔도 힘들어. 이혼하고 홋카이도에서 이쪽으로 돌아왔어."

"……아아 ……이혼."

결혼했다는 사실조차 몰랐다. 홋카이도에 살았다는 것도. 하지만 유미에는 아는 게 당연하다는 투로 말했다.

"남편이 바람을 피웠다나 봐. ……아이 둘도 데려왔는데, 참 큰일이야."

"……큰일이네." 그래서 레이코도 마치 잘 아는 것처럼 대답했다.

"그러고 보니 에이코도 도시마구 아니었나? 맞아, 확실해. 오쓰카가 제일 가까운 역이라고 했으니까."

"오쓰카라면, 나도……."

"어, 레이코도? 엄청난 우연이네. 다음에 다 함께 만나지 않을래?"

"……그건 좀."

"아아, 미안해. 레이코는 에이코와 사이가 별로 안 좋았었지."

"……그게." 유미에, 너도 에이코와 사이가 나빴잖아. 그런데 어느 틈에 메일을 주고받을 만큼 관계를 회복한 거야?

레이코는 멍하니 유미에를 바라보았다.

"그런 것보다 본론. 오부치 히데유키에게 무슨 일 있었던 거 아니야?" 유미에가 그 질문으로 돌아갔다.

"아니, 아무 일도 없었어. ……오늘은 이만 갈게."

"에이, 방금 와놓고는. 실은 무슨 볼일 있었던 거 아니야?"

"이사 갔다는 걸 알리러 왔을 뿐이야."

"정말?"

"그렇다니까."

"아오타 사야코에 대해 확인하러 온 거 아니고?"

"뭐?" 얼굴이 굳어졌다.

"아니야? 틀림없이 그런 줄 알았는데."

자리에서 천천히 일어선 유미에가 잡지꽂이에서 주간지를 한 권 뽑았다.

《주간 도도로키》.

"어제 발매된 최신호야."

"이게 ……어쨌는데?" 심장이 쿵쿵 뛰었다. 레이코는 가슴에 손을 살짝 댔다.

"연재되는 내용은 물론 알지? 증언자인 '법정 화가', 레이코 잖아?"

유미에가 아주 복잡한 표정으로 《주간 도도로키》를 테이블에 내려놓았다. 붙여놓은 포스트잇이 몇 장 보였다.

"……그러고 보니 취재에 응했던 것 같기도 하고."

시치미를 떼는 레이코 앞에서 유미에가 포스트잇을 붙인 페이지를 차례차례 펼쳤다.

"이걸 읽고 변호사님이 알아차리셨어."

"뭘?"

"이걸 쓴 사람이 누군지."

"……무슨 소리야?"

"이 기사랄까…… 소설을 쓴 사람은 사건 당사자와 가까운 인물 아니겠느냐고 하시더라."

"……"

"더 나아가서…… 본인 아니겠느냐고."

"본인?"

"그래서 선생님 지시로 이것저것 알아봤는데."

"……알아봤다고?"

"아오타 사야코, 아무래도 출소했나 봐."

"출소……." 심장이 쉴 새 없이 요동쳤다. 레이코는 가슴을 쥐어뜯듯 카디건 앞자락을 모았다.

"게다가 기억상실. 그래서 과거에 저질렀던 일을 깡그리 잊어버렸대."

"기억상실……." 이번에는 식은땀까지 났다. 손으로 만져보자 이마가 축축했다.

"앗, 레이코, 괜찮아? 역시 덥니?"

"아니야, 괜찮아. 계속해. 기억상실이 어쨌는데?"

"아오타 사야코가 기억상실증에 걸렸다는 사실을 출판사가 알아내서 본인에게 사건을 소설로 쓰도록 한 것 아니겠느냐고 하셨지."

"……어? 그런데 그런 일이…… 가능해?" 땀이 멈추지 않았지만 손끝과 발끝은 얼음처럼 차가웠다.

"뭐, 물론 가명을 썼달까…… 다른 사람으로서 집필시킨 거겠지만."

"……"

"이 글을 쓴 사람이 정말로 아오타 사야코라면 ……잔혹한 이야기네."

"잔혹……?"

"그렇잖아? 현재는 제삼자로서 '분쿄구 부모 강도 살인 사건'을 쫓고 있는 거지? 만약 자기 짓이라는 걸 알면 어떻게 될까?"

"……확실히 그러네." 몸속에 겨울과 여름이 동거하는 듯했다. 레이코는 커피를 꿀꺽꿀꺽 마셨다. 일단은 두근대는 심장만이라도 진정시켜야 한다..

"출판사가 참 지독한 짓을 한다고 선생님이 화내셨어. 항의해야 한다고도 하셨는데 내가 말렸지."

"왜?" 카페인이 조금 효과를 발휘했는지, 심장이 약간 정상으로 돌아왔다.

"그야 이 기사를 쓴 사람이 진짜로 아오타 사야코가 맞는지 아닌지는 모르니까."

"뭐?" 심장이 다시 폭주했다. 레이코는 얼른 커피 컵을 들었다. 하지만 아까 커피를 다 마셨다. 허둥지둥 가방을 뒤져서 프리스크(청량감이 강한 민트 맛 정제형 과자—옮긴이)를 꺼내 입에 넣었다.

"어쩌면 화제를 불러일으키려고 출판사가 수작을 부린 건지도 모르지." 유미에가 말했다.

"뭐?"

"그렇다면 섣불리 항의했다간 오히려 역효과야. 아오타 사야코가 은밀히 출소했다는 사실이 공개되겠지. 그건 선생님이 바라는 바가 아니야."

"……애당초." 프리스크가 효과를 발휘했는지 레이코는 평소 상태로 돌아왔다. "아오타 사야코는 정말로 출소했을까?"

"응?" 이번에는 유미에가 안달하듯 눈을 크게 떴다.

"……실은 이 기사를 썼을 사람과 접촉했어."

"와, 정말로?" 유미에의 눈이 더 커졌다.

"전화로 이야기했으니까 목소리만 들었을 뿐이지만 ……어쨌든 그때는 전혀 알아차리지 못했어. ……유령처럼 존재감이 옅어서 아오타 사야코인 줄은 전혀 몰랐지."

"너, 아오타 사야코를?"

"방청석에서 딱 한 번 봤어."

"목소리는?"

"물론 들었지. ……하지만."

"뭐, 방청석에서 보고 들었다면 인상이 다르게 다가올 법도 하지. 게다가 한 번뿐이라면야."

"그렇게 따지면 본인일 수도 있겠네. ……하지만 실제로는 잘 모르겠어. 정말로 유령 같은 느낌이었거든."

"유령이라……. 아예 틀린 말은 아닐지도."

"그건 무슨 뜻이야?"

"아오타 사야코가 기억을 상실한 건 자살 미수의 후유증이라나 봐."

"자살 미수?"

"어떤 방법으로 자살을 시도했는지는 모르지만, 오랫동안 생사의 갈림길에서 헤맨 모양이야."

"혼수상태였다는 뜻?"

"응. 결국 의식은 되찾았지만 기억이 모조리 사라진 거야."

"그렇구나."

"인상은 그 사람의 기억과 성격에 꽤 많이 좌우돼. 거칠게 말하면 기억과 성격이 인상을 만든다고 할 수도 있지. 즉, 소프트웨어가 중요한 거야. 하드웨어만으로는 인상이 흐릿해져."

"확실히 그래."

"기억이 없어지면 성격 자체도 일단 초기화되는 거겠지. 성격은 환경에 큰 영향을 받으니까. 그리고 그 환경이 축적된 게 기억이잖아?"

"응."

"그러니까 인상도 일단 초기화되는 거야. 사람에 따라서는 다른 사람처럼 변하기도 하겠지."

"그럴 수도 있겠네."

"레이코가 아오타 사야코를 '유령'처럼 느낀 건 그런 점도 원인 아닐까?"

"……그러게."

"덧붙여." 유미에는 카페에서 정보방송의 내용을 화제로 삼는 주부처럼 목소리를 낮췄다. "아오타 사야코가 자살을 꾀한 건 그게 처음이 아니었어. 사건을 일으키기 전에도, 재판을 받는 도중에도 몇 번 자살하려고 했나 봐. 형이 확정돼서 수감된 후에도 세 번쯤 그랬고."

……아아, 그러고 보니. 레이코의 머릿속 스케치북에 갑자기 그 부분이 재현됐다.

아오타 사야코의 왼팔. 거기에는 주저흔이 수없이 남아 있었다.

"아오타 사야코는 원래 정신이 불안정했는지도 몰라. 아니면 뭔가 타고난……."

"타고난?"

"아오타 사야코 말이야, 너한테……."

유미에는 거기서 말을 삼켰다. "어쨌든 아오타 사야코가 출소했다면 문제는 오부치 히데유키지. 그 사실을 알아?"

"……아니, 아직. 아직 말 안 했어."

"현명한 판단이야. 당분간은 모르는 편이 낫겠지. 성격 알잖아. 공범자인 아오타 사야코가 출소했다는 말을 들으면 어떻게 될까."

"어떻게 될까?"

야마노테선을 타고 가면서 레이코는 그 말을 몇 번이고 중얼거렸다.

"그는 어떻게 될까? 어떻게 될까?"

그래봤자 구치소 안이다. 아무것도 못 한다는 건 안다. 하지만 그의 마음이 크게 흔들려서 예상치도 못한 일을 저지를 것 같다는 걱정이 가시질 않았다.

오쓰카역에서 내린 후에도 레이코는 그 일을 계속 생각했다. "분명《주간 도도로키》연재가 끝날 무렵에 그걸 쓴 사람의 정체를 세상에 공개하는 것이 편집부의 목적이겠지. 오부치 히데유키의 귀에 들어가는 것도 시간문제. ……그때 난 어쩌면 좋지? 아내인 난 어쩌면?"

그때 문득 지갑에 돈이 얼마 없다는 게 생각났다. 현금인출기에 들러서 돈을 뽑으려다 잔고가 늘어난 걸 확인했다. 어제까지는 450만 엔 남짓이었는데, 현재 잔고는 950만 엔 남짓이다. 분명 어머니가 송금한 돈이다. 의절해주는 대가로 요구한 1000만 엔의 나머지라는 건가. 레이코는 표시된 잔액을 눈으로 좇으며 깊은 한숨을 쉬었다.

─이걸로 네가 원한 금액을 다 줬어. 불만 없지? 이제 우리는 남남이야.

10장 질투

그렇게 말하는 것 같아서 마음 한구석이 욱신욱신 아팠다. 그렇다고 본가에 미련이 남은 건 아니다. 이 돈으로 생활을 꾸려나가며 남편을 뒷바라지해야 한다. 재심이라는 싸움의 군자금으로도 써야 한다.

그런데 모자라지 않을까? 과연 충분할까? 머릿속으로 계산기를 두드려보는데.

"어머, 맞네. 이게 웬일이야!"

비스듬히 옆쪽에서 목소리가 들려서 고개를 돌렸다.

"어? 유미에?"

아니다. 인상은 유미에와 똑같지만 전혀 다른 사람이었다. ……누구지?

"에이코야. 우미노 에이코. 초등학교 때 같은 반이었던. ……기억 안 나?"

에이코? ……에이코!

레이코는 갑작스러운 해후에 놀라 잠깐 몸이 굳어버렸다.

11장   재앙신

"아아, 친짱, 하나도 안 변했네!"

오쓰카역 구내의 카페.

열대과일 파르페 너머에서 에이코가 짓궂은 웃음을 지으며 말했다.

"정말 안 변했어. 그래서 바로 알아봤지."

거짓말이다. 마지막으로 보고 30년은 지났다. 게다가 30년 전에는 초등학생이었으니, 아무리 뭐래도 전혀 안 변했을 리 없다.

분명 유미에게 내 정보를 얻은 것이다. 어쩌면 이 갑작스러운 해후도 미리 계획한 바일지 모른다. 내가 돌아간 후에 유미에가 몰래 메일을 보냈다든가? '레이코의 집에서 제일 가까

운 역이 오쓰카래. 방금 돌아갔으니 30분쯤 후에 오쓰카역에 나타날 거야'라는 식으로.

······그뿐만이 아니다. 유미에는 나를 화제로 삼아서 비웃었을지도 모른다.

'걔, 변함없어. 말로만 일러스트레이터지 일이 없어서 빌빌대. 독립도 안 하고 부모님한테 빌붙어 살고. 그런데 사형수랑 옥중 결혼했다니까. 진짜 무슨 생각인지 전혀 모르겠어. 변함없이 이상한 애야.'

······그렇다, 반 아이들은 나를 '이상한 애'라고 불렀다. 그렇다고 슬퍼하거나 항의하려고 하지는 않았다. 왜냐하면 가족도 '이상한 애'라고 불렀으니까. 그렇게 부르는 게 당연하다고 생각했다.

그런데 이상한 게 뭔데? 내가 보기에는 세상이 훨씬 '이상'하다.

"에이코도 전혀 안 변했네."

레이코는 뒤질세라 말했다.

물론 겉모습은 완전히 달라졌다. 아니, 안 좋은 부분이 강조됐다고 해야 할지도 모르겠다. 각져서 성격이 괴팍해 보였던 눈썹은 더 심하게 각졌고, 코 오른쪽 옆에 있는 점은 더 커졌다. 누런 이도 더 누레졌다.

"에이, 난 변했지." 에이코는 단박에 부정했다. "성형했거든."
"성형?"

"응. 쌍꺼풀 수술. 봐봐, 모르겠어?"

에이코가 자기 눈꺼풀을 가리켰다. 어설프게 칠한 손톱으로 가리킨 곳을 보자 확실히 쌍꺼풀이 있었다. 하지만 타고난 지방은 못 당한다는 듯 두툼한 눈꺼풀에 반쯤 덮였다. 분명 몇 년 후에는 원래대로 돌아가리라.

"봐, 모르겠어?" 에이코가 끈질기게 물었다.

"……예쁘게 됐네. 어디서 했어?"

"뭐야, 친짱도 하려고? 안 돼, 해봤자 소용없어. 성형한다고 누구나 미인이 되는 건 아니거든. 역시 본판이 좋아야 효과가 있지. 미안하지만 친짱은 좀."

"……"

"하지만 친짱은 피부가 좋잖아. 부러워. 친짱, 옛날부터 피부만큼은 좋았지. 하지만 친짱은."

친짱, 친짱. 그 별명으로 그만 좀 불러. 네가 그런 별명을 붙이는 바람에 얼마나 창피했는지 알아? 남자애들까지 흉내 내서 '친친(남자의 성기를 가리키는 유아어—옮긴이)'이라고 놀렸잖아. 애당초 왜 '친짱'이야? 대체 어디서 그런 별명이 나온 건데?

"생각해서 하는 말이니까 성형은 하지 마. 친짱은 애교 있는 얼굴이잖아. 그야말로 재패니즈 친처럼."

재패니즈 친? 개 말이야? 그 개의 꺼벙한 얼굴이 떠올라서 레이코는 어이가 없었다. 설마 별명의 유래가 '재패니즈 친'이었을 줄이야.

"재패니즈 친처럼 생긴 얼굴이 동안이라잖아. 난 옛날 궁중 풍 얼굴이라 비교적 노안이야. 정말로 친짱이 부럽다니까."

이 인간은 진짜 하나도 안 변했다. 칭찬하는 척하면서 실은 실컷 깎아내린다. 자학하는 척하면서 자랑한다. 초등학생 때도 그 성격 때문에 반에 파란을 불러왔다. 그러고 보니 이혼했댔지? 분명 그 성격이 화근이었을 것이다.

"아아아!" 에이코가 들으라는 듯 갑자기 소리치며 레이코의 왼손 약손가락을 가리켰다. "친짱 결혼했구나!"

에이코가 가리킨 것은 금반지였다. 결혼했음을 알리는 증표지만 스스로 샀다. ……감옥에 있는 오부치 히데유키가 살 수는 없는 노릇이니까. 하지만 이 반지를 선택한 건 그다.

너의 예쁜 손가락에는 불가리 반지가 잘 어울릴 거야.

그 말을 듣고 당장 신주쿠의 백화점에 갔었다.

"혹시 불가리?"

에이코가 아이스 카페라테를 마시며 천박한 시선을 던졌다.

"뭐 ……그렇지."

"이야. ……결혼했구나." 에이코는 자기 왼손 약손가락을 문지르며 말을 이었다.

"나도 결혼했었는데. ……도망쳐 왔어."

"도망쳐 왔다고?"

유미에 말로는 남편이 바람을 피워서 이혼했다고 했는데…….

"응. 도망쳤어. 도쿄에 남자가 생겨서 집을 나왔지."

"……."

"열다섯 살 연하야."

열다섯 살 연하? 그럼 지금 스물여섯 살?

"나이는 젊지만 어엿한 사장님이지. 청년 실업가. 나한테 회사를 도와달래."

"그래서 이혼한 거야?"

"응. 안 돼?"

"안 되는 건 아니지만. ……그런데 아이는?"

"응, 딸이 둘이야. 둘 다 데려왔지. ……연예기획사에 들어가고 싶다길래."

"연예기획사?"

"아이돌이 되고 싶대."

"아이돌……."

그러고 보니 에이코의 꿈은 아이돌이었다. 아이돌이 돼서 유명인과 결혼하겠다. 졸업 앨범에도 그렇게 썼던 걸 아직도 기억한다.

"둘 다 꽤 순조로워. 연예기획사 몇 곳에서 연습생 제의도 들어왔고."

"……그렇구나. 대단하네."

"그런데 친짱의 남편은 어떤 사람이야?"

"응?"

성형으로 만들어낸 에이코의 쌍꺼풀이 한순간 진해졌다. 장지문을 찢듯 상대의 가슴속을 억지로 비집어 열고, 깊은 곳까지 들여다보겠다는 저속한 의지가 발동한 것처럼 보이기도 했다. 아니면 모든 것을 다 알면서 굳이 직접 들으려 하는 걸까. 에이코는 유미에와 연결돼 있다. 가끔 나를 화제로 삼았을 것이다.

어쨌거나 숨길 일은 아니다. 그는 내 자랑스러운 남편이다. 유명인이다. 아이돌이 돼서 유명인과 결혼하는 게 꿈이었던 에이코 입장에서는 더없이 동경할 만한 일이다.

좋아. 에이코의 가짜 쌍꺼풀을 선망의 눈빛으로 채워주자.

"오부치 히데유키."

레이코는 대답했다.

에이코의 가짜 쌍꺼풀이 더 진해졌다. 눈동자도 작게 오므라들었다.

"오부치…… 히데유키?"

하지만 에이코는 그 이름을 모르는 듯했다.

"몰라? 오부치 히데유키 말이야."

"음. ……내가 아는 사람? 혹시 초등학교 동창생?"

"아니야."

"미안, 모르겠네. 오부치 히데유키가 누군데?"

너무 부러워서 모르는 척하는 건지 에이코는 어색하게 웃었다. 가짜 쌍꺼풀도 두툼한 눈꺼풀에 가려졌다.

"아아, 미안해. 슬슬 가야겠다. 남자친구가 올 거라서."

에이코가 느닷없이 소맷자락을 살짝 걷고 손목시계를 보았다. ……뭐야, 왜 그래, 그 손목? 생각해보니 목의 붉은 반점도 내내 마음에 걸렸었다. 키스 마크인 줄 알고 일부러 시선을 피했는데.

레이코는 다시금 에이코를 살펴보았다.

쌍꺼풀에만 정신이 팔려서 몰랐는데, 아무래도 코도 성형했는지 모양이 부자연스러웠다. 아니, 그런 것보다도 머리카락. 마치 옥수수염같이 거칠고 부스스하다. 피부도 푸석푸석하고, 군데군데 딱지가 앉았다.

이 사람, 정말로 에이코?

"친짱은 더 있다가 가. 그럼 난 이만."

에이코는 일방적으로 말하고 달아나듯 카페를 나섰다.

"앗?"

그로부터 1분쯤 지나서야 에이코가 돈을 주고 가지 않았다는 사실을 깨달았다. 레이코는 계산서를 보며 앓는 소리를 냈다.

"뭐야 이게?"

열대과일 파르페와 아이스 카페라테. 합쳐서 2000엔.

"이 파르페 1400엔이나 하는구나……. 아이스 카페라테도 600엔이야."

레이코는 새삼 자신이 마시던 홍차를 보았다. 450엔. 메뉴에서 제일 싼 음료를 선택했다. 그런데 에이코가 먹은 것까지 계산해야 한다고?

왜?

아아, 역시 에이코는 에이코다. 아무리 성형해도 알맹이는 똑같다. 초등학생 때도 그래서 싸웠다. 빌려달라길래 빌려준 손거울을 돌려줄 낌새가 없었다. 참다못해 돌려달라고 하자 오히려 화를 냈다.

"그거, 생일 선물로 나한테 준 거 아니야?"

뭐? 무슨 소리야? 애당초 네 생일은 한참 남았잖아! 그렇게 반론하자 에이코는 고래고래 악을 썼다. 그리고 선생님에게까지 거짓말했다.

"친짱은 거짓말쟁이예요! 절 속였어요!"

이 사건을 계기로 레이코는 고립됐다. 돌이켜보면 그 사건을 계기로 인생 자체의 흐름이 바뀐 것 같았다. 정말이지 그 애는 여전히 *재앙신*이다!

그런 인간과 같은 동네에 살다니. 또 어딘가에서 마주칠지도 모른다니.

아아, 지지리 운도 없다. 다른 곳으로 이사할까? 안 그래도 그 집으로 이사한 지 며칠이 지났건만, 여태 애착이 생기지 않는다. 그러니 주소도 못 외우는 것이다. 분명 상성이 좋지 않다는 증거다.

그렇지만 금방 또 이사라니. 아무래도 그럴 수는 없다. 이사 비용도 든다. 돈을 낭비할 수는 없다.

그렇다. 돈 낭비는 금물이다. 그런데 에이코 이 인간은! 이렇게 비싼 걸 먹고 계산을 나한테 떠넘기다니! 다음에 만나면 반드시 돈을 받아내겠다. ……아니, 다시는 만나고 싶지 않다. 그 인간과는 여기서 인연을 끊고 싶다. 그러니까 이건 절교비야. 네 몫까지 내가 낼게!

그렇게 생각하며 지갑을 찾기 위해 가방을 열었다.

레이코는 아까 뽑은 돈이 없다는 걸 알아차렸다. 은행 봉투에 넣은 50만 엔. 봉투는 있지만 텅 비었다.

말도 안 돼. 어째서? 어디 떨어뜨렸나?

안간힘을 다해 기억을 더듬었다.

생각났다. 이 카페에 들어오자마자 에이코는 화장실에 갔다. 그리고 자리로 돌아와서 이렇게 말했다.

"친짱, 화장실은? 지금 비었는데."

딱히 가고 싶지는 않았지만 지금이 기회라고 부추기는 듯한 말을 들으니, 어쩐지 가지 않으면 손해인 것 같아서 화장실에 갔다. 게다가 "짐은 내가 지킬게"라는 에이코의 말에 가방을 놔두고 갔다.

"당했다……."

그렇구나. 에이코는 내가 현금인출기에서 돈을 뽑는 모습을 본 거다. 그래서 말을 걸었다.

돈을 훔칠 목적으로!

*

"하지만 소매치기나 날치기가 아니라서 다행이네."

유미에는 태평하게 그런 소리를 했다.

그날 밤, 유미에에게 전화가 왔다. 사정을 설명하자 유미에는 어쩐지 즐거운 듯이 말했다.

"소매치기나 날치기였으면 지갑을 통째로 빼앗겨서 야단났을 거야. 신용카드랑 현금카드도 날아갔겠지. 하지만 카드는 무사하잖아?"

"뭐, 그건 그렇지만. 그나마 지갑은 안 건드렸더라고."

"불행 중 다행이네."

"다행은 무슨. 50만 엔이라고, 50만 엔."

레이코가 매섭게 말하자 유미에는 미안하다는 듯 목소리 톤을 낮추었다.

"미안해. ……좀 더 일찍 말해줄 걸 그랬네."

"응?"

"실은 네가 돌아간 후에 에이코에게 연락이 왔거든. 통화하다가 무심코 레이코가 오쓰카역 근처에 사는 것 같다고 말해버렸어. 말하고 나서야 야단났다 싶어서 너한테 전화하려고 했는데, 겹친 일을 처리하다 보니 시간이 이렇게 됐네."

"대체 무슨 소리야?"

"에이코, 초등학교부터 고등학교 반 친구들을 닥치는 대로 찾아가서 동정심 유발 사기 같은 짓을 하거든."

"동정심 유발 사기?"

"응. 딸이 불치병인데 치료비를 못 내느니 하면서."

"딸이 불치병이라고? 나한테는 연예기획사에 넣겠다고 했는데."

"그러니까 거짓말이야, 거짓말. ……딸이 아파서 힘들다는 거짓말로 5000엔이나 만 엔쯤 위로금을 받아내나 봐. 소액이니까 다들 피해 신고는 하지 않는 모양이지만."

"유미에도 당했어?"

"응. 전에 우리 사무소에 왔을 때, 지갑 속 돈을 빼갔지."

"유미에도 현금을 도둑맞은 거야?"

"응. 2만 엔 정도였나. ……레이코의 50만 엔에 비하면 얼마 안 되는 돈이지만, 월급이 들어오기 전이라 정말 대위기였어."

"……2만 엔도 큰돈이야."

"정말 에이코답다니까. 걔의 절도벽은 병이야, 병. 평생 안 낫겠지. 그래서 초등학생 때 나하고도 싸운 거야. 걔한테 급식비를 여러 번 도둑맞았거든. 매번 내가 저금한 돈으로 냈지만, 네 번째로 당했을 때는 참지 못하고 닦아세웠지. 급식비 돌려달라고. 그랬더니 자기가 안 그랬다면서 울더라. 담임은 그 눈물에 깜빡 속아 넘어가서 오히려 날 혼냈어."

"담임은 에이코를 편애했으니까."

"에이코는 어른의 환심을 사는 데 천재적인 소질이 있었지.

선생님은 다들 에이코 편이었어. ……아무튼 걔는 예나 지금이나 변함없어. 이번에 이혼한 것도 남편이 바람피운 탓이라고 들었지만, 실은 걔의 절도벽 때문이야."

"그래? 나는 연하 남친이 생겼기 때문이라고 들었는데."

"연하 남친이 있는 건 사실이야. 그 남자에게 돈을 갖다 바치기 위해 조상 대대로 물려받은 시댁의 땅을 팔아치웠지. 땅문서 같은 걸 훔쳐서. 그래서 이혼. 그래놓고 천연덕스럽게 자기는 안 그랬다, 애당초 불륜을 저지른 남편이 나쁘다, 이혼할 거면 위자료를 받고 싶다며 나한테 상담 메일을 보냈더라고. 변호사를 소개해달라며."

"그래서 에이코와 메일을 주고받은 거야?"

"응. 웃기지도 않았지만 일단 우리 변호사님을 소개했어. 그런데 변호사 수임료를 보고 기겁했는지 그대로 내뺐어. 상담료만 엔도 떼어먹고 말이야. 어쩔 수 없이 상담료는 내가 메꿨지만. 걔는 정말 똑같아. 그 병은 죽어도 안 나을 거야."

"그렇다고 이대로 넘어가려니 열 받는데. 50만 엔이 뉘 집 개 이름도 아니고."

"경찰에는 갔어?"

"……아니."

"뭐? 안 갔어?"

"어쩐지 경찰을 개입시키기는 싫어서."

"왜?"

"일이 커지면 어쩐지 미안하잖아."

"미안하다니, 누구한테?"

"남편한테."

"엥?"

"지금 재심 청구로 중요한 시기인데, 아내인 내가 경찰과 얽히면."

"무슨 소리야? 경찰과 얽힌대도 레이코는 피해자인걸."

"그래도 일을 크게 만들고 싶지는 않아. 어디서 미디어가 눈을 번뜩이고 있을지 모르니까."

"미디어?"

"아오타 사야코를 이용해서 사건 기사를 쓰게 하는 매체도 있는 정도잖아? 오부치 주변도 분명 냄새를 맡고 다닐 거야."

"……뭐, 그럴 가능성도 없지는 않지만."

"그러니까 경찰과 얽히기는 싫어. 잘 생각해보면 나한테도 잘못은 있어. 가방을 놔두고 화장실에 간 건 내 실수지."

"그럼 50만 엔은? 포기하려고?"

"응. ……수업료라고 생각할래."

"수업료라니?"

"세상 공부. 나, 지금까지 내내 본가에 살아서 세상의 거친 파도와는 무관했잖아? 그래서 남을 너무 믿는 경향이 있었거든."

"그렇지. 남을 좀 안일하게 믿는 구석이 있기는 해."

"이번 일로 사회가 얼마나 흉흉한지, 인간이 얼마나 못 믿을 존재인지 잘 배웠어. 그러니 그 비용이라고 치고 그 돈은 포기할래."

"그래도 되겠어?"

"응."

"⋯⋯하지만 우리 사무소에 낼 돈도 있잖아? 이번 달 분도 아직."

"그건 제대로 낼 테니까 걱정하지 마. 계좌에 아직 돈 있어."

그렇다. 도둑맞은 건 현금인출기에서 뽑은 50만 엔뿐. 지갑 속 돈은 물론이고, 카드도 무사하다. 확실히 유미에 말마따나 '불행 중 다행'이었다.

"그리고 유미에도 돈을 도둑맞았지만 신고 안 했잖아?"

"뭐, 나야 2만 엔이었으니까."

"그래도 울며 겨자 먹기로 단념한 셈이잖아?"

"울며 겨자 먹기라고 할까⋯⋯ 은혜를 베풀었다고 할까. 아무리 그래도 옛날에 같은 반이었는데 경찰에 신고하기는 망설여지더라고."

"나도 마찬가지야."

"하지만 액수가 다른걸. 넌 50만 엔이야, 50만 엔."

"잘 생각해보니 50만 엔이 아니었을지도 모르겠네."

"뭐?"

"5만 엔이었을 수도 있어."

"⋯⋯레이코."

"아아, 미안해. 벌써 시간이 이렇게 됐네. 이제 일해야겠다."

레이코는 생각났다는 듯이 시계를 보았다. 벌써 오후 9시가 넘었다.

"이 시간에 일?"

"응. 일러스트 작업. 나, 이래 봬도 본업은 일러스트레이터야."

"그렇구나. 일을 방해해서 미안해."

"아니야. 걱정해줘서 고마워."

"그런데 이번 일, 정말로 그냥 넘어가도 괜찮겠어?"

"잊어버려. 나도 잊어버릴게. 부탁이야."

레이코는 전화를 끊었다.

한숨을 한번 쉬고 책상 위를 멍하니 바라보았다. 마감해야 할 업무가 있다는 건 핑계가 아니다. 정말 코앞으로 다가왔다. 이사니 뭐니 바빠서 뒤로 미뤘지만 사흘 후가 마감이다. 학습 참고서의 삽화를 총 100컷 그려내야 한다.

휴우.

레이코는 한숨을 쉬면서 책상으로 향했다.

*

누구? ……에이코?

말도 안 돼. 네가 왜 여기 있어?

여기는 내 집인데?

왜?

"에이코!"

레이코는 자기 목소리에 놀라서 눈을 번쩍 떴다.

안 된다, 안 된다. 깜빡 졸고 말았다.

마감까지 앞으로 이틀.

에이코? 그러니까 왜 네가 여기 있는 거냐고?

여기는 내 집이야.

왜?

"에이코!"

레이코는 또 자기 목소리에 놀라서 눈을 떴다.

안 된다, 안 된다. 또 졸고 말았다.

마감까지 앞으로 하루.

"아이고, 다 끝났다."

레이코는 아침 햇살을 받으며 천천히 몸을 풀었다.

지난 사흘간 거의 자지도, 쉬지도 않고 그려낸 일러스트를 방금 고객에게 보냈다.

아아, 배고프다. 견과류와 시리얼, 우유만 먹으며 사흘을 버텼다. 이제 한계다.

오늘은 상으로 사치를 좀 부리자. 이케부쿠로까지 나가서 백

화점 레스토랑에 갈까. 아니면 호텔 파인 다이닝?

오쓰카역 앞 현금인출기에서 10만 엔을 뽑으려 했을 때였다.
어? 뭐야? 왜 잔고가 부족하지?
가방에서 통장을 꺼내서 통장 정리를 해보았다. 잔고를 본 순간, 레이코는 단숨에 몸이 꽁꽁 얼어붙었다.
잔고 '53,782엔'.
53,782엔?
도무지 믿기지 않아서 통장에 찍힌 글씨를 다시 한번 천천히 확인했다.
이틀 전에 900만 엔이 인출됐다!
레이코는 온몸이 바들바들 떨렸다.
말도 안 된다. 인출한 적 없다. 사흘 전에 50만 엔을 뽑았을 뿐이다. 애당초 현금인출기로 50만 엔 이상은 인출할 수 없다.
뭔가 착오가 있는 것이다. 기계에 말썽이 생긴 것이 틀림없다.
레이코는 심호흡한 후 통장에 찍힌 글씨를 더 살펴보았다. 그러자 은행 창구에서 인출했다고 되어 있었다.
왜? 어째서 은행 창구? 은행 창구에서 인출할 때는 통장과 도장, 때에 따라서는 신분증명서도 필요한데 어째서?
아.
레이코는 드디어 떠올렸다. 에이코가 집에 있었던 꿈을.
⋯⋯꿈이 아니었다.

현실이었다. 과연, 그렇구나.

사흘 전 에이코와 카페에서 차를 마셨을 때, 에이코는 내 가방을 뒤지다 통장과 도장, 그리고 건강보험증을 발견했다. 헤어진 후 몰래 나를 미행해 집을 알아내고, 그날 밤 집에 숨어들어 통장, 도장, 건강보험증을 훔쳤다. 그리고 그걸 돌려놓기 위해 다시 집에 숨어들었다.

이런 바보천치!

레이코는 밖에 있다는 사실도 잊고서 머리를 끌어안았다.

왜 집의 문을 잠그지 않았지?

그야 연일 밤을 새운 탓에 생각이 거기까지 미치지 않았으니까.

왜 통장과 도장과 건강보험증을 한 가방에 넣어뒀지?

그야 이사할 때 귀중품을 한 가방에 모아둬야 마음이 놓였으니까.

아아아!

실수의 연속이야! 왜 이렇게 멍청한 거람!

*

도쿄 구치소 면회실.

레이코는 남편인 오부치 히데유키와 좀처럼 눈을 마주칠 수 없어서 가방 손잡이만 움켜쥐었다.

"왜 그래? 안색이 안 좋네?"

"……."

"기뻐해. 좋은 소식이 있어."

"……뭔데요?"

"마쓰카와 린코라는 변호사 알지? 텔레비전에도 자주 나오는 아주 유명한 변호사."

"네. ……물론 알죠."

"밑져야 본전이라는 기분으로 그 여자한테 편지를 계속 보냈는데, 드디어 답장이 왔어. 변호인을 맡아주겠대."

"어? 하지만."

"지금 변호사는 글렀어. 믿음이 안 가. 애당초 하나도 안 유명하잖아. 너한테는 미안하지만 해임해야겠어. 대신에 마쓰카와 변호사에게 맡길래."

"……."

"마쓰카와 변호사가 돈만 두둑이 준비하면 나를 반드시 무죄로 만들어주겠대. 그래서 나도 이렇게 답장을 보냈지. 돈은 두둑이 준비할 테니 부탁드립니다라고."

"……."

"돈, 괜찮지?"

"……."

"부탁해, 여보. 아내로서 진면모를 보여줄 때야. 돈 준비, 부탁한다?"

"……."

"왜 그래?"

"돈…… 얼마나 들까요?"

"왜? 왜 그런 걸 물어?"

"……."

"설마 돈이 없어?"

"……."

"알았어. 그럼 이혼하자."

"네?"

"더는 너한테 부담 주기 싫으니까 이혼하자고."

"저는 이제 쓸모가 없다는 건가요?"

"그런 게 아니야." 오부치 히데유키는 보란 듯이 한숨을 쉬고 말했다. "……이제 충분히 잘 알겠지만, 재판에는 돈이 많이 들어. 앞으로도 얼마나 들지 모르고. 너한테는 더 이상 무리일 거야. 그러니까."

"저를 버리고 다른 돈줄과 결혼하겠다고요?"

레이코는 드디어 오부치 히데유키와 눈을 마주쳤다.

오부치 히데유키가 잔뜩 일그러진 표정으로 이쪽을 바라보고 있었다. 하지만 그 눈동자에 자기 모습이 비치지 않는 것만 같아서 레이코는 언성을 높였다.

"제가 그저 돈줄이었다는 건 알아요. 저를 사랑한 적 없잖아요."

"그렇지 않아."

"거짓말. 편지만 주고받은 상대를 어떻게 진심으로 사랑하겠어요?"

"아니라니까. 편지만으로도 사랑은 싹트는 법이야. 그리고 사랑이 없었다면 나도 결혼 안 했을 거야."

"하지만."

"난 원래 독신주의자였어. 부모의 거지 같은 결혼 생활을 보면서 자랐으니까. 사리를 분별할 무렵부터 어렴풋이 결혼이 인간을 불행하게 만드는 것 아닐까 생각했었지. 그래서 절대로 결혼하지 않기로 마음먹었어. 사야코와도 결혼을 생각한 적은 한 번도 없었다고. 걔가 아무리 애원해도 결혼만큼은 하고 싶지 않았어."

"……아오타 사야코가 결혼하자고 졸랐나요?"

"응. 가끔은 임신했다는 거짓말까지 하면서."

"……임신?"

"거짓말이야. 당연히 거짓말이지. 진짜더라도 내 아이인지 알 게 뭐야? 사실 걔는 이미 낙태 경험이 있었거든."

"……."

"걔는 원래부터 엉덩이가 가벼웠어. 어떤 놈팡이와도 자는 애야. 음란함을 타고났다고."

"……."

"그러면서 결혼에 대해서는 희한하게 미화된 동경심을 품었지. 결혼하면 교외의 작은 주택에 살고 싶다는 둥, 딸과 아들을 하나씩 가지고 싶다는 둥, 개도 키우고 싶다는 둥. 무슨 옛날 가요의 가사 같은 이야기를 지껄여댔다니까. 아이와 개의 이름까지 멋대로 지어놨어."

"나나, 준, 모모?"

"응, 그거. ……어? 그런데 어떻게?"

"재판에서 아오타 사야코가 기르던 금붕어 세 마리의 이름이 나와서……."

"아아. 금붕어 건지기 노점에서 건진 그거? 내가 건져준 거야. 작은 툭눈 금붕어 세 마리."

"그 세 마리를 마치 자기 아이처럼 걱정하던 모습이 아주 인상적이라. ……그 아이들은 지금 어쩌고 있을까? 잘 지낼까? ……하고요."

"걱정이고 나발이고, 자기가 변기에 버리고 물을 내렸는데?"

"네?"

"어느 날 사소한 문제로 싸웠어. 걔가 막 씩씩대다가 갑자기 어항을 들고 화장실로 가더니 금붕어를 변기에 버리고 물을 내렸지."

"……."

"걔는 그런 면이 있었어. 마치 고장 난 시한폭탄처럼 느닷없이 폭발한다니까. 일단 폭발하면 속수무책이지. ……걔는 진짜로 이상했어. 무서웠다고. 정말로 헤어지고 싶었지."

"……."

"그런데 절대 못 헤어진다고 박박 우기더라고. 무슨 일이 있어도 결혼하겠다면서. 수없이 결혼을 강요했지. ……아아, 생각났다. 금붕어를 버린 것도 그게 계기였어. 걔가 결혼, 결혼 노래를 부르길래, 귀찮아서 죽여버린다고 위협했더니 어항을 끌어안고 화장실로 달려갔어. 그리고 내가 보는 앞에서 금붕어를 변기에 버리고 물을 쏴 내렸지. 정말 위험한 인간이다 싶어서 몸이 덜덜 떨리더라."

"……."

"나 말이야. 이래 보여도 기본적으로는 이성적인 인간이야. 상식의 틀에서 벗어나면 안 된다는 걸 항상 자각하며 살아왔어. 그러니까 죽여버린다는 말을 꺼냈어도 그건 그냥 허세, 연기야. 진심에서 나온 말이 아니라고. 하지만 사야코는 달랐지. 틀 위에서 비틀비틀 균형을 잡듯 위태로운 측면이 있었어. 그러다 어느 순간, 틀 바깥으로 훌쩍 뛰어내려. 금붕어가 한 가지 예지. 이름까지 붙이고 그렇게 귀여워했으면서, 서슴없이 죽여버려. ……알겠어? 그게 걔의 무서운 점이야. 그러니까 그런 사건도 일으킨 거겠지. ……몇 번이나 말하지만 그 사건은 걔가 주도한 거야. 부모님을 살해한 건 걔라고. 난 말려들었을 뿐이야. 그런데 왜 나는 사형이고 걔는 무기징역인데? 도저히 이해가 안 돼. ……이대로 사형당하면 난 반드시 귀신이 돼서 나타날 거야. 온 세상을 저주하고 전 세계를 지옥으로 만들겠어."

"……."

"한편 개는 무기징역. 운이 좋으면 30년쯤 살다가 나갈 수 있다는 거잖아? 즉, 앞으로 12년만 있으면 정식으로 자유의 몸이 된다는 뜻이지. 정말이지 속이 뒤집힐 지경이야. ……내 생각에 어쩌면 이건 개가 쓴 장대한 시나리오가 아닐까 싶기도 해."

"장대한…… 시나리오?"

"개는 부모님을 원망했어. 부모님 품에서 벗어나고 싶어 했지. 부모님의 속박에 괴로워했던 거야. 하지만 아무리 애를 써도 벗어날 수 없었어. 이른바 공의존 관계였거든. 그래서 마지막 수단을 사용한 거지. ……금붕어를 변기에 버린 것처럼 부모님도 없애버린 거야. 그리고 그 죄를 모조리 내게 덮어씌웠어. 재판에서는 남자에게 세뇌당해 남자의 명령에 따라 자기 부모님을 죽이는 짓을 도운 것처럼 불쌍한 척했지만, 그건 가면이야. 나도 세상 사람들도 그 가면에 홀랑 속아 넘어간 건데 그 대가가 사형이라니 도저히 받아들일 수 없어!"

"……."

"부탁이야. 내 한을 풀어줘. 이렇게 죽는다면 난 뭣 때문에 살아온 거지? 나한테도 잘못은 있어. 그건 인정할게. 하지만 사형당할 만큼 몹쓸 인간은 아니란 말이야. 나한테도 미래가 있었어. 평범해도 좋으니까 내 나름대로 행복한 인생을 보내고 싶었다고. 젊은 시절에는 다소 객기를 부릴지도 모르지만, 언젠가는 안정돼서 그렇게도 피했던 결혼도 하고 아이에게 둘러싸여 가족을 위해 열심히 일하겠거니…… 어렴풋이 그런 상상도 했었어. ……그런데 스물한 살 때 이런 곳에 갇혀서 죽임을 당할 날만 기다리는 인생이라니…… 그런 건 절대로 받아들일 수 없어!"

빨갛게 충혈된 오부치 히데유키의 눈에서 눈물이 줄줄 흘러내렸다. 축축이 젖은 속눈썹이 보기에도 딱했다.

레이코도 가슴이 찢어지는 듯했다. 콧속이 찡하게 아팠고, 눈물이 솟았다. 눈앞의 남자를 돕고 싶었다. 이 남자를 도울 수 있는 건 자신뿐이다.

"괜찮아요. 안심해요. 제가 있잖아요. 제가 당신을 여기서 구해낼게요."

"……믿어도 돼?"

"저는 당신의 아내니까요. 가족을 구하고 지키는 건 가족의 역할이잖아요."

"……정말로 믿어도 되겠어?"

"물론이죠."

"그럼 마쓰우라 린코 변호사에게 연락해줄래?"

"물론이에요. 지금 당장 만나러 갈게요."

"정말로? 하지만 돈이 들 텐데?"

"걱정하지 마세요. 어떻게든 할게요."

*

하지만 레이코의 발걸음은 무거웠다.

어휴……. 휴우……. 하아……. 후우…….

자신도 모르게 무거운 한숨을 연달아 내쉬었다.

방금 니시신주쿠에 있는 마쓰카와 린코의 사무소에 다녀온 참이었다. 방송 출연 일정으로 마쓰카와 린코 본인은 자리를 비웠고 다른 여직원이 응대했는데, 믿기지 않을 만큼 은근무례한 계집애였고 제시한 수임료도 믿기지 않는 금액이었다. 수임료를 듣고 기겁했지만 계집애의 건방진 태도에 굴복해서는 안 된다는 묘한 투쟁심이 불타올라 레이코는 그 자리에서 계약했다.

착수금으로 이번 주말까지 250만 엔을 지불해야 한다.

그런 돈은 없다.

아니, 있었다. 그 여자가 나타나기 전에는.

그런데 그 여자가…… 에이코가 돈을 훔쳐 달아났다.

가슴속에서 구역질과 함께 질척한 감정이 밀려 올라왔다.

명백한 살의였다.

레이코는 주먹을 부르쥐며 그 충동을 억누르고 일단 신주쿠역으로 향했다.

신주쿠역에서 잠시 발을 멈췄다. 이대로 집에 돌아갈까, 아니면.

살벌함이 느껴질 만큼 바쁘게 오가는 사람들을 바라보며 레이코는 마음을 굳혔다.

대를 위해서는 소를 희생하는 수밖에 없다.

레이코는 주오선 플랫폼으로 걸음을 옮겼다.

12장   궁지에 몰려서

오후 7시가 지났을 무렵, 레이코는 본가 앞에 도착했다.

고작 2주일 만이지만 몹시 그리운 기분이었다. 마치 몇 년 만에야 온 것처럼.

도망치듯 뛰쳐나간 집인데, 너무 그립고 반가워서 저도 모르게 목소리가 튀어나올 뻔했다.

"다녀왔습니다! 나, 왔어!"

초등학교에 막 입학했을 무렵에는 그렇게 소리치며 현관문을 열곤 했다.

지금이야 오래돼서 낡았지만, 당시는 반짝반짝하니 새것이라 자랑스러운 문이었다. 이 문을 보여주고 싶다는 이유만으로 일부러 친구를 여러 명 데리고 집에 온 적도 있었다.

"문 예쁘다!"

친구들은 저마다 그렇게 칭찬해주었다. 노골적으로 선망의 눈빛을 던지는 아이도 있었다.

"예쁘지? 이 문, 내가 고른 거야."

그렇다. 이 문은 레이코가 선택했다.

레이코가 유치원에 다니던 시절, 친할아버지가 돌아가시면서 물려받은 땅에 아버지가 집을 짓겠다고 했다. 처음에는 이사하기 싫어서 한사코 반대했다. 그때까지 살았던 집합주택에는 친구가 많았는데, 그 친구들과 함께 초등학교에 입학할 날을 손꼽아 기다렸다. 초등학교에 들어가면 하고 싶은 일이 많아서 기대에 부풀었다. 그런 기대를 망치고 싶지 않아서 절대로 이사 가지 않겠다, 여기를 떠나지 않겠다, 여기서 혼자 살겠다고 징징거렸다. 그러나 건축사가 가져온 새집의 완공 예상도를 보고 순식간에 포로가 됐다. 정말 예쁘다! 마치 인형의 집 같아! 게다가 내 방이 이렇게 넓어!

"레이코, 현관문은 뭐가 좋겠니?" 어머니가 두툼한 카탈로그를 넘기면서 기쁜 표정으로 물었다.

"이거, 이게 좋아!" 레이코는 어머니가 넘긴 페이지를 가리켰다. 그야말로 인형의 집에 달려 있을 법한, 아르데코풍으로 장식된 문.

"너무 소녀 취향 아닌가?" 아버지가 그렇게 말했지만 어머니는 레이코를 편들어주었다.

"뭐 어때? 이걸로 하자. 멋지네."

"듣고 보니 그러네. 이걸로 하자. 레이코가 선택한 문으로 결정했어."

돌이켜보면 그 시절은 아버지도 어머니도 다정했다. 언제나 레이코의 의견을 존중했고, 레이코만 바라보았다.

그런데 이 집으로 이사 오고 1년쯤 지났을 무렵, 일단 어머니 상태가 이상해졌다. 늘 얼굴이 창백했고, 먹을 걸 보면 구역질을 했다. 짜증도 많아졌다. 그전까지는 화를 거의 내지 않았는데, 하루에 몇 번이나 신경질적으로 레이코에게 소리를 질렀다. 왜 소리를 질렀는지는 모른다. 그러니 뭔가 고칠 방도도 없다. 그러다가 아버지까지 서먹서먹해졌다. 어머니에게 혼나서 훌쩍훌쩍 울고 있으면 "이제 어린애가 아니잖아. 내년에는 누나가 될 거니까 그런 일로 울면 안 돼" 하고 야단쳤다.

아버지와 어머니가 어느 틈엔가 다른 사람으로 바뀌었다?

그런 특촬물(특수 촬영 기법을 활용한 일본의 히어로물—옮긴이)을 본 적이 있다. 지구 정복을 노리는 악의 조직이 진짜 아버지와 어머니를 살해하고 자기 쪽 인물로 바꿔치는 내용이다.

우리 아버지와 어머니도 살해당했다?

어쩌면 아버지와 어머니뿐만 아니라 온 동네 사람들도 살해당한 것 아닐까. 지구를 노리는 악당에게 몸을 빼앗긴 것 아닐까. 동네뿐만 아니라 학교도 빼앗긴 것 아닐까. 텔레비전 속 사람들도. 지금 자기가 보고 있는 사람들은 전부 알맹이가 지구

정복을 노리는 악당으로 바뀐 것 아닐까.

그런 생각을 멈출 수가 없었다. 밖에 나가기가 무서워서 방에 틀어박히는 시간이 늘어났다. 그러자 어머니가 더 언짢아했다. 아버지도 설교를 늘어놓았다.

그럴 때마다 레이코는 이렇게 생각했다. 이 사람들은 역시 진짜가 아니라고.

……진짜는 어디에 갔을까? 아빠, 엄마, 어디 갔어?

그러던 어느 날, 레이코로서는 견디기 힘든 일이 일어났다. 듣도 보도 못한 인간이 어느덧 집의 중심에 있었다.

녀석은 언제나 시끄럽게 울며 아버지와 어머니의 관심을 독차지했다. 이번에야말로 정말로 우리 집을 빼앗겼다고 레이코는 생각했다.

하지만 사람들은 그것을 레이코의 '동생'이라고 말했다.

동생?

아니다. 저런 건 동생이 아니다. 저건 악의 조직에서 보낸 침략자다, 외계인이다!

실제로 녀석이 이 집에 온 다음부터 아버지와 어머니가 완전히 달라졌다. 둘 다 마치 이 집에는 아들밖에 없다는 듯한 태도로 딸은 까맣게 잊어버렸다.

혹시 다른 사람에게는 자기가 안 보이는 것 아닐까, 하고 레이코는 생각했다. 지구는 한참 전에 악의 조직에 장악당해 진짜 인간은 없어졌다. 그러나 전멸한 건 아니다. 그들의 독니를 피한 진짜가 적으나마 존재하고, 자신도 그 소수파 중 하나다. 그러나 진짜라는 사실을 적에게 들키면 표적이 된다. 그래서 스스로를 지키기 위해 투명해진 것 아닐까. 방어 본능. 그렇다. 이건 방어 본능이다. 적에게서 몸을 지키기 위한 본능. 분명 다른 진짜들도 몸을 투명하게 바꿔서 적의 눈을 속이고 있다. ……하지만 투명 인간끼리는 안다. 몸이 아무리 투명해져도 동지임을 직감으로 알아차린다. 언젠가 단결하고 협력해서 지구를 악의 조직에게서 되찾을 것이다!

……그런 망상에 빠져 있을 때만 레이코는 살아 있음을 실감했다. 누구나 어린 시절에 다소는 그런 경험을 한다. 현실 도피. 자신에게 유리한 세계를 만들어내고, 그 가공의 세계로 도망친다. 그러나 가공의 세계는 어느덧 풍선처럼 쪼그라드는 법이다. 어린 시절과 결별하고 어른이라는 타협의 세계로 발을 내디뎠을 때.

하지만 레이코에게 그 기회는 좀처럼 찾아오지 않았다. 철저히 투명 인간으로 살아오길 30여 년. 가족과 레이코 사이에 생긴 골은 회복 불가능할 만큼 깊어졌고, 블랙홀 같은 절망만 매일 생겨났다. 더는 안 되겠다는 생각에 레이코는 두 번 다시 이 집에 돌아오지 않을 각오로 독립했다. 튀는 게 상책. 레이코는 그 말에 매달리는 수밖에 없었다. 계속 투명 인간으로 지내다 보면 언젠가 진짜 아버지와 어머니가 부활해서 '레이코, 미안해! 외로웠지' 하고 끌어안아주지 않을까. 그런 실낱같은 희망을 품고 있었지만, 30년 넘게 지나서야 그런 날은 영원히 찾아오지 않는다는 걸 깨달았다.

그렇지만 레이코는 이 집에 돌아오고 말았다. 집을 나간 지 고작 2주일밖에 지나지 않았는데.

스스로 생각하기에도 참 한심했다. 아버지와 어머니도 분명 어이없어하는 얼굴로 말하리라.

'돈은 입금했는데 이제 와서 무슨 용건이야?'

그리고 골칫덩이를 바라보는 듯한 눈으로 딸을 바라보리라. 동생도 이런 밥버러지가 여기는 또 왜 왔느냐는 시선을 던질 테고.

그렇게 생각하자 다리가 굳어버렸다. 역시 안 된다. 돌아가자. 하지만 그때.

'여보, 진면모를 보여줘.'

오부치 히데유키의 목소리가 귓속에 꽂혔다.

'아니면 이혼할래?'

레이코는 고개를 내저었다.

이혼은 싫어요. 절대 당신을 놓아주지 않겠어. 당신에게서 떨어지지 않을 거야.

오부치 히데유키는 간신히 찾아낸 동지다. 법정에서 그의 모습을 처음 보았을 때 레이코는 이렇게 생각했다.

'찾았다.'

그렇다. 레이코에게 오부치 히데유키는 줄곧 찾아왔던 투명인간이었다. 진짜 인간이었다. 그 또한 주변 사람들과 가족을 빼앗겨서 스스로를 지키기 위해 몸을 투명하게 만드는 수밖에 없었던 '진짜 인간'이 틀림없다.

드디어 만난 유일무이한 동지. 그와 헤어지면 다시는 동지와 만날 수 없다. 영원히 외톨이다. 가짜가 넘쳐나는 세상에서 외톨이가 된다.

그렇다. 어떤 의미에서 이건 싸움이다. 가짜와 진짜의 싸움. 여기서 겁먹으면 자신까지 가짜에게 흡수돼서 가짜가 되고 만다.

좋아.

발을 내디디려 했을 때였다.

"어머, 레이코!"

누군가 불렀다. 고개를 돌리니 가로등 아래에 낯익은 얼굴이 둥실 떠오른 것처럼 보였다.

옆집 아줌마다. 발 옆에는 치와와. 개를 산책시키러 나온 모양이었다.

이 사람이 언제 여기로 이사 왔는지는 기억이 잘 안 난다. 어느 순간부터 옆집에 살고 있었다. 그리고 묘하게 허물없이 군다. 레이코 입장에서는 이 사람 또한 악의 조직이 보낸 *가짜*다.

"아, ……안녕하세요." 레이코는 겸연쩍은 표정으로 고개를 살짝 숙인 후 그 자리를 떠나려 했다.

"레이코, 이사 간 거 아니었어?" 아줌마의 목소리가 쫓아왔다.

"네, 뭐. ……두고 간 물건이 있었어요." 레이코는 우물쭈물 대답했다.

"두고 간 물건?" 아줌마가 의아하다는 눈빛을 던졌다. 레이코는 그 시선을 피하며 말했다.

"아, 하지만 괜찮아요. 딱히 급한 건 아니라서 막 돌아가려던 참이에요."

"그래?" 아줌마의 시선이 한순간 허공을 헤맸다.

"……그런데 이사 간 집에는 익숙해졌니?"

"……네, 뭐."

"오쓰카라면서?"

"네?" 어떻게 그런 것까지. 레이코는 경계했다.

"너희 엄마가 그러더라."

"그래요?"

"응, 아참. 결혼 축하해."

"네?" 그런 것까지? 레이코는 다시 경계했다.

"남동생, 결혼하지?"

"네?"

"집을 개축해서 2세대 주택으로 만들 거래. 너희 엄마, 신났더라."

"개축…… 2세대 주택……."

"레이코, 그래서 집을 나간 거지?"

"……."

"어머, 아니야?"

"아니요, 네. ……맞아요."

"정말이지 네 입장에서는 심경이 복잡하겠다. 어린 시절 추억이 담긴 집인데, 쫓겨난 꼴이 됐으니."

"아니요. 저 스스로 나간 거예요."

"그러니? ……그나저나 여자는 정말로 이럴 때 손해야. 나도 오빠가 올케를 데리고 들어온다는 이유로 집에서 쫓겨났어. 열다섯 살 때였는데 강제로 학교 기숙사에 넣더라고. 그래서 지금도 본가 가족과는 소원해. 명절에도 안 간 지 꽤 됐어. 가본들 올케가 떡하니 버티고 있는데 뭘. 눈치만 보인다니까."

"……그렇군요."

"한편 시댁에서는 시누이가 활개를 치지. 내가 있으면 대놓고 심술을 부려. 그래서 시댁에도 거의 안 가. 남편 혼자 보내지."

"……그렇군요."

"지금도 우리 남편, 시댁에 있어. 자기 엄마 말에 껌뻑 죽거든. 집을 개축한대서 이것저것 도우러 갔지. 참 고생도 팔자라니까."

"……그렇군요."

"레이코네도 지금쯤 어떤 집을 만들지 설계도를 펼쳐놓고 가족끼리 의논하고 있지 않으려나. 낮에 건축사가 다녀간 모양이니까."

"네?"

"그러니까, 2세대 주택을 만들기 위한 가족회의. 너희 동생이랑 결혼할 사람도 아까 온 것 같으니, 지금 다 모여 있겠네. ……레이코도 실은 그것 때문에 온 거지?"

"……네, 뭐."

"대단하다. 난 그렇게 못 해. ……레이코는 정말 대단해."

"……."

"동생이랑 결혼할 사람, 참 멋지고 예쁘더라. 아주 청초해 보였어. 대학 후배라나. 그렇다면 T대학교겠네? 굉장해. 머리만 좋은 게 아니라 예쁘기까지 하잖아. 동생이 색싯감을 참 잘 만났어."

"……."

"더구나 요즘 세상에 시댁에서 시부모님과 같이 살겠다니, 됨됨이도 좋아. 정말 좋은 사람을 만났다니까."

"……."

"레이코도 빨리 좋은 사람을 만나야 할 텐데."

"……."

"아이고, 붙잡아서 미안해. 자, 집에 들어가봐. 분명 다들 기다릴 거야. 어서."

*

레이코는 숨을 크게 들이마신 후 인터폰 버튼에 손가락을 얹고 힘을 주었다. 하지만 반응이 없었다.

"다녀왔어······."

현관문을 살짝 열자 작고 세련된 그레이지색 펌프스가 다소곳이 놓여 있었다.

레이코는 자기 발을 내려다보았다. 245밀리미터 크기의 운동화. 발만 무지하게 크다고 동생이 자주 놀렸었다. 그리고 아오타 사야코의 발도 문득 떠올랐다. 법정에서 보았던 작은 슬리퍼. 마치 전족이라도 한 것처럼 발이 작고 가냘파서 자신의 큰 발이 창피했다.

이어서 '오부치 히데유키는 저렇게 발이 작은 여자를 좋아하는 걸까?'라는 생각도 들었다.

그 순간, 뭔지 모를 따끔따끔한 감정이 가슴속을 내달렸다.

당시 느꼈던 따끔따끔한 감정이 지금 생생하게 되살아났다. 이 펌프스는 아오타 사야코의 신발이 아니다. 안다. 그렇지만 아무래도 아오타 사야코의 조그만 발과 겹쳐 보였다.

역시 무리다. 돌아가자. 레이코가 발걸음을 돌렸을 때였다.

"어? 혹시 형님이세요?"

누군가 말을 걸었다.

그쪽을 보자 몸집이 아담한 여성이 감색 플레어스커트를 팔랑이며 다가왔다.

아오타 사야코?

몸이 경직됐다.

설마. 아오타 사야코가 이런 곳에 있을 리 없다. 그렇게 스스로를 타일러서 경직된 몸을 풀었다.

"……안녕하세요." 레이코는 일단 인사말을 꺼냈다.

"처음 뵙겠습니다. 저는……라고 해요."

응? 뭐라고 했지? 못 알아들었다. 하지만 다시 물어보는 것도 실례다 싶어 잠자코 있었다.

"자자, 형님! 들어오세요!" 아무개 씨가 플레어스커트를 팔랑이며 더 가까이 다가왔다.

"마침 로스트비프를 자르던 참이었어요. 다 함께 먹죠."

"……로스트비프?"

"아버님이 만드셨대요. 최고급 쇠고기를 사용해서 어제부터 준비하셨다던데요?"

"……그래. 아빠가. 별일이네."

"초밥도 막 배달 왔어요. 치즈케이크도 있고요. 제가 만들었답니다. 입맛에 맞으실지는 모르겠지만."

"……당신이 만들었다고?"

"네. 과자 만들기가 취미거든요. 실은 파티시에가 되고 싶었어요."

"……그렇군. 여성적인 매력이 넘치시네."

12장 궁지에 몰려서

그만 심술 섞인 말이 나왔다.

"여성적인 매력? 정말이세요? 그렇게 말씀해주시니 기쁘네요!"

나무랄 데 없는 답변이다.

과자 만들기가 취미인 T대학교 졸업생. 외모가 준수하고 성격도 양호하고 말까지 예쁘게 한다. 그야말로 사람들이 좋아할 법한 만점짜리 참한 여자. 완벽해도 너무 완벽하다.

이 사람도 틀림없이 '가짜'다. 언젠가 덮어쓴 가죽을 벗겨내고야 말겠다.

"형님 오셨어요!"

거실 문을 열자마자 분위기가 단숨에 얼어붙었다는 걸 레이코는 놓치지 않았다.

테이블에는 거대한 고깃덩이가 무슨 제물같이 놓여 있었다. 아버지가 만들었다는 로스트비프일까. ……하지만 전혀 맛있어 보이지 않았다. 맛있어 보이기는커녕 그로테스크했다. 그런데도 가족들은 그걸 둘러싸고 입맛을 다시며 저마다 칼질을 하고 있었다.

"어머, 레이코." 일단 어머니가 어색하게 반응했다.

"레이코 어쩐 일이냐." 다음으로 아버지가 천연덕스러운 표정으로 말을 걸었다.

"……." 그리고 동생은 힐끗 쳐다보더니 노골적으로 몸을 돌렸다.

이게 개그 방송이라면 '난 안 불렀다고? 이거 실례 많았습니다!' 하며 웃음을 노릴 타이밍이겠지만, 아무래도 그런 익살이 통할 만한 장면은 아니었다.

오래 있어본들 시간만 아깝다. 용건을 얼른 마치고 한시라도 빨리 물러가자.

"돈 좀 입금해줘."

레이코는 인사도 생략하고 단도직입적으로 말했다.

"뭐?" 어머니의 인상이 구겨졌다. '이미 넣어줬잖아?' 하고 따지는 듯한 얼굴이었다.

"그 이야기는 나중에." 아버지가 성가신 일을 피하려는 듯 시선을 돌렸다.

"……." 동생은 변함없이 무시하는 태도로 일관했다.

그 옆에서는 동생의 약혼자가 애써 웃음을 짓고 있었다.

"아니, 지금 이야기해. 일단 250만 엔, ……아니, 300만 엔 넣어줘!" 레이코는 윽박지르듯 말했다.

"300만 엔……!"

작게 소리친 건 동생의 약혼자였다. 지금까지 청초한 양갓집 규수 같았던 얼굴이 표독스러운 올케의 얼굴로 바뀌었다.

"……그만해, 누나." 동생이 드디어 입을 열었다. 하지만 몸은 여전히 이쪽을 향하지 않았다. 마치 더러운 바퀴벌레를 봤을 때 같은 모습이었다.

"뭘 그만해? 나한테는 돈을 받을 권리가 있어."

"권리?"

"그래. 아빠와 엄마의 유산을 상속할 권리. 그걸 생전에 증여받는 대신 인연을 끊어주겠다는 거야."

"무슨 소리야? 그 돈이라면 이미 받았잖아?"

"그걸로는 모자라. 너무 부족하다고."

"왜 부족한데? 부족하면 일해서 벌어."

"일해도 부족하니까 어쩔 수 없잖아! 재판을 하려면 돈이 들어, 알겠어? 돈이 어마어마하게 많이 든다고!"

"……저기, 참견하는 것 같아서 죄송하지만, 재판이라니요?" 동생의 약혼자가 더는 못 참겠다는 듯이 끼어들었다. "무슨 재판이요? 그리고 돈을 받고 인연을 끊다니요?"

"어머, 아무것도 못 들었어?" 레이코는 내뱉듯이 말했다.

"……뭐요?"

약혼자의 얼굴에서 청초한 표정은 더 이상 찾아볼 수 없었다.

이것 봐. 이게 이 여자의 정체야. 역시 내숭을 떤 거라고. '가짜'였어. 이 가짜야, 더 놀라게 해줄게.

"난 오부치 히데유키의 아내야." 레이코는 자랑스럽게 콧구멍을 벌름거렸다.

"……오부치? 그게 누군데요?"

하지만 여자는 딱히 놀란 기색 없이 어리둥절해했다.

"그나저나 결혼하셨군요. 몰랐어요! 아아, 그렇구나. 혹시 이혼 재판 중이라든가? 그래서 돈이 필요하신 거군요. 맞아요. 재판은 돈이 들죠."

"이혼? 아니야!"

"그럼 왜 돈이 필요하신데요? 제 의견을 말씀드리자면 형님은 이제 이 집을 떠나서 독립하셨으니까, 돈은 직접 마련하시는 편이 좋을 것 같네요. 그렇지 않아도 생전 증여는 이미 받으셨다면서요? 더 이상 돈을 요구하는 건 너무 뻔뻔한 짓 아닌가요?"

"……뭐?"

"형님은 결혼해서 집을 떠난 입장이니까요."

"……뭐라고?"

"안심하세요. 이 집은 며느리인 제가 지킬 테니까요. 제가 아이를 낳고, 아버님과 어머님도 모시겠습니다. 그럴 각오로 이 집안에 들어오는 거예요. 하지만 형님은 아니잖아요? 아이를 낳지 않을 거고, 부모님을 모실 생각도 없으시죠? 그런데 돈만 요구하다니, 인간으로서 너무한 것 아닌가요?"

여자는 그렇게 말하며 스마트폰을 꺼내 뭔가 검색했다. 잠시 화면을 내리던 손가락이 딱 멈췄다.

"설마 오부치는…… 사형수 오부치 히데유키?"

스마트폰 화면을 들여다보던 여자의 얼굴이 순식간에 일그러졌다.

"설마 형님, 사형수와 옥중 결혼을?" 여자의 얼굴이 사기를 당한 사람처럼 굳어졌다. "……그런 이야기는 못 들었는데."

"어, 아니야. 그런 게 아니라……." 일단 동생이 당황했다.

"레이코는 속아서 결혼한 거야. 당장 이혼시킬 작정이란다." 다음으로 어머니가 얼렁뚱땅 둘러댔다.

"응, 맞아. 레이코는 지금 정신이 좀 불안정해서 그놈에게 속은 거야. 하지만 조만간 이혼시킬 거니까 기분 풀렴." 아버지도 매달리다시피 변명을 늘어놓았다.

"그건 안 되겠는데요." 하지만 여자는 돌아갈 준비를 하면서 딱 잘라 말했다. "사형수와 결혼한 사람이 있는 집에 시집갈 수는 없어요."

"아니, 좀 있어봐. 누나는 정신이 좀 이상해." 동생이 물고 늘어졌다.

"그래, 레이코는 좀 이상해. 안 그래도 병원에 데려가려고 했어. 그러니 파혼하겠다는 말만은 제발." 어머니도 애원했다.

"레이코는 어떻게든 하마. 당장 내일이라도 입원시키고 이혼도 시킬 테니 진정하렴." 아버지도 꼴사납게 매달렸다.

……뭐 하는 거야, 이 인간들.

레이코는 로스트비프를 둘러싸고 우왕좌왕하는 가족들을 관객처럼 바라보았다.

가짜들이 촌극을 벌이고 있다. 가짜 주제에 내가 이상하다느니, 정신이 나갔다느니 멋대로 지껄인다. 그것도 모자라서 입원시키겠다고?

역시 이자들은 세계 침략을 노리는 악의 조직에서 보낸 존재다.

내가 진짜임을 알아차리고 제거하려 한다.

테이블에 차려진 저 로스트비프도 실은 어디선가 붙잡은 진짜 인간 아니야? 맞다. 자세히 보니 저 고깃덩이는 인간의 몸통이다.

그렇구나. 너희들은 진짜를 찾아내서 죽이고, 통째로 구워서 먹어 치우는 거구나.

이번에는 나도 잡아먹을 작정이고.

그렇게는 안 되지.

제거되기 전에 내가 먼저 제거하겠어.

레이코는 테이블 위에 놓인 칼에 손을 뻗었다.

레이코는 움켜쥔 칼로 일단 동생의 목을 그었다.

피가 분수처럼 뿜어져 나왔다. 방이 순식간에 쇳내로 뒤덮였다.

······아아, 이거. 뭐더라, 이 냄새. ······아아, 그렇다. 그 냄새다. 생리할 때 나는 냄새. 동생이 질색했던 그 냄새. "냄새나서 죽겠네." 내가 생리를 하면 동생은 대놓고 그런 소리를 했다. 그리고 이렇게 냄새나는 화장실은 쓰기 싫다며 전용 화장실을 만들어달라고 했다. 최신식 비데가 달린 화장실. ······결국은 나를

제외하고 가족 모두가 그 화장실을 사용했다. 나만 원래부터 집에 있던 오래된 화장실을 사용했다. 나중에는 어머니까지 이런 소리를 했다.

"레이코의 생리는 좀 이상해. 나도 저렇지는 않은데. 매번 속옷이랑 시트를 더럽히잖아. ……그리고 확실히 냄새가 심해."

뭐라고? 같은 여자면서 왜 그런 소리를 해? 안 그래도 생리할 때마다 아프고 컨디션이 안 좋아서 힘든데 가족들까지 냄새 난다고 난리를 치다니.

역시 이것들은 가짜다.

레이코는 칼을 고쳐 잡고 마구잡이로 휘둘렀다. 이번에는 어머니의 얼굴을 벤 듯했다.

"꺄아아아아아악."

급제동을 건 화물열차 같은 비명이 방에 울려 퍼졌다.

레이코는 그 비명을 막듯 어머니의 입을 칼로 그었다. 재미있을 만큼 입이 쭉쭉 찢어졌다. 피부는 이렇게 쉽게 찢어지는구나.

뭐야, 완전히 빨간 마스크잖아. ……그렇구나. 당신의 정체는 이거였군. 역시 가짜였어. 어머니의 가죽을 뒤집어쓴 가짜였어!

"레이코, 그만해!"

뒤에서 아버지가 말렸다. 하지만 가냘프고 벌벌 떨리는 목소리라 레이코를 제지할 만한 힘은 없었다.

"부탁이야, 그만해, 그만……!"

진짜 아버지라면 이렇게 겁먹지 않겠지. 진짜 우리 아버지라면 아버지답게 위엄있는 태도와 목소리로 날 말릴 거야. 그런데 이 꼬락서니는 뭐야? 추하네. ……잠깐, 뭐야. 오줌을 지렸어? 꼴사납다. 이런 상황에서 오줌을 지리다니. 진짜 우리 아버지라면 이렇게 수치스러운 짓은 하지 않아.

난 아버지를 아주 좋아했어. 어릴 적에는 아버지와 결혼하겠다는 말도 자주 했지. 거짓말이 아니었어. 정말로 아버지를 아주 좋아했다고. 다정한 아버지, 강한 아버지, 조금은 무서운 아버지. ……하지만 그런 아버지는 이제 없다. 지금 눈앞에 주저앉아 오줌을 지린 이건 가짜 아버지다. ……야, 진짜 우리 아버지는 어디 갔어? 아버지를 돌려줘, 아버지를!

"레이코, 레이코, 레이코!"

내 이름을 함부로 부르지 마!

"레이코, 레이코, 레이코!"

그렇게 한심한 눈으로 날 바라보지 마! 이 가짜야!

레이코는 칼로 아버지의 오른쪽 눈을 찔렀다.

……자, 이걸로 가짜를 전부 해치웠다.

해냈어. 내가 해낸 거야! 정의는 승리한다!

……아.

한 명 더 있었다.

소파 구석에서 덜덜 떨고 있는 이름 모를 여자. 동생의 약혼자라는 짜증 나는 여자.

"형님, ······이러지 마세요······ 부탁이에요······ 저는 아무 상관도 없잖아요······ 비밀로 할게요, 이 일은 아무에게도 말하지 않을게요······ 그러니까······."

시끄러워, 이 멍청한 년아!

너도 가짜인 주제에, 가짜인 주제에, 가짜인 주제에.

*

코를 찌르는 악취에 레이코는 퍼뜩 정신을 차렸다.

숨 막힐 듯한 피 냄새. 반쯤 상한 생간과 녹슨 철을 밀폐용기에 같이 넣고 며칠 방치한 후, 뚜껑을 열면 이렇게 강렬한 악취가 풍길까.

······그렇게 표현한 건 동생이었다. 레이코가 사용하고 나서 버린 생리대를 동생이 위생용품 수거함에서 발견했을 때였다.

"진짜 최고로 지독한 냄새였어. 그게 여태 트라우마로 남아 있다니까." 동생은 툭하면 피해자인 양 그런 소리를 했다. 하지만 이쪽이 훨씬 트라우마다. 사용한 생리대를 남이 본 것도 모자라 냄새가 지독하다느니 트라우마라니 그딴 욕을 먹었으니까.

욕을 먹을 때마다 살의가 조금씩 쌓였다. 이대로 가다가는 언젠가 동생을 죽일지도 모른다. ······아니, 죽여버렸나?

레이코는 그 악취가 바로 근처에서 난다는 사실을 알아차렸다.

어쩐지 상태가 이상했다. 둔한 통증이 온몸을 뒤덮었다. 그리고 오른손이 어쩐지 미지근했다. 뭣 때문인지 확인하고 싶었지만 시야가 몹시 좁고 어두웠다.

레이코는 머뭇머뭇 오른손을 눈앞으로 쳐들었다.

피.

……피다.

왜? 역시 내가…….

그때 요란한 소리가 귀를 때렸다. 자명종 알람 소리?

동시에 시야가 갑자기 트였다.

"아, 이런."

레이코는 그 순간 모든 것을 이해했다.

이불을 천천히 걷자 아니나 다를까 시트가 새빨갛게 물들어 있었다.

생리가 왔다.

레이코는 더러워진 잠옷, 속옷, 침대 시트를 빨면서 어제 있었던 일을 멍하니 생각했다.

결국은 본가를 방문하지 않았다. 집 앞까지는 갔지만 옆집 아줌마를 만나서 단념했다.

아줌마가 그랬다.

"지금 동생이랑 결혼할 사람이 와 있어."

그 말을 들었을 때 자신은 그 집에 있어서는 안 되는 인간이

12장 궁지에 몰려서

라는 걸 이해했다.

"지금 사는 집을 철거하고 2세대 주택으로 다시 지을 거래."

못 들었다. 그런 말은 한 번도 못 들었다. ······아아, 역시 더는 이 집 사람으로 여기지 않는 거구나.

"레이코, 그래서 집을 나간 거지?" 아줌마가 노골적으로 동정하는 시선을 던졌다. "레이코도 좋은 사람을 만나야."

레이코는 그 말이 끝나기도 전에 뛰어갔다.

아줌마가 데리고 나온 치와와가 다시는 오지 말라는 듯 짖었다. 다시는 이 집에 돌아오지 않는 편이 낫다는 충고로 들리기도 했다.

레이코는 그 충고에 따르듯 달렸다. 달리고, 달리고, 또 달렸다. 그리고 어떻게 집에 돌아왔는지는 잘 기억나지 않는다.

"아아, 그렇구나. 술을······."

얼마나 달렸을까. 작은 간판이 눈에 들어왔다. 무슨 식당이라고 적힌 그 간판을 보자 몹시 갈증이 났다. 마치 목이 타오르는 것 같았다. 뭔가 마시고 싶었다. 그리고 가게에 붙여놓은 차림표를 모조리 주문하는 거다.

계산할 때 만 엔인지 2만 엔인지가 나온 걸 본 후, 필름이 끊겼다.

"아아, 내가 무슨 짓을."

빨래를 멈추고 허둥지둥 가방을 뒤졌다. 지갑을 꺼내서 확인하자 아니나 다를까 지폐는 한 장도 없었다.

있는 거라고는 구깃구깃 뭉쳐진 영수증뿐. 꺼내서 펼치니 동전이 나왔다. 어느 택시 회사의 영수증으로, 19,530엔이라는 숫자가 찍혀 있었다. 분명 마지막 2만 엔으로 택시비를 내고 거스름돈을 영수증과 함께 지갑에 처박은 것이리라.

"아아, 맙소사. ……대체 무슨 짓을."

그게 마지막 돈이었는데. 터무니없이 다 써버렸다!

"아아. ……미쳤네."

돈을 받아내러 갔다가 오히려 돈을 다 쓰고 오다니!

"아아, 젠장. 내가 미쳤지, 미쳤어……."

만사 끝장났다는 말은 이럴 때 쓰는 것이리라. 법률 사무소에 낼 돈은커녕 당장 필요한 생활비도 없다. 요전에 마감한 일러스트의 작업비가 입금되는 건 두 달 후.

다시 본가에 가서 머리를 조아릴까?

안 된다. 이번에야말로 죽여버릴 것 같다. 아까 꿨던 꿈처럼 모두 죽일 것만 같았다.

……차라리 죽여버릴까?

그렇다. 어쨌거나 그 집에는 현금이 있다. 알뜰한 어머니는 생활비를 아껴서 쌈짓돈을 숨겨놨다. 아버지는 아버지대로 비상금을 가지고 있다. 동생도. ……아니, 그들의 지갑에서 카드를 빼내는 게 제일 손쉬운 방법이다. 비밀번호는 짐작이 간다. 아니면 통장과 도장을 가져오면 된다.

그런데 뒤처리는? 시체는 어떻게 하지? 그대로 놔두면 바로 꼬리가 잡힌다. 순식간에 체포될 것이다. 그럼 본전도 못 찾는다. 오부치의 재심을 청구하기는커녕 나 자신이 재판을 받고 사형을 선고받는다. 그건 안 된다. 절대로 안 된다. ……그럼 어쩌지? 어떻게 돈을?

……그렇지. 시체는 처리하면 된다. 토막 내고, 자르고, 썰고, 갈고…….

……시체를 해체하는 건 그렇게 어려운 일이 아니라고 무슨 책에서 읽었다. 아마추어는 물론 여자 혼자서도 할 수 있다고 했다. 실제로 여자 혼자 시체를 토막 낸 사건이 있었다. ……하지만 금방 범인이 밝혀져서 체포됐다.

방법이 시원찮았던 탓이다. 더 작게 토막 내야 한다. 자르고 썰고 갈아야 한다.

해체한 후에는 변기에 흘려보낸다. 아니면 음식물 쓰레기에 섞어서 조금씩 버리든지. 하여튼 증거를 없애면 사건은 발각되지 않는다. ……하지만 머리는? 머리를 산산이 조각 내기는 어렵다고 들었다. 그래서 토막 살인 사건이 발각됐을 때, 머리는 그대로 발견되는 사례가 많다고. ……그럼 머리는 콘크리트로 굳혀서 바다나 산에 버리면 되지 않을까? 그러고 보니 근처에 맨션 공사 현장이 있다. 아직 공터니까 거기 묻어버리면.

"나도 참, 무슨 생각을."

스스로 생각하기에도 섬뜩해서 레이코는 몸을 부르르 떨며 시선을 들었다. 거울에 난생처음 보는 무시무시한 얼굴이 비쳤었다면 과연 어떻게 됐을까.

……틀림없이 아까 꿨던 꿈처럼 됐으리라. 방금도 가족을 죽이고 돈을 빼앗는 계획에 반쯤 황홀한 기분으로 빠져 있지 않았던가.

아아아.

아아아아아아아!

그 후 레이코는 심한 죄책감과 지독한 생리통에 시달려 꼼짝도 하지 못했다.

빨래도 도중에 내팽개치고 새우처럼 웅크린 자세로 방바닥에 누웠다.

얼마나 그러고 있었을까.

문득 정신을 차리자 스마트폰이 울리고 있었다.

레이코는 현관 앞에 놔둔 가방을 향해 연체동물처럼 방바닥을 기어갔다. 스마트폰을 꺼내서 확인하자 모르는 번호였다.

그냥 무시할까 싶었지만 어쩐지 찜찜해서 통화 버튼을 눌렀다. 그러자 남자 목소리가 들렸다.

"아, 여보세요. 도도로키쇼보의 하시모토라고 합니다."

"……도도로키?" 한순간 무슨 소리인지 이해하지 못했지만, 남자 목소리는 들어본 기억이 났다. 신경에 거슬리는 빠른 말투. 이쪽이 말을 끝내기도 전에 자꾸 자기 할 말을 꺼내놓는 무신경한 태도.

다. ……마치 노파 귀신으로 분장한 것처럼 얼굴이 기미로 가득했다.

"……아아, 내가 무슨 생각을!"

레이코는 머리를 세차게 내저으며 생각했다.

인간은 궁지에 몰리면 뭐든지 한다. ……괴물이 된다.

옛날에 파친코 게임비를 구하기 위해 할머니를 죽이고 몇천 엔을 빼앗은 남자의 재판을 방청한 적 있었다. 고작 몇천 엔 때문에 왜? 그때는 의아했지만 그럴 수도 있다. 이제는 안다.

인간은 궁지에 몰리면 바로 눈앞의 일만 생각한다. 그런 짓을 하면 얼마나 많은 걸 잃을지 고민할 여유를 잃는다. 공포에 휩싸이면서도 욕망이 시키는 대로 아주 간단하게 잔혹하고 어리석은 짓을 저지르는 것이 인간이라는 생물이다.

오부치 히데유키와 아오타 사야코도 분명 그런 심경에 빠졌던 것이리라.

궁지에 몰린 끝에 그런 사건을 일으킨 걸까.

그럼 대체 뭐가 두 사람을 그렇게 몰아붙인 걸까? 두 사람을 그렇듯 끔찍한 범죄로 이끈 원흉은……?

간단하다. 바로 돈이다. 재판에서도 '돈' 이야기가 많이 나왔다.

두 사람은 돈에 쪼들렸다. 그래서 돈을 뜯으러 사야코의 본가를 찾아간 것이 틀림없다.

그래, 어제의 자신처럼.

나는 다행히도 그러기 직전에 발걸음을 돌렸다. 현관문을 열

"아아, 도도로키쇼보의."

"네, 그렇습니다. 하시모토예요. 지난번에는 인터뷰에 응해주셔서 감사했습니다."

"……아니에요."

"늦었습니다만 어제 사례금을 입금했으니 확인 부탁드립니다."

"사례금?" 아아, 그러고 보니 인터뷰할 때 계좌번호를 물어봤지 참.

"네. 인터뷰에 응해주신 답례로, 약소하지만 10만 엔을 입금했습니다."

"10만 엔……." 그렇게나 많이?

"아, 죄송합니다. 너무 적었나요?"

"……아니요."

"다행입니다. ……그와 관련해 영수증을 받고 싶어서요."

"영수증?"

"실은 그 돈, 제 사비로 드린 겁니다."

"사비?"

"아, 하지만 결재가 나서 취재비로 올릴 수 있거든요. 그래서 영수증을 받을 수 없을까 해서요."

"……정확히 언제 입금하셨는데요?"

"그러니까, 어제요."

어제? 그렇다면 에이코가 돈을 빼낸 후다.

"앗, 알았어요." 레이코는 들뜬 목소리로 대답했다. "입금된 걸 확인하면 바로 써드릴게요."

"감사합니다."

"아니요, 저야말로." 아아, 살았다. 10만 엔이 있으면 당분간은 버틸 수 있다.

"……그런데 오부치 히데유키와 옥중 결혼하셨죠?"

"네, 뭐."

"참 뻔뻔한 줄은 입니다만, 한 번 더 인터뷰를 부탁드릴 수 있을까요?"

"네?"

"어떤 경위로 옥중 결혼을 하셨느냐에 대해서요. 그리고 현재 심경도 궁금하네요."

"……경위? ……심경?"

"가능하면 오부치 히데유키의 근황도 들려주셨으면 하고요."

"……오부치의 근황?"

"재심 청구를 하실 거죠?"

"네, 뭐."

"재심을 청구하실 정도니까 뭔가 승산이 있으신 게 아닐까 싶어서요."

"……승산."

"승산이 없는데 재심을 청구하지는 않으시겠죠?"

"네, 맞아요. 오부치 히데유키는 무죄입니다. 그 사람은 사건에 휘말렸을 뿐이에요. 오히려 피해자라고요."

"그걸 증명할 만한 유력한 증거가 있다든가?"

"……증거?"

"네, 그렇습니다. 증거요."

스스로 말했던 것처럼 정말로 뻔뻔한 남자다. 전화로 중대한 증언을 얻으려 한다. 영수증 운운은 분명 핑계이리라. 오부치 히데유키의 근황과 심정을 알아내는 게 진짜 목적이다.

"전화로는 말씀드릴 수가."

"그럼 만나주시겠습니까? 그리고." 남자가 말허리를 끊고 끼어들었다.

"250만 엔을 주신다면." 그래서 레이코도 말허리를 끊고 대답했다.

스스로도 놀랐다. 250만 엔. 이렇게 터무니없는 액수가 바로 입에서 튀어나오다니. ……250만 엔. 바로 주말까지 법률 사무소에 지불해야 하는 착수금과 똑같은 금액이다. 그 돈을 딱 한 번 만나본 남자에게 요구했다. 스스로 생각하기에도 참 대담했다. 이래서는 몸값을 요구하는 유괴범이나 마찬가지다.

심장이 미친 듯이 뛰었다.

한편 전화 저편에서는 남자의 거친 숨소리가 들렸다.

답답한 침묵만 흘러서 더는 견딜 수가 없었다.

에이, 아니에요. 농담이었어요. 그렇게 말하려는 순간.

"알겠습니다. 250만 엔, 드리겠습니다. ……인터뷰에 응해주신다면요."

정말로? 250만 엔인데? 그렇게 큰돈을 써도 괜찮겠어?

"대신에 독점 인터뷰인 겁니다?"

"네?"

"다른 회사에서 인터뷰를 요청해도 거절하겠다고 약속하신다면 250만 엔을 드리겠습니다."

"……네, 알겠어요. 하지만." 과연 다른 회사에서 인터뷰를 요청할까.

"아니면 혹시 다른 회사에서 이미 접촉이?"

"네? ……아니요."

"다행이다. 저희가 1등이로군요."

"……?"

"분명 앞으로 인터뷰 요청이 쇄도할 겁니다."

"……?"

"오부치 히데유키가 교도소에서 미디어에 편지를 보내고 있거든요. 재심을 청구하는 취지와 연락처로 당신 전화번호를 적어서요. 저희 회사에도 왔습니다. 그래서 서둘러 연락드린 겁니다."

"저희 남편이요?"

"네. 변호사 마쓰카와 린코를 통해 미디어에 보냈습니다."

"네?" 마쓰카와 린코 변호사를 통해? 하지만 착수금은 아직……. 그렇구나. 즉, 이제 취소는 못 한다는 뜻인가. 아니면 착수금을 얼른 지불하라고 압박하는 건지도 모른다. 이미 오부치 히데유키를 위해 일하기 시작했으니 무를 수는 없다고.

"그나저나 그 남자는 참 관심병자로군요. 한번 튀어보려는 습성이 어마어마해요. ……그가 배우를 지망했다는 건 아십니까?"

"……."

"물론 아시겠죠. 어쨌거나 당신은 그 남자의 아내니까요."

"……."

"아아, 죄송합니다. 이야기가 엇나갔네요. 그럼 내일 당장 시간을 내주실 수 있으실까요?"

"내일?"

"250만 엔은 반드시 입금하겠습니다."

그렇게 말하는데 어떻게 거절하겠는가.

"네, 알았어요. ……내일 몇 시요? 장소는?"

"내일 오후 3시는 어떠신가요? 장소는…… 빨간 지붕 집."

"빨간 지붕 집? 혹시?"

"네, 맞습니다. 사건 현장요."

"……."

"싫으십니까?"

"그건 아닌데…… 왜 거기서?"

"뭐, 말하자면 이것도 기획의 일부라서요. 사건 현장에서 사건에 관해 이야기한다. ……아니 뭐, 고상하지 못하다는 건 잘

12장 궁지에 몰려서

압니다. 하지만 독자는 그런 걸 좋아하거든요. 천박하다느니 악취미라느니 비난하지만 그런 기사일수록 잘 팔린답니다."

"……."

"부디 빨간 지붕 집에서."

"그런데…… 들어갈 수 있나요?"

"네. 그건 걱정하지 마십시오. 그 집을 관리하는 분께 이미 허가를 받았으니까요."

"……."

"내일 오후 3시에 그 집 앞에서 기다리겠습니다."

"……."

"250만 엔은 지금 당장이라도 입금하겠습니다."

남자는 '250만 엔'이라는 부분을 얄밉게 강조했다.

그 돈을 먼저 요구한 건 이쪽이다. 하지만 어느덧 상대가 비장의 카드처럼 사용하고 있다. 아아, 역시 산전수전 다 겪은 미디어 사람에게는 못 당한다.

레이코는 단념했다는 듯 질문을 꺼냈다.

"……저기, 그 여자도 오나요?"

"그 여자라니요?"

"……어, 그러니까 저한테 전화로 인터뷰했던 여자요."

"아아, 물론 데려갈 겁니다. 이번 기획에는 그 사람이 꼭 필요하니까요."

그 사람이…… 꼭 필요하다? 역시 그 여자는 아오타 사야코!

레이코는 스마트폰을 꽉 움켜쥐고 혀 안쪽에 힘을 주었다.
"그 여자는 왜 이번 기획을?"
"아아. ……그건 대외비라서요."
"대외비?"
"그건 역시 과한 표현인가. 그 사람, 실은 햇병아리 소설가예요. 다행히 데뷔는 했지만 그 뒤로 활약이 저조했죠. 그래서 이번에 심기일전해서 실제 사건을 바탕으로 집필에 도전한 겁니다."
"그럼 왜 이 사건을? 그 밖에 다른 사건도 많을 텐데요?"
"그게 실은. ……이번 기획은 그 사람이 제안한 거예요."
"그 여자가…… 제안을?"
"어쩐지 이 사건에 '인연'을 느낀다나."
"인연?"
"그 사람, 아오타 사야코와 동갑이래요."
"……."
"게다가 아오타 사야코와 닮았다는 말도 들어봤다는군요. 그래서 사건 당시 아오타 사야코의 사진을 구해서 살펴보니 확실히 닮았더랍니다. ……그래서 흥미를 품은 모양이에요."

남자는 **빠**른 말투로 떠들어댔다. 뭔가 거짓말을 얼버무리기 위한 변명처럼 들리기도 했다.

"저기, 얼핏 얻어들었는데요." 레이코는 바짝 마른 입술을 핥았다. "……아오타 사야코는."

"네? 뭐라고요? 잘 안들리는데요?"

"아오타 사야코는." 출소했죠? 그 소설가가 바로 아오타 사야코죠?

하지만 레이코의 말은 통화 중 대기음에 지워졌다.

"아아, 전화가 왔군요. 분명 다른 회사일 겁니다. ……부디 거절해주십시오. 부탁드립니다."

13장　　　　　언덕 위의 빨간 지붕

하시모토 말처럼 그 후로 스마트폰에 불이 났다. 레이코는 전화에 대응하면서 어제 하루를 다 보냈다.
오늘도 한 시간이 멀다 하고 모르는 번호로 전화가 왔다.
방금도 무슨 인터넷 신문과 통화했다.
"아무것도 대답해드릴 수 없습니다."
레이코는 마치 정형문처럼 대답하고 전화를 끊었다. 그리고 스마트폰 전원을 껐다.
M다니역 개찰구를 빠져나온 참이었다.
이 역에서 내린 건 처음이었다.
마루노우치선의 일등지에 있는 지하철역이지만 랜드마크나 커다란 상업시설이 있는 것도 아니라서 볼일이라도 있지 않고서는 내릴 기회가 거의 없는 역이다. 그래서 인지도도 낮다.

하지만 역 앞은 나름 붐볐다. 오후 3시라는 시간 때문인지 대부분 교복 차림의 어린애들이었다. 다들 예의가 바르게 행동하는 걸 보면, 유명한 초등학교가 근처에 있는지도 모른다.

"아아, 혹시 아오타 사야코가 떨어졌다는 초등학교?"

스마트폰으로 확인해볼까 싶었지만 방금 전원을 껐다. 전원을 켜면 또 귀찮은 전화가 걸려오리라. 레이코는 단념하고 걸음을 옮겼다.

빨간 지붕 집까지 가는 길은 머릿속에 넣어두었다. 인터넷 지도를 보면서 몇 번이고 길을 따라갔다. 처음으로 그랬던 건 오부치 히데유키의 재판을 방청했을 때다. 그 전날, 사건 내용을 예습하려고 사건 현장을 인터넷으로 검색해보았다. 그 후로도 툭하면 지도상에서 빨간 지붕 집을 찾아갔다. 그러면서 이 동네의 변천사도 목격했다. 작은 주택이 철거되고, 재개발이 진행되고, 높은 맨션이 들어서고……. 도시부에 자리한 동네의 흔한 변천사다.

하지만 역 앞만 그럴 뿐 조금만 안쪽으로 들어가면 크게 개발된 곳은 없다. 큼지막한 집이 아담한 맨션으로 바뀌는 정도다.

역 앞 일대를 제외하면 이 동네는 대부분 저층 주거 전용 지역이다. 분명 그 영향이리라. 조그마한 맨션조차 지으려고 하면 대규모 반대 운동이 일어날 듯한 지역색. 외지인을 쉽사리 받아들이지 않으려는 완고함이 느껴진다. 도시부치고는 보기 드

물게 토착성이 강한 곳이다.

그래서인지도 모른다. 빨간 지붕 집은 지난 18년간, 철거되지 않고 똑같은 모습으로 쭉 그 자리에 머물러 있는 듯했다. 최신 거리뷰로 확인해보았는데, 변함없이 사건 당시의 모습으로 떡하니 자리 잡고 있었다.

설마 정말로 이곳에 오게 될 줄이야.
레이코는 어깨가 살짝 떨렸다.
지도상으로는 몇백 번, 아니 몇천 번 오간 동네지만 실제로 발을 들여놓을 기분은 들지 않았다. 가려고만 하면 언제든지 갈 수 있는데. ……어째선지 몸이 거부했다. 아니, 동네가 레이코를 거부했는지도 모른다.
아무튼 평생 올 일이 없을 줄 알았던 동네에 레이코는 마침내 발을 들여놓았다.
이제 돌이킬 수 없다.
레이코는 교차로에서 걸음을 멈췄다.
저 맞은편. 저 맞은편 언덕 위에 빨간 지붕 집이 있다.
레이코는 땀이 밴 손으로 가방 손잡이를 꽉 움켜쥐었다.

*

지도로 볼 때는 몰랐는데, 실제 언덕은 꽤 가팔랐다. 그리고 길었다.

숨을 헉헉대며 걸음을 옮기는데 언덕 위에 사람이 보였다.

이쪽에 대고 손을 하늘하늘 흔들었다.

아오타 사야코?

그렇게 생각한 순간, 누가 발목을 붙잡은 것처럼 다리가 굳어버렸다. 그리고 '도망쳐'라는 목소리가 들린 것 같았다.

그 지시에 따르려고 다리에 힘을 준 순간, 레이코는 그 자리에 넘어졌다.

"괜찮으세요?"

여자가 달려왔다.

오지 마. 괜찮아. 나 혼자 일어설 수 있어.

"괜찮으세요?"

여자가 하얀 손을 뻗었다.

괜찮다고 하잖아! 성가시니까 쓸데없이 참견하지 마!

속으로 그렇게 거부하면서도 레이코는 "감사합니다······" 하며 그 손을 잡았다. 머쓱한 기분이었다.

비틀비틀 일어서는데 갑자기 좋은 냄새가 났다. 달콤하고 약간 관능적인 냄새.

향수?

맞다, 향수다. ······그것도 남자를 유혹할 때 뿌리는 향수다.

시선을 주자 여자가 끼 부리는 듯한 웃음을 지었다.

쳇. 일하러 나오면서 향수라니 뭐야? 상식이 없어도 너무 없네. 대체 뭐 때문에?

……설마 이 여자, 내게 대항하기 위해? 오부치 히데유키의 아내인 내게.

여자가 바로 그렇다는 것처럼 눈을 반짝이며 말했다.

"이 언덕, 포석을 깐 건 좋은데 군데군데 돌이 깨졌어요. 옛날부터 그랬죠. 정말 위험하다니까요."

옛날부터? ……아아, 역시 이 사람은 아오타 사야코.

"정말 괜찮으세요? 다치지는 않으셨나요?"

"네, 괜찮아요. 살짝 까졌을 뿐이에요."

"아, 스타킹."

여자의 시선이 레이코의 오른쪽 무릎에 멈췄다. "스타킹, 올이 나갔네요."

정말이다. 승부를 위해 1000엔이나 주고 산 스타킹. ……그런데 대체 누구랑 승부하려는 걸까. 아오타 사야코와? 그렇다면 참으로 비참한 상황이다. 승부를 겨루기도 전에 올이 나간 데다 적에게 동정까지 받았으니까.

"스타킹 있는데, 갈아신으실래요?"

"네?"

"저도 스타킹 올이 자주 나가서요. 늘 한 켤레 더 가지고 다녀요."

남자들이 보면 준비성이 철저하다고 좋아하겠네.

"저도 가지고 왔어요." 레이코는 입에서 나오는 대로 말했다.

"그러니까 괜찮아요. 정말로 괜찮다고요."

"그러세요……? 하지만 피도 나는데요? 반창고 있으세요?"

아아, 정말 성가시게 구는 여자다. 이런 여자는 거절하면 할수록 끈질기게 달라붙는다. 레이코는 체념했다.

"……고마워요. 하나 주시겠어요?"

"물론이죠!" 여자는 활짝 웃으며 과장되게 고개를 끄덕였다. ……이겼다고 우쭐대듯이.

"그럼 일단 집으로 들어가실까요? 여기서는 좀 그러니까요."

"집."

"네. 저 빨간 지붕 집에."

"하지만."

"……역시 싫으세요?"

"그렇다기보다는."

"장소를 바꿀까요?"

네, 그러죠. 그렇게 대답하면 되겠지만, 그건 그것대로 어쩐지 자존심 상한다. ……대체 뭐에 자존심이 상하는지는 잘 모르겠지만, 어쨌든 이 여자에게 약한 모습을 보이고 싶지 않았다. 레이코는 시선을 획 들고 말했다.

"괜찮아요. 이번 기획은 사건 현장에서 인터뷰하는 거라고 들었으니까요."

"도도로키쇼보의 하시모토 씨에게?"

"네. ……그러고 보니 하시모토 씨는?"

주변을 둘러보았지만 어디에도 없었다. 집 안에 있나?

"오늘 하시모토 씨는 안 와요."

"네?"

"저 혼자예요."

"……그래요?"

"급한 볼일이 생겼대요."

급한 볼일? 이번 취재는 최우선 사항이 아니라는 건가?

"하시모토 씨는 원래 문예부 소속이거든요. 오늘 아침에 하시모토 씨가 담당하는 중진 작가가 갑자기 불러내서…… 골프를 치러 갔어요."

"골프……."

"그 작가가 갑자기 골프를 치고 싶다고 했대요. 그래서 각 출판사의 담당자가 소집된 모양이더라고요."

"한마디로 출판사 사람들을 쥐락펴락하다니…… 작가는 굉장하네요."

"네. 하지만 그렇게 마음대로 굴 수 있는 건 일부…… 그야말로 한 줌뿐이죠. 저같이 하잘것없는 작가는 마음대로 굴기는커녕 올바른 말을 해도 들어주지 않아요. 그저 오로지 담당자의 요구에 따를 뿐이죠. 아무리 불합리한 요구라도 거절은 못 해요. 하지만 언젠가는 그런 관계를 뒤집고 싶네요. 어엿한 작가가 돼서 하다못해 대등한 대접을 받고 싶어요. 더 나아가 아침부터 각 담당자를 불러내는 횡포도 부려보고 싶고요."

"……꽤 야심가로군요."
"네. 이래 보여도 야심가랍니다."
여자가 방긋 웃었다.
"아아, 이런 곳에 서서 이야기하기도 뭐 하니까, 일단 집으로 들어가시죠."

*

집은 생각했던 것만큼 황폐하지 않았다.
"일단 관리는 하고 있거든요."
여자가 익숙한 손놀림으로 현관문 자물쇠를 풀면서 말했다.
관리한다고 해도 일찍이 살인 사건이 벌어졌던 곳이다. 레이코는 마음의 준비를 했다.
문이 조용히 열렸다.
레이코는 더 긴장했지만, 빈집 특유의 탁한 냄새는 전혀 나지 않았다. 공기도 맑았다. 어쩐지 생활감도 느껴졌다. '어서 오세요' 하며 안쪽에서 누군가가 나올 것만 같았다.
"빈집을 그대로 방치해놓으면 근처에서 민원을 제기하거든요. 한 달에 한 번은 환기와 청소를 하러 드나들어요."
"드나들다니? 누가요?"
"제가요."
"당신이?"

"뭐, 일단 들어오세요."

여자는 자기 집에 돌아온 것처럼 신발을 벗고 슬리퍼걸이에서 슬리퍼를 꺼냈다. 일단 자기가 신은 후, 슬리퍼를 한 켤레 더 꺼내서 현관턱에 내려놓았다.

"안심하세요. 사건 당시부터 있었던 슬리퍼는 아니니까. 지난달에 새로 산 거예요."

"……아, 고마워요. 그럼 실례하겠습니다."

슬리퍼뿐만이 아니었다. 벽지도 어쩐지 새것 느낌이고, 조명도 LED였다.

"작년에 리모델링했어요. 예산 문제로 현관홀과 거실밖에 못 했지만. 사건이 벌어진 곳만이라도 깨끗하게 바꾸려고요."

"사건이 벌어진 곳……."

"거실과 현관홀, 피투성이였거든요. 청소도 하지 않고 내내 방치된 상태라 리모델링 업자도 기겁했어요."

"저기…… 리모델링은 누가?"

"그러니까 저요."

"음…… 실례지만 왜 당신이 리모델링을?"

"그야 제집이니까요."

이건 본인이 아오타 사야코라고 자백한 셈이나 마찬가지다. 그런데…… 기억상실증이라고 하지 않았나?

어떻게 대답해야 좋을지 몰라서 망설이고 있으니.

"아무튼 들어오세요. 어서요."

여자가 어린 소녀처럼 손짓했다.

레이코는 이번에야말로 각오를 굳히고 신발을 벗었다.

"저어, 그러고 보니 성함은……."

레이코는 거실 소파에 조심스레 앉은 후 조용히 말을 꺼냈다.

"네? 제 이름요?"

"예전에 통화했을 때 성함을 못 들은 것 같아서요."

"어머, 그랬나요?"

여자가 허둥지둥 손가방을 끌어당겨 명함집을 꺼내더니 명함을 한 장 뽑았다.

"실례가 많았네요. ……오구라 사나라고 합니다."

여자는 그렇게 말하며 명함을 유리 테이블 위로 공손하게 밀어주었다.

'작가 오구라 사나.'

이건 필명일까. 아니면.

"……저기. 아까 여기가 본인 집이라고 했는데……."

레이코는 일단 제일 마음에 걸리던 점을 물어보았다.

"네. 제집이에요. 상속받았어요."

"왜요?"

"왜냐니…… 상속인이니까요."

"아오타 일가와는 어떤 관계죠?"

"관계? 저도 잘 몰라요. 어느 날 변호사라는 사람이 찾아와서 제가 이 집의 상속인이라고 하더군요."

"……잘 모른다니요?"

"아마 다른 친척들은 포기한 거겠죠. 그래서 저한테 순번이 돌아온 거 아니겠어요?"

"당신은 상속을 포기할 생각이 없었나요?"

"처음에는 포기할까 싶었죠. 이 집을 물려받은들 아무 득도 없으니까요. 살인 현장이잖아요? 팔고 싶어도 안 팔려요."

"그래도 여기는 야마노테선 안쪽의 고지대, 소위 일등지잖아요. 살인 현장이라고는 해도 원하는 사람이 있을 것 같은데요? 집을 철거하고 맨션을 짓고 싶다는 업자도요."

"확실히 그렇긴 하죠. 하지만 이 집에 문제가 좀 있어서요."

"문제? 살인 현장이라는 거요?"

"아니요, 그것과는 별개로. ……실은 여기가 유형 문화유산으로 등록돼 있거든요. 간토 대지진 직후에 지어진 역사적인 건조물이라나요. 그래서 살인이 벌어진 곳이라고 해도 함부로 철거할 수가 없어요."

"유형 문화유산이라고요?"

"네. 1999년에 등록됐다고 들었어요."

"1999년이면…… 사건이 벌어지기 한 해 전이로군요."

"아아, 그렇게 되네요. 유형 문화유산으로 등록된 건 좋은데, 이듬해에 그런 사건이 벌어지는 바람에. ……그 후로 쭉 방치된 상태였어요."

"그러다 당신이 상속했다?"

"네. 작년에요. ……물론 고민했죠. 찜찜한 사연이 담긴 데다 유형 문화유산. 철거도 못 하거니와 수선이나 보수 비용은 자비로 부담해야 해요. 완전히 짐이죠. 상속세와 고정자산세도 내야 하고요. 아무리 생각해도 손해지만, 어쩐지 마음에 걸리더라고요. 그래서 실제로 와봤더니…… 뭐라고도 형용할 수 없는 기분이 샘솟았어요. 여기에 살고 싶었죠. ……잘 설명할 수는 없지만 인연 같은 걸 느꼈답니다."

"인연이요?"

"뭐, 물론 원래는 친척 집이니까 당연히 무슨 인연이 있겠지만요. ……뭐랄까, 강하게 끌리는 느낌이었어요. 여기다, 여기 살아야 한다는 끌림. 여기에 살면 앞으로 나아갈 수 있을 것 같았죠."

"그게 무슨 뜻인가요?"

"저도 잘 모르겠어요. 다만 사고나 사건 같은 사연이 있는 집에 살면, 성공하는 경우가 있다고 들었거든요. 분명 그런 미신에 매달릴 만큼 마음이 약해졌던 거겠죠. ……다행히 데뷔는 했지만 다음 작품이 나올 낌새가 전혀 없거든요. 이제는 소설가라고 부르기도 민망할 지경이죠. 이만 때려치울까 고민하던 무렵에 이 집을 만났어요. 어쩌면 마지막 기회일지도 모른다는 생각이 들더군요. 무엇보다 머무를 곳이 생긴다는 이유에서 상속하기로 결심한 거예요."

"머무를 곳?"

"……저, 지금은 후견인 댁에서 지내고 있거든요."

"후견인?"

"네. 이른바 수양부모 같으신 분이죠. 진짜 부모님처럼 아주 친절하게 대해주셔서 '아버지, 어머니'라고 불러요. 살기는 편하지만 역시 제가 있을 곳은 아니라는 생각이……. 언제까지나 같이 살아도 된다고 말씀해주시지만, 그 말에 계속 기대면 안 될 것 같더라고요. 빨리 독립해야죠. 어쨌거나 나이도 나이니까요. 아무리 그래도 더 이상 새끼 캥거루처럼 살 수는 없다 싶었을 때, 여기를 상속하라는 이야기가 나온 거예요."

"상속세는 비싸지 않았나요?"

"뭐, 그럭저럭 나왔죠. 하지만 상금을 저금해놨거든요. 그 돈으로 냈어요."

"상금?"

"가와세미 신인상 상금이요."

"아아, 가와세미 신인상을 탔어요?"

가와세미 신인상은 순문학상이지만 상금이 꽤 높다. 무려 1000만 엔. 일확천금을 노리고 응모하는 사람도 많다. 레이코가 바로 그랬다. 레이코도 학창 시절에 딱 한 번 응모해봤다. 1차 예선도 통과하지 못했지만.

"상금 1000만 엔 말고도 책 인세가 꽤 들어왔죠."

"가와세미 신인상을 수상한 작품은 많이 찍는다고 들었어요.

신인의 데뷔작치고는 발행 부수가 파격적이라면서요?"

"네. 저도 초판은 3만 부였어요."

"3만 부! 요즘 같은 세상에 굉장하네요."

"게다가 세 번 증쇄해서…… 10만 부까지 갔었죠."

"10만 부나!"

"초심자의 행운이에요. 그런데 콧대가 너무 높아졌어요. 출판사에서 빨리 차기작을 내자고 재촉하는데도 스스로 받아들일 수 없는 작품은 내지 않겠다고 질질 미루는 사이에 글을 못 쓰게 됐죠. 간단히 말하면 재능이 고갈된 거예요. 참 한심한 이야기라니까요."

"그래도 데뷔작이 10만 부나니 굉장하네요."

엄청나다. 권당 1500엔에 인세 10퍼센트로 단순히 계산해도 1500만 엔.

"상금과 인세로 상속세를 냈어요. 남은 돈으로 리모델링하려고 했는데…… 현관과 거실에서 예산을 초과했죠. 이제 저금도 없어요. 결국 여태 여기에 못 살고 있으니 참 허탈하네요."

"왜 그렇게까지 하면서 여기에 연연하는 거죠?"

"글쎄요. 저도 잘 모르겠네요. 아까도 말씀드렸지만 이렇게 되면 '인연'이라고밖에……."

"인연……."

"그래도 이 집 아주 멋지지 않나요? 사건이 벌어지기 전만 해도 사람들이 '빨간 지붕 양옥집'으로 친근하게 느껴왔을 만

해요. 어쩐지 데이코쿠 호텔 구관을 연상시키는 디자인이잖아요?"

"······네, 뭐. 확실히 풍취가 느껴지는 멋진 양옥집이기는 해요. 어쩐지 동양적인 분위기도 나고······."

"그렇죠? 사건 현장 같지 않죠? 특히 이 거실의 개방감! 마치 동남아시아의 리조트 호텔 같잖아요?"

"네, 뭐, 확실히 ······경치도 멋지네요. 역시 고지대예요."

"그렇죠? 저도 이 경치가 마음에 들었어요. 저녁이 되면 더 멋지답니다! 도쿄 거리가 꼭두서니색으로 물들어요. ······상속세는 높았지만 이렇게 입지가 좋은 집을 매입하려면 1, 2억으로는 어림도 없겠죠. 10억은 할 거예요."

"······뭐, 확실히, 이 정도 집터라면 그만한 가치는······."

"아아, 빨리 여기 살고 싶네요. 빨리 인기작을 내서 이 집을 통째로 리모델링하는 게 목표예요."

"인기작? 이 집에서 일어난 그 사건을 소재로 삼은 책으로?"

"뭐, 그렇죠. ······비도덕적인가요?"

"글쎄요. 제가 뭐라고 할 문제는 아닌 것 같네요."

"기껏 이 집을 상속받았는걸요. 소재로 삼지 않는 건 오히려 이 집에 실례 아니겠어요? 그리고 저는 이 집 주인이었던 아오타 일가의 먼 친척에 해당하니까요. 쓸 권리랄까 의무가 있어요."

"먼 친척?"

"그것도 잘은 모르지만, 살해당한 아오타 씨의 부인과 저희 아버지가 먼 친척 관계인가 보더라고요."

여자가 문득 시선을 피했다. 레이코는 그 시선을 되돌리려는 듯이 질문을 계속했다.

"저기…… 그런데 부모님은?"

"부모님요? ……돌아가셨어요. 사고였다고 들었어요."

"사고?"

"저도 사고에 휘말렸지만 간신히 목숨을 건졌어요. ……저만 살아남은 거예요. 그래서 후견인에게 맡겨진 거고요. ……한동안은 정신이 불안정했어요. 저도 모르는 사이에 손목을 긋거나 해서 후견인에게 걱정을 많이 끼쳤답니다." 여자가 오른손으로 왼쪽 손목을 감췄다. "……아아, 죄송해요. 옛날 일은 기억이 모호해서 잘 생각이 안 나요. 실은 부모님에 대해서도 그렇고요. 정신을 차려보니 병원이었는데, 예전 기억이 싹 지워졌더라고요. 그래서 옛날 일은 잘 생각이 안 난답니다. ……죄송해요."

"아니요. 저야말로 꼬치꼬치 캐물어서 미안하네요."

"하하, 어쩐지 이상하네요. 입장이 바뀌었어요. 제가 인터뷰하는 쪽인데."

"……아아, 그러게요. 미안해요. 이것저것 많이 물어봤네요."

"아, 내 정신 좀 봐. 차도 안 내어드렸네." 여자가 자기 이야기는 이걸로 끝이라는 듯 손뼉을 짝 쳤다. "녹차 드릴까요? 아니면 커피?"

"아무거나요."

"그럼 녹차로 하죠. 도라야의 양갱을 사놨거든요. ……양갱은 좋아하세요?"

"네. 싫어하지는 않아요."

"다행이다. 잠시만 기다리세요."

여자가 탁, 탁, 하고 슬리퍼 소리를 내며 거실에서 나갔다. 그 모습이 시야에서 완전히 사라진 걸 확인한 후.

"아아, 역시."

레이코는 혼잣말을 했다.

"아오타 사야코가 틀림없어. 교도소에서 기억을 상실하고 후견인에게 맡겨진 거야. 그리고 가짜 기억이 새겨져서 자기가 아오타 사야코인 줄도 모른 채 이 집을 상속한 거지. 더 나아가 이 집에서 일어난 사건을 소재로 삼아 인기작을 내려고 해. ……아니면 어렴풋이 알아차린 걸까? 자기가 아오타 사야코라는 사실을."

"이런 칼을 사용해서 죄송하네요."

여자가 쑥스러워하며 흔해 빠진 부엌칼로 양갱을 솜씨 좋게 잘랐다.

"부엌은 아직 리모델링하지 않아서 주방용품도 제대로 갖춰 놓질 않았어요. ……앗, 안심하세요. 이건 집에서 가져온 거라 사건과는 아무 상관도 없으니까요."

여자는 잘라낸 양갱을 종이 접시에 담았다. 그리고 플라스틱 포크를 곁들여 레이코 앞에 놓았다.

"대접이 변변치 못해서 죄송합니다."

종이 접시와 플라스틱 포크. 그리고 종이컵에 따른 녹차. 어쩐지 소풍을 온 것 같았다.

"그럼 인터뷰를 시작할까요?"

여자…… 오구라 사나가 녹음기를 유리 테이블에 내려놓았다. 레이코는 입안을 헹구듯 차를 한 모금 마셨다.

"네, 그러죠."

"스즈키 씨가 오부치와 옥중 결혼하신 건."

"아, 결혼해서 성씨가 바뀌었으니까 '오부치'로 부탁할게요."

"아, 그랬죠. 죄송해요. ……하지만 그러면 좀 헷갈리니까 이름으로 불러도 괜찮을까요? 이름은."

"레이코예요. 예의의 '예'에 자식의 '자'를 써서 레이코."

"아아, 그랬죠. ……그럼 레이코 씨. 옥중 결혼 하신 건."

"4년 전이요."

"4년 전. 오부치의 사형이 확정되기 조금 전이네요."

"맞아요."

"어떤 경위로 결혼하시게 된 건가요?"

"재판을 방청할 기회가 있었거든요. 방청한 후 그에게 편지를 보냈어요."

"어째서요?"

"그야말로 '인연'을 느꼈기 때문이죠. 그에게 몹시 끌렸거든요."

"그렇군요. ……이른바 프리즌."

"프리즌 그루피(유명한 살인범이나 연쇄살인범에게 매력을 느껴 친분을 맺으려는 사람—옮긴이)라고 부르기도 하죠. 그럴지도 몰라요. 하지만 사랑이라는 건 변함없답니다."

"사랑이요? ……배우나 아이돌에게 열 올리는 팬의 심정 같은 걸까요?"

"그런 것과는 달라요. 뭐랄까."

"확실히 오부치에게는 사람을 끌어들이는 매력이 있으니까요. 레이코 씨 같은 신자가 생기는 것도 이해는 갑니다."

"신자하고도 달라요."

매섭게 말하자 오구라 사나가 한순간 주춤했다.

"아, 죄송해요. ……이야기를 바꾸겠습니다."

"네. 부탁할게요."

"현재 레이코 씨는 오부치의 아내이신데요. 아내로서 아오타 사야코를 어떻게 생각하시죠?"

"네?"

"따지고 보면 오부치는 아오타 사야코와 만난 걸 계기로 운명이 크게 바뀐 셈이에요. 어쩌면 사업가로 대성했을지도 모르는데, 현재는 교도소에 있죠. 사형당할 운명을 짊어진 채로요."

"곧 재심을 청구할 예정이에요. 꼭 사형이라는 미래가 기다리고 있는 건 아니라고요. 더구나 그는 무고해요. 나쁜 건 아오타 사야코인데."

"역시 아오타 사야코에게 좋은 감정은 없으신가 보군요."

"당연하죠. 당신 말마따나 오부치는 아오타 사야코 때문에 운명이 잔뜩 꼬였어요. 오부치는 사형수라는 오명을 썼는데, 그 여자는 무기징역. 게다가."

"게다가? 게다가 뭔가요?"

"아니요. 아무것도 아니에요. ……아무튼 용서할 수 없어요. 그 여자만큼은 용서 못 해요."

"그것뿐인가요?"

"네?"

"아오타 사야코를 '용서할 수 없는' 이유가 또 있는 것 아닌가요?"

"그게 무슨 말이죠?"

"……질투라든가."

"질투?"

"누가 살인을 주도했든 간에, 두 사람이 공동으로 범행을 저지른 건 틀림없는 사실이에요. 재판에서도 밝혀졌듯이 범행의 주된 동기는 아오타 씨 부부가 두 사람의 교제를 방해한 거고요. 즉, 오부치가 그만큼 사야코를 사랑했다는 뜻이죠."

"아니에요. 그건 아오타 사야코의 주장이잖아요? 오부치는 그렇게 주장하지 않았어요."

"확실히 그렇죠. 오부치는 어디까지나 '돈'이 동기였다고 주장했습니다."

"맞아요. 오부치는 아오타 사야코에게 돈을 요구했어요. 그 요구에 응하고자 아오타 사야코가 부모님을 살해할 계획을 세운 거고요."

"오부치의 주장이 맞는다면 참 너무한 인간이네요."

"뭐라고요? 오부치는 돈을 요구했을 뿐 부모를 죽이라고까지는 하지 않았어요. 그는 그저 말려들었을 뿐이에요. 그가 원했던 건 돈이지, 부모를 죽이는 게 아니었다고요."

"즉, 아오타 사요코는 그저 돈줄이었다?"

"그래요. 돈줄이죠. 결혼할 마음도 없었다고 했어요. 상냥한 표정만 지어주면 돈을 가져오는 고마운 존재였다고요."

"마치 호스트와 호스트에 미친 손님 같은 구도로군요."

"맞아요. 바로 그거예요! 오부치는 성적 향응을 제공해 돈을 번 것에 지나지 않아요. 그런데 아오타 사야코가 점점 진심이 된 거죠. ······아오타 사야코에게 죽을 뻔한 적도 있다고 들었어요. 헤어지자는 이야기를 꺼냈을 때요. 소중히 아꼈던 금붕어도 변기에 흘려보냈대요. ······무서운 여자예요. 그래서 어영부영 관계를 유지할 수밖에 없었죠. ······그래도 어떻게든 헤어지고 싶어서 현실적으로는 준비할 수 없는 돈을 요구한 거예요. 저쪽이 포기하고 떠나가기를 기대하는 마음으로요. 그런데 아오타 사야코가 그 요구를 진심으로 받아들여 자기 부모를 살해하고 이 집을 팔아치우려는 계획을 세운 거라고요."

"그건 오부치의 주장이잖아요? 그게 맞다는 건가요?"

"물론이죠. 그게 진실이에요."

"하지만 제가 취재한 내용은 약간 다른데요. 당시 두 사람을 알고 지냈던 사람에게 물어보니 입을 모아 이렇게 표현했어요. '정말 보기 드문 닭살 커플'이었다고요."

"닭살 커플?"

"네. 너무 알콩달콩해서 곁에서 보면 닭살이 돋을 정도였대요. 특히 오부치가 아오타 사야코에게 푹 빠졌고요. 아오타 사야코가 헤어지자는 이야기를 꺼내도 오부치가 받아들이지 않고 끈질기게 매달렸다. ……그런 증언을 수없이 얻었는데요."

"아니요. 다 거짓말이에요! 아오타 사야코는 그냥 돈줄이에요! 오부치에게 이용당했을 뿐이라고요!"

"이용? 이용당한 건 레이코 씨 아닌가요?"

"뭐? 무슨 헛소리야?"

"그러니까 이용당한 건 당신 아니냐고요?"

"정신 나갔어? 무슨 소린지 통 모르겠는데?"

"그럼 알기 쉽게 말씀드리죠. ……오부치에게는 협력자가 필요했고, 당신은 그 협력자로 선택됐을 뿐이에요."

"하나도 안 쉽잖아! 무슨 소린지 전혀 모르겠어!"

"진정하세요. 이제부터 자세히 설명할 테니."

"진정된 상태야. 난 흥분한 적 없다고!"

"알겠어요. ······일단 심호흡을 해보죠. 자, 천천히 숨을 내쉬고······."

"무슨 개수작이야? 집어치워. 돌아갈 거야!"

레이코는 소파에서 일어섰다.

하지만.

"돈 필요 없으세요?"

"뭐?"

"지금 돌아가시면 취재 협력비는 안 나오는데요?"

잠시 교착 상태가 이어졌다. 어쩐지 개구리와 뱀이 눈싸움을 벌이는 것 같다. 긴장된 분위기 속에서 문득 그런 생각이 떠올라 레이코의 어깨에서 힘이 빠졌다. 레이코는 조용히 소파에 앉았다.

"알았어요. 제 입으로 인터뷰에 응하겠다고 했으니 마무리는 하고 가야죠."

"감사합니다. 다행이네요. ······양갱 좀 더 잘라드릴까요?"

"아니요, 됐어요. 그것보다 빨리 진행하죠. 제가 협력자로 선택됐다니, 그게 무슨 말이에요?"

"그러니까 말이죠. 오부치의 목적은 단 하나. 뭘 어떻게 해서든 한 번 더 법정에 서는 겁니다."

"네, 그렇겠죠. 무죄 판결을 얻어내는 게 목적이니까."

"아니요, 그렇지 않아요. 그의 목적은 무죄 판결을 얻어내는 게 아니에요."

"네?"

"오부치의 목적은 단 하나. 아오타 사야코를 한 번 더 만나는 겁니다."

"뭐라고요?" 레이코가 다시 일어서자 눈앞의 여자가 만류했다.

"일단 끝까지 들어보세요. 부탁드립니다."

레이코는 떨리는 몸을 억지로 소파에 앉힌 후, 숨을 크게 들이마시고 말했다.

"아오타 사야코를 만나는 게 오부치의 진짜 목적이라고요? 뭐, 그럴 만도 하죠. 오부치에게 아오타 사야코는 증오해 마지않는 원수나 마찬가지니까. 한 번 더 만나서 욕을 퍼붓고 싶을 거예요. 그렇지 않고서는 설령 죽어도 눈을 제대로 못 감을 테니."

"그것도 아니에요."

"네?"

"오부치도 자신의 죄를 인정했을 거예요. 그러니까 사형 판결도 받아들였겠죠. 하지만 아쉬움을 떨치지 못했어요. 다시는 아오타 사야코와 만나지 못한다는 사실에."

"무슨 소리를 하는 거예요?"

"그러니까, 오부치는 여전히 아오타 사야코에게 미련을 품고 있다고요. 사랑하니까 사형당하기 전에 한 번만 더 만나고 싶은데, 그럴 방법은 재심밖에 없죠. 재심 법정에 아오타 사야코를 증인으로 불러내는 수밖에 없어요. 오부치는 아마도 그런 생각이겠죠."

"아마도?"

"네, 물론 이건 제 추측에 지나지 않아요. 하지만 틀림없을 겁니다. 아니면 재심 청구라는 허황된 짓을 할 리가 없어요. 그 사건은 오부치 히데유키가 주도해서 저지른 거니까요. 아오타 씨 부부에게서 사야코를 되찾기 위해 그가 일으킨 사건이에요. 휘말린 건 아오타 사야코입니다. 법원도 그렇게 받아들였으니까 오부치 히데유키에게 사형을, 아오타 사야코에게는 무기징역을 선고한 거고요."

"아니라고 했잖아! 아오타 사야코가 주도한 사건이야! 오부치가 말려든 거라고!"

"레이코 씨, 오부치 히데유키의 구슬림에 완전히 넘어가서……. 정신 차리세요. 당신은 오부치에게 이용당하고 있는 겁니다. 오부치는 당신을 사랑하지 않아요. 도구로 이용할 뿐이라고요."

"아니야, 아니야, 아니야!"

"당신도 어렴풋이 알아차린 거 아닌가요? 오부치가 진정으로 사랑하는 사람은 아오타 사야코뿐이라는 걸."

"아니야, 아니야, 아니야, 아니라고!"

"당신이 아무리 부정해도 진실은 하나예요. 오부치는 예나 지금이나 아오타 사야코에게만 집착해요. 오부치가 사랑하는 여자는 아오타 사야코뿐입니다. 그걸 받아들이세요."

"아니야, 아니라고 몇 번을 말해!"

"레이코 씨, 진정하세요. 일단 심호흡을."

아아, 이 여자가 무슨 소리를 하는 거지? 전혀 못 알아듣겠다.

오부치가 지금도 아오타 사야코를 사랑한다? 그런 소리를 하고 싶은 모양이지만, 완전히 잘못 짚었다. 오부치의 아내는 나다. 나야말로 오부치의 아내다. 그것만이 진실이다.

그렇다. 그 진실 말고는 모조리 거짓이다. 가짜다.

그리고 이 여자 역시 가짜다.

오구라 사나라는 이름으로 행세하지만, 실은 아오타 사야코.

아니, 그 아오타 사야코 또한 가짜가 틀림없다.

아오타 사야코의 가죽을 덮어쓰고 오부치 히데유키를 유혹해 범죄로 끌어들였다. 그 결과 오부치 히데유키는 사형 판결을 받았다.

용서할 수 없어, 용서할 수 없어, 용서 못 해!

네 정체를 감춘 가죽을 벗겨주마!

"뭐 하시는 거예요! 그만두세요."

여자가 뭐라고 소리를 질렀다.

뭐야? 뭘 그렇게 겁내? 가죽이 벗겨져서 가짜라는 사실이 드러나는 게 그렇게 싫어? 하지만 이미 늦었어. 절대 놓치지 않아. 벗겨주마, 그 가죽을. 그 가죽을! 그 지저분한 가죽을!

"그만해요! 하지 마! 아파, 으악! <u>끄으으으으으으</u>."

귀에 거슬리는 목소리가 드디어 잦아들었다.
레이코의 몸에서도 힘이 쭉 빠졌다.
"어?"
레이코는 그제야 제정신을 차렸다.
"뭐야 이게?"
피에 물든 얼굴이 발 옆에 널브러져 있었다.
손에서 뭔가가 쑥 빠져나가서 바닥에 떨어졌다.
부엌칼.
양갱을 자르기 위해 사용한 부엌칼.
하지만 부엌칼에 양갱을 자른 흔적은 남아 있지 않았다.
피, 지방, 그리고 살점뿐.

"왜? 어째서 이런 일이?"
레이코는 한 번 더 발 언저리를 보았다.
"앗, 스타킹 올이 나갔네. 아까 넘어졌을 때 그랬구나."
스타킹을 갈아신어야 한다.
하지만 다른 스타킹은 가져오지 않았다.
어쩌지.
레이코는 막막한 심정이었다.

14장   진상

"사야코. 왜? 왜 이러는 거니?"

어머니가 피범벅이 된 손으로 바닥을 짚으며 엉금엉금 달아났다.

하지만 바닥은 이미 피바다다. 마치 왁스를 엎지른 것처럼 미끌미끌해서 생각처럼 나아가지 못한다. 마치 벌칙을 받는 예능인을 보는 것 같았다.

"사야코, 사야코, 왜? ……어째서? 돈 때문이니? 돈을 주면 되겠어?"

어머니는 큰대자로 뻗은 끔찍한 시체를 용케 피하며 꼴사납게 목숨을 구걸했다.

끔찍한 시체는 사야코의 아버지다.

물으로 올라온 잉어처럼 빠끔 벌린 입은 침인지 위액인지 잘 모를 기분 나쁜 액체로 뒤덮여 있었다.

그 입은 몇 분 전까지만 해도 활발하게 움직였다. 짜증 나는 설교가 줄줄이 흘러나왔다.

"어른을, 세상을 얕보면 못 써. 둘 다 그렇게 만만치 않아"라는 등 "지금이라도 늦지 않았어. 새사람이 돼서 다시 시작하는 거야"라는 등 "계속 이러면 버젓한 어른이 못 돼. 자멸해. 틀림없이 자멸할 거다"라는 등 "치료해야 해. 너희는 마음을 치료할 필요가 있어"라는 등.

상상했던 대로라고 히데유키는 생각했다. 상상했던 바와 다를 바 없는 의사라고. 거만하게 떡 버티고 앉아 환자의 목숨을 좌우하는 진단 결과를 은근무례한 말투로 내뱉는다. 이런 유의 인간은 은연중에 자신들이 세상을 움직인다고 생각한다.

자신들이야말로 신이라고.

자선가나 성인으로 일컬어지는 의사일수록 그런 경향이 강하다는 걸 히데유키는 경험으로 알고 있었다. 남의 목숨을 구한다면서 결국은 자신의 욕구를 충족시킬 뿐이다. 아랫것들에게 자선을 베풂으로써 일종의 쾌감을 얻을 뿐이다.

오히려 돈을 밝히는 의사가 믿음직스럽다. 의료도 결국은 장사다. 계산기를 두드려야 한다. 그 사실을 감추지 않는 의사가 인간으로서 믿을 만하다.

눈앞에 큰대자로 뻗은 이 남자는 어느 쪽일지 히데유키는 생각해보았다.

둘 다 아니다. 전자도 후자도 되지 못한 어중간한 존재가 틀림없다.

넘쳐나는 '금전욕'을 교묘하게 감춘 채 '생명만큼 가치 있는 건 없다' '환자를 구하는 것이 의사의 사명'이라고 지껄이며 환자와 그 가족을 마구 휘두른다. 그러던 끝에 환자를 침대에 동여매고, 튜브를 주렁주렁 매달고, 치료비로 가족을 궁지에 몰아넣는다. 누가 봐도 살아 있는 시체로 변한 환자 앞에서도 직접 결단을 내리지는 않는다. 중요한 일은 전부 남에게 떠넘긴다.

'가족분들의 의사를 존중하겠습니다. 어떻게 할까요?'

그런 소리를 해서 가족을 더욱 괴롭힌다.

'안 되겠습니다. 더는 못 보겠네요! 제발 편안히 눈을 감게 해주십시오.'

가족이 결단을 내렸는데도.

'그래도 되겠습니까? 생명은 소중합니다. 생명만큼 소중한 건 없어요. 이 환자는 아직 살아 있단 말입니다.'

그런 소리를 하며 죽을 권리조차 빼앗는다. 그야말로 사신과 정반대의 존재다. 세상에서 제일 민폐를 끼치는 존재.

안타깝게도 그런 의사가 대다수를 점하는 것이 사실이다.

이 남자가 그런 의사의 대표격 아니겠느냐고 히데유키는 생각했다. 분명 세상에서는 '좋은 의사'라는 평판을 들으리라. 하지만 그 실체는 양심을 자극하는 선의의 말로 인간을 옭아매서

괴롭히기만 하는, 사신보다 못한 존재다.

그 피해자 중 한 명이 사야코다. 태어난 순간부터 '선의'의 말이 적힌 부적이 사야코의 온몸에 덕지덕지 붙여졌다. 그리고 선의의 말이 문신처럼 온몸에 새겨졌다.

부적을 붙인 건 아버지고, 문신을 새긴 건 어머니라고 사야코는 자주 푸념했다.

"아빠한테 매일같이 설교를 들었어. 그 설교가 부적처럼 내 몸에 덕지덕지 들러붙지. 그걸 떼어내려 하면 엄마가 등장해서 내 몸을 문지르며 중얼중얼 말해. 착하지, 착하지, 하고. 그리고 내 몸을 손톱으로 긁어서 뭔가를 새겨넣어. 죄수임을 표시하는 문신처럼. ……참을 수가 없었어. 부적을 붙이는 아빠도, 문신을 새기는 엄마도 실은 나쁜 짓을 하면서. 둘 다 바람을 피우거든. 아빠는 어느 룸살롱의 호스티스랑, 엄마는 우리 학교 선생님이랑. ……그렇게 못된 인간들이 나한테만 '착하게' 살라고 요구해. ……도저히 못 참겠어."

사야코는 아버지가 붙인 부적과 어머니가 새긴 문신을 없애려고 온갖 방법을 동원했다. 도둑질, 매춘, 낙태. 온갖 부정한 행위를 시도했다.

그 종착점이 이것이다. 큰대자로 뻗은 아버지의 시체다.

이 남자를 죽인 건 사야코다. 숨통을 끊은 건 히데유키지만 흐름상 그랬을 뿐, 살의를 품고 아버지를 먼저 칼로 찌른 건 사야코다. 히데유키는 그저 사야코를 구하고 싶어서 사야코에게 협력했을 뿐이다. 그렇게 해서 사야코의 살의가 가라앉는다면야.

하지만 사야코의 살의는 가라앉지 않았다. 아니, 도리어 살의의 불길이 더 힘차게 타올랐다.

사야코의 살의에 기름을 부은 건 어머니의 말이었다.

"돈 때문이니? 돈을 주면 되겠어?"

어머니가 아버지보다는 인간미 있다고 히데유키는 생각했다. 어지간한 일은 돈으로 해결할 수 있다고 여긴다. 올바른 견해지만 전부 다는 아니다. 돈으로 해결할 수 없는 일도 있다.

예를 들어 지금 같은 상황이라면 금전욕은 후순위로 밀리는 것이 인지상정이다.

사람을 죽였을 때 범인은 범행 은폐를 제일 먼저 생각한다. 범행 은폐가 가장 중요한 과제로 떠오른다. 그런 인간에게 '돈이 필요해? 돈이라면 얼마든지 줄게' 하고 말해봤자 쓸모없다. 쓸모없는 수준을 넘어서 '목격자를 없애야 한다'는 심리를 더욱 자극할 뿐이다. 돈으로 해결하고자 하는 인간은 반드시 뒤통수를 친다. 그러니까 이 자리에서 없애야 한다. ······그런 마음이 강해질 따름이다.

그런 의미에서 보면 어머니는 머리가 나쁘다. 멍청하다. ······ 사야코와 닮은 구석이 있다.

그렇다. 이 모녀는 닮았다. 몹시 닮았다. 너무 닮아서 사야코가 증오하는 것도 이해가 간다. 인간은 늘 자신의 나쁜 부분을 없애고 싶어 하는 법이다.

그러므로 사야코가 칼로 어머니의 목을 찔렀을 때 히데유키는 전혀 놀라지 않았다. 정말로 잔혹한 여자라며 무서워하지도 않았다. 어머니를 죽이는 건 자연스러운 결과라는 생각마저 들었다.

그렇다. 그 상황에서 히데유키는 그저 방관자에 지나지 않았다.

방관자에 불과했다.

*

"저기, 심부름 좀 해줄래?"

오부치 히데유키는 아크릴 칸막이 너머에 앉은 여자 변호사에게 명령하듯 말했다.

변호사가 오른쪽 눈썹을 치켜올렸다. 얼굴에 드러나는 성격이구나 싶었다. 이래서야 변호사 노릇을 제대로 할 수 있을까. 역시 세상 평판은 믿을 게 못 된다. 일솜씨가 뛰어나서가 아니라, 방송인으로서 인지도가 높아서 그런 평판을 얻은 것이리라.

"심부름 말이야. 사고 싶은 게 있어."

오부치 히데유키는 아주 불손한 태도로 접의자 등받이에 편하게 기대앉았다.

이번에는 변호사의 왼쪽 눈썹이 위로 올라갔다.

정말로 알기 쉽다.

"유의어 사전을 좀 사다 줘."

"유의어 사전?"

변호사가 차분히 눈썹을 원래 위치로 되돌렸다. "유의어 사전이라니…… 뜻이 서로 비슷한 말을 찾을 때 쓰는 사전이요?"

"그래. 국어사전은 있는데 유의어 사전이 없어서. 유의어 사전, 아주 편리하지 않아?"

"그런가요? 국어사전이 있으면 충분하지 않아요?"

"예를 들어 '방관자'라는 단어 있잖아?"

"방관자?"

"응. 멋진 말이지만 진부한 감도 들거든. 그래서 뜻이 비슷한 다른 말이 없나 찾아봤는데, 국어사전에 그것까지 실려 있지는 않더라고."

"확실히 국어사전은 그럴지도 모르겠네요."

"그렇지? 자, 방관자와 비슷한 말이 뭐가 있을까?"

"……글쎄요. 중립적이라든가?"

"중립적이라. 어쩐지 가벼운 느낌이로군. 그 밖에는?"

"그 밖에요? ……음."

"봐, 딱 떠오르질 않지?"

"그러네요."

"어휘력을 늘리려면 역시 유의어 사전이 있어야 해. 표현이 풍부해진다고 할까. 소설가는 국어사전보다 유의어 사전을 애용한다고 어디선가 들었어."

"소설가?"

"그래. 나도 소설을 쓰거든. 풍부한 어휘력이 필요해."

"……소설을 쓰신다고요?"

"뭐, 소설이랄까, 자서전?"

"자서전을 쓰고 계세요?"

히데유키의 말에 변호사는 어떻게 반응하면 좋을지 망설이는 눈치였다. 눈썹이 정신 사납게 씰룩씰룩했다.

이 변호사의 이름은 마쓰카와 린코다. 실력 있는 변호사로 소문났지만, 히데유키는 그 평가에 약간 회의적이었다. 실제로 자신에게 그렇게 흥미가 있는 것처럼 보이지는 않았고, 열심히 일하려는 기색도 없었다. 어쩌면 이 여자는 변호사라는 직업 자체에 흥미를 잃었는지도 모른다. 이 여자를 고른 건 실수였나?

"……자서전을 출판하실 건가요?"

변호사가 표현을 살짝 바꿔서 물었다. "하지만 분명 예전에도 자서전을 발표하셨을 텐데요."

"응, 그렇지. 지금 그 속편을 쓰는 중이야. 인칭 때문에 애먹고 있어. 처음에는 '나'라는 일인칭으로 썼는데 제삼자의 시점에서 써야 사건의 진상에 좀 더 육박할 수 있을 것도 같거든."

"그렇군요."

"아, 그런데 걔는 당신 사무소에 왔었어?"

"걔라니요?"

"레이코."

"아아. ……오신 것 같던데요. 직접 뵙지는 못했지만 저희 직원이 응대했어요."

"어쩐지 어두운 여자지?"

"말씀드렸다시피 제가 직접 본 건 아니라서요."

"하지만 이제 만날 기회가 있겠지?"

"……."

"정말로 어두운 여자야. 늘 몸을 흠칫흠칫하고, 면회할 때도 침착하지 못하게 주변을 두리번거리지. 왜 그렇게 주변을 신경 쓰느냐고 한번 물어봤는데, 누군가 덤벼들 것 같아서 그런대. 당최 무슨 소린지. 어떤 의미에서 여기는 세상에서 제일 안전한 곳인데. 그렇지?"

"뭐, 확실히 여기서 남에게 습격당할 가능성은 아주 낮겠죠."

"그렇지? 그런데도 걔는 매번 두리번거려. '위험해요, 위험해요'가 입버릇이지. 어느 쪽이 위험한데? 내가 보기에는 걔가 훨씬 위험해. 걔랑 있으면 나까지 우울해져. 정말 위험한 여자라니까."

"……."

"그런 인간은 언젠가 무슨 짓을 저지르지. 응, 틀림없어. 실제로 나 같은 사형수와 결혼했잖아. 덜 떨어진 수준을 넘어서 무서울 지경이야."

"……그럼 왜 결혼을?"

"그야 난 가족이 없으니까. 가족이 없으면 여러모로 불편하거든. 감방 밖에 있을 때도 그렇지만 감방 안에 있으면 더 불편해. 그래서 가족이 필요하겠다 싶었을 때 걔한테 편지가 온 거야."

"레이코 씨의 호의를 이용한 건가요?"

"이용? 에이, 그러지 마. 그렇게 말하면 내가 속인 것 같잖아."

"아닌가요?"

"아니지. 걔가 결혼하고 싶다고 했어. 좋아한다, 정말 좋아한다, 당신이야말로 진짜다, 나라면 당신을 지킬 수 있다, 나만이 당신 편이다, 그러니 결혼해달라……. 그런 편지가 하루 간격으로 왔다니까? 무서울 지경이잖아. 그래서 어쩔 수 없이 결혼한 거야."

"……."

"해바라기 같은 여자는 무서워. 까딱 잘못하면 스토커지. 아니, 까딱 잘못하지 않아도 스토커야. 스토커를 당해내지 못해 결혼하는 사람도 있다는데, 설마 내가 그런 꼴을 당할 줄이야. 하지만 내가 행운이었던 건 감방 안에 있다는 거겠지. 걔가 아무리 들러붙어도 여기까지 쫓아올 수는 없으니까. 이 아크릴 칸막이가 지켜줘. 시간도 정해져 있고 말이야. ……만약 감방 밖이었다면. ……아이고, 무서워라."

레이코의 어둡고 탁한 얼굴이 떠올랐다.

히데유키는 머리를 세차게 내젓고 악마를 떼어내는 영능력자처럼 작게 웅얼거렸다. 언젠가 교정 위원에게 배운 경이다. 하지만 어째선지 이걸 외면 호흡이 거칠어진다. 마음을 편안하게 해주는 경이라고 들었는데.

그렇다. 레이코다. 레이코를 생각하면 늘 이렇다.

"이제 레이코 이야기는 됐어. 되도록 생각하고 싶지 않아!"

히데유키는 머리를 더 세게 내젓고 숨을 깊이 들이마셨다.

공기가 폐 전체에 다다랐을 무렵.

"그것보다."

히데유키는 아크릴 칸막이에 얼굴을 가까이 댔다.

아크릴 칸막이 너머에서 오부치 히데유키의 얼굴이 가까워졌다.

마쓰카와 린코는 몸을 조금 물렸다. 오부치 히데유키가 린코를 쫓듯 얼굴을 더 들이댔다.

이런 상황에서도 몸단장을 게을리하지 않는지, 깔끔하게 면도했다. 분명 면도기도 좋은 제품을 사용하리라.

"이봐."

오부치 히데유키의 얼굴이 더 다가들었다.

"이봐, 나한테 숨긴 거 없어?"

"숨긴 거라니요?"

"또 시치미 떼기는."

오부치 히데유키가 입을 크게 벌리고 짐짓 웃음을 지었다.

이도 하얗고 깨끗하다. 양치질에도 공을 들이는 것이리라. ……재심을 청구한다고는 하나 사형수인데. 뭘까, 이 남자의 이 긍정적인 생명력은. ……이 남자의 생명력을 지탱하는 건 대체 뭐지? 린코가 의아해하는데 오부치 히데유키가 말을 꺼냈다.

"사야코."

"네?"

"……아오타 사야코, 출소했지?"

"아오타 사야코가…… 출소?"

"그래. 들었어. 교도소에서 사고를 당해서 기억을 잃었지? 그래서 출소했다고 들었는데."

"누구한테 들으신 거죠?"

"정보의 출처를 밝힐 수는 없지."

"……네. 말씀대로 아오타 사야코는 교도소에서 사고로 머리를 세게 찧어서 입원했어요. 2년 전에요."

"역시 그랬구나."

히데유키의 표정이 확 밝아졌다. ……아아. 이 남자가 지닌 생명력의 근원은 공범자 아오타 사야코인가.

"역시 사야코는 출소를."

"그렇지만 당신이 얻은 정보는 잘못됐어요. 올바르지 않아요. 아니면 일부러 올바르지 않은 정보를 제공했든지."

"뭐?"

"분명 그 사고 때문에 아오타 사야코는 일시적으로 기억을 상실했어요. 아오타 사야코가 기억상실증에 걸렸다는 소식이 법조계와 일부 미디어에도 흘러들었죠. 군살이 붙은 채로."

"군살이 붙었다니?"

"기억을 상실한 아오타 사야코가 출소했다는 거요."

"무슨 소리야? 출소했잖아?"

"뭐, 어떤 의미에서는 비슷하다고 할 수도 있겠네요. 의료 교도소를 나와서 시설이 잘 갖춰진 외부 병원으로 옮겼으니까."

"병원을 옮겼다고?"

"네. ……기억을 상실한 아오타 사야코는 의료 교도소로 옮겨졌어요. 하지만 일시적인 증상이라 금방 기억을 되찾았대요. 그 과정에서 정신적으로 심한 혼란을 겪었는지 자살을."

"자살?" 히데유키가 창백해진 얼굴을 아크릴 칸막이에 갖다 댔다.

"자살을 시도했지만 기적적으로 목숨은 건졌어요."

"목숨은 건졌다."

히데유키의 얼굴이 안도한 기색으로 물들었다.

과연. 이 남자에게 아오타 사야코는 단순한 공범자가 아니라 훨씬 특별한 존재일지도 모른다. 어쩌면 재심 청구를 진행하는 것도 그래서인가? 법정에서 아오타 사야코를 만나기 위해?

"목숨에 지장이 없어서 다행이군."

히데유키는 그야말로 연인을 그리워하는 듯한 표정으로 중

14장 진상

얼거렸다.

　……이렇게 들뜬 사람을 보면 어째선지 못살게 굴고 싶어진다. 린코는 말을 이었다.

"하지만 식물인간 상태예요. 의식을 찾지 못했어요. 그래서 시설이 잘 갖춰진 외부 병원으로 옮긴 거예요."

"식물인간?" 방금까지 들떴던 표정이 거짓말처럼 싹 사라지고 히데유키의 시선이 크게 흔들렸다.

"그 상태도 길게는 가지 않아서 반년 전에 사망이 확인됐습니다."

"거짓말이지……?"

히데유키는 완전히 할 말을 잃은 듯했다. 얼굴에서도 생기가 싹 빠져나갔다. 이런 사람을 보면 더욱 괴롭히고 싶어진다. 린코는 말을 이었다.

"정말이에요. 아오타 사야코는 사망했습니다. 죽었다고요."

"거짓말. 세이코는 그런 소리 안 했어!"

"세이코? ……혹시 프리랜서 작가인 이치카와 세이코요?"

"그래. 세이코가 그랬어. 아오타 사야코는 이다 초…… 오구라 사나로 이름을 바꾸고 다른 사람으로서 살고 있다고. 소설가로 다시 태어났대."

"오구라 사나?"

"그래. 지금 《주간 도도로키》에 연재하고 있는 소설가지. 그 여자가 사야코야, 사야코라고!"

"속았네요."

"뭐라고?"

"오구라 사나는 아오타 사야코가 아니에요. 전혀 다른 사람이죠. 이치카와 세이코가 당신을 속인 거예요."

"아니야! 사야코야. 사야코는 살아 있어. 사야코를 만나게 해줘!"

"그러니까 아오타 사야코는 죽었다니까요. 반년 전에."

"그럼 오구라 사나를 만나게 해줘. 여기로 데려와."

"그것도 안 되겠는데요."

"왜? 내가 사형수라서? 하지만 당신은 실력 있는 변호사라며? 나쁜 쪽으로는 누구보다 머리가 잘 돌아가지? 뭔가 방법을 찾아내! 분명 방법이 있을 거야!"

"안 된다니까요."

"왜?"

"사망했으니까요."

"뭐?"

"오구라 사나 씨는 그저께 아오타 사야코의 본가였던 빨간 지붕 집에서 끔찍하게 살해당한 시체로 발견됐어요."

"……시체? 끔찍하게 살해돼? 누구? 누구? 누가…… 누구에게…… 누구를…….." 너무 혼란스러운지 히데유키는 문법에 맞지 않는 말을 쏟아냈다.

"오구라 사나를 죽인 범인은 당신 아내 레이코 씨입니다."

"……?"

"시체를 해체하다가 근처 사람에게 발각돼서 긴급 체포됐어요. 그리고 유치장에서 자살했습니다."

"……자살……."

"네. 자살했어요. 어제요."

"……자살……."

"레이코 씨도 오구라 사나 씨가 아오타 사야코라고 믿었던 모양이에요. 분명 누군가가 그런 정보를 흘린 거겠죠. ……아마도 이치카와 세이코가. 그 여자라면 충분히 그럴 만해요. 정말로 악마 같은 인간이거든요. 특종을 얻기 위해서는 수단과 방법을 가리지 않죠. 저도 옛날에 그 여자에게 실컷 이용당했어요. 그 여자는 미쳤어요. 특종에 미쳤다고요."

"……자살……."

"오부치 씨, 듣고 있어요? 이치카와 세이코 이야기를 하고 있는데요?"

"……세이코……."

"그래요. 이치카와 세이코요. 그 사람은 아오타 사야코를 미끼 삼아 당신과 레이코 씨를 마음대로 조종한 거예요. 그리고 사건을 일으켰죠. ……오구라 사나 씨를 살해하는 사건을. 그걸 특종 삼아 출판업계라는 무대에 복귀할 작정으로요. ……정말 안타까운 일이에요. 그 때문에 오구라 사나 씨는 무참하게 살해당하고 말았으니까요. 아무 상관도 없는데. ……하기야 아오타 일가의 먼 친척에 해당하는 모양이니 아예 무관한 건 아니겠지만요. ……어쨌거나 오구라 사나 씨도 그 사건을 파고들지 않았다면 이런 꼴은 당하지 않았을 텐데요. 정말이지 그 언덕 위의 빨간 지붕 집은…… 죄로 얼룩진 곳이네요."

"……."

"그런데 어떻게 하시겠어요? 재심 청구 절차를 계속 진행할까요?"

"……."

"부인이신 레이코 씨도 자살했는데……."

"……자살……."

"네, 자살했어요. 레이코 씨는 이제 없다고요. 가족이 하나도 남아 있지 않은 거예요."

"……자살……."

"이런 걸 여쭤보려니 좀 그렇지만…… 재판 비용은 어떻게 하실 건가요?"

"……자살……."

"아아, 그렇지. 그래서 수기를 쓰시는 건가요? 수기를 써서 출판하고, 그 인세로 재판 비용을 부담할 생각으로?"

"……자살……."

"그렇다고 해도 돈 관리는 어느 분이? 변호 비용 착수금은 어느 분께 청구하면 될까요?"

"……자살……."

"듣고 계세요? 제 목소리 들려요? ……저기요? 괜찮으세요? 네?"

*

 도쿄 구치소는 '분쿄구 부모 강도 살인 사건'으로 사형을 선고받은 오부치 히데유키가 수감실에서 목을 매 자살을 꾀했으며, 다음 날 사망했다고 발표했다. 셔츠를 찢어서 창문의 쇠창살에 묶고 목을 맨 모습을 직원이 발견했다고 한다.

마지막 장   (2018/12/19)

"이런 일이 벌어지다니. ……의도가 빗나간 거야? 아니면 의도한 대로?"

도도로키쇼보의 임원실.

가사하라 도모코는 조간신문을 난폭하게 테이블에 내려놓고 맞은편에 앉은 이치카와 세이코에게 질문을 던졌다.

"이봐? 듣고 있어? 의도가 빗나간 건지, 의도한 대로인 건지 묻잖아."

"의도한 대로라니?" 이치카와 세이코가 시선을 천천히 이쪽으로 돌렸다.

"이렇게 되도록 당신이 유도한 거 아니야?"

"무슨 뜻인지 모르겠네."

"당신이 그랬잖아. 아오타 사야코가 출소해서 사건의 자초지종을 소설로 쓰려고 한다고."

"내가 그런 말을 했었나?"

"했어! 나도 감쪽같이 속았어! 이다 초가 아오타 사야코라고 믿었다고!"

"설령 내가 말했다 치더라도, 그런 말을 믿니? 아무리 생각해도 모순투성이에다 설정에 무리가 있는걸. 아니야? 이게 소설이라면 교열자가 빨간 펜으로 지적할 수준이야."

"……확실히 좀 걸리긴 했어. 너무 우연이 지나친 것 아닌가 했지. 하지만 현실은 소설보다 기이하다잖아. 그럴 수도 있겠다 싶었어."

"뭐, 나도 남에게 뭐라고 할 입장은 아니지만. 그 사람에게 그 이야기를 처음 들었을 때, 잔뜩 흥분해서 너한테도 말했고, 레이코라는 여자에게도 정보를 줬지. 그리고 오부치 히데유키에게도 편지로 알렸어."

"오부치 히데유키에게 용케 편지를 보냈네."

"협력자가 있다고 했잖아. 그 사람에게 부탁해서 교정 위원을 통해 편지를 넘겨줬어. 아무튼…… 지금 생각해보면 나도 실컷 이용당했네."

"이용?"

"그래. 이다 초가 아오타 사야코라고 귀띔한 인간에게 이용당한 거야. ……그래, 그날. 기오이초의 카페. 취한 나를 택시에 밀어 넣으며 그 사람이 그랬어 '……이다 초가 아오타 사야코라고 하면 믿으시겠습니까?'라고. ……정말 한심해. '특종의 여왕'이라고까지 불렸던 내가 이렇게 이용당하다니 나도 많이 무뎌졌네."

"대체 누구한테 이용당한 건데?"

"어머."

이치카와 세이코는 어이없다는 듯 눈을 크게 뜨고 말했다.

"아직도 눈치 못 챘어? 아니면 모르는 척하는 거야?"

"뜸 들이지 말고. 누구야?"

"믿을 수가 없네. 너 정도 되는 사람이 이렇게 간단한 사실을 알아차리지 못하다니."

"아, 좀!"

"이번 일련의 사건으로 제일 득을 본 사람은 누구지?"

이치카와 세이코는 테이블에 높이 쌓인 샘플 북에 시선을 던졌다.《주간 도도로키》최신호다.

표지에는 '오부치 히데유키에게 미친 여자! 되풀이되는 참극! 저주받은 언덕 위의 빨간 지붕!'이라는 글씨가 큼지막하게 박혀 있었다.

"분명 불티나게 팔리겠지."

"……설마."

"당사자인 오부치 히데유키는 자살. 오늘도 모든 미디어가 이 화제로 시끌벅적했어. 잠자코 있어도 홍보가 되는 거지. 게

다가 오부치 히데유키와 옥중 결혼한 여자까지 살인을 저지른 끝에 자살. 이야깃거리가 넘쳐나서 정보방송도 난리가 났어. ……이 일련의 일들을 책으로 만들면 밀리언 셀러가 나오지 않겠어?"

"……설마."

"그래. 이번 일을 기획하고 편집한 인물. 그자가 흑막이야."

"……."

"덧붙여 그 흑막은 오부치 히데유키에게 수기도 쓰게 했어. 『너무 이른 자서전』이었나? 그거 몇 년 전에 《주간 도도로키》에 연재됐었잖아. 그래, 오부치 히데유키의 형이 확정되기 전에."

그때 문을 두드리는 소리가 들렸다.

"이야, 혹시 흑막이 등장하셨나?"

이치카와 세이코가 히죽히죽 웃었다.

도모코는 할 말을 잃었다.

회고 (2014/4/1)

"그런데 자서전은 반응이 어때?"

아크릴 칸막이 너머에서 오부치 히데유키가 천진난만하게 웃었다.

나는 질문에 대답해주었다.

"아주 화제가 됐습니다. 자서전이 실린 《주간 도도로키》도 날개 돋친 듯 팔렸고요. 현재 잡지로서는 이례적으로 3쇄까지 찍었어요."

"이야, 3쇄. 총 얼마나 팔렸는데?"

"150만 부를 넘겼습니다."

"요즘 같은 세상에 굉장한걸."

"글을 잘 써주신 덕분입니다."

"하지만 아무리 많이 팔려도 내 주머니로 들어오는 건 원고료뿐이잖아?"

"그렇죠. ……잡지니까요."

"원고료 좀 올려줄 수 없어?"

원고지로 환산해 100매가 안 되는 원고에 이미 300만 엔을 지급했는데, 그래도 모자란 모양이다.

"음." 즉시 대답하지 못하고 망설였다.

"원고료 안 올려주면 비밀 까발린다?"

"비밀을 까발린다고요?"

"그래. 그 원고는 대필 작가가 썼다고."

"……."

"그거, 내가 쓴 원고랑 다르잖아."

"죄송합니다. 약간 각색했습니다."

"약간 각색한 수준이 아니던데. 특히 첫머리. 어쩐지 싸구려 자전소설 같던걸. 난 그렇게 병신 같지 않았어."

"……알겠습니다. 100만 엔 더 지급하겠습니다."

"정말? 다행이다. 변호사 비용이 상상 이상으로 많이 들거든. 골치야, 골치."

"변호사도 오부치 씨의 무죄를 얻어내기 위해 여러모로 고생이 많으시겠죠."

"……무죄는 비싸네."

오부치 히데유키가 의미심장하게 웃었다.

무죄일 리 없다. 이 인간은 뼛속까지 살인범이다.

왜냐하면 이자는 열한 살 때 우리 누나를 죽이려 했다. 누나를 집요하게 괴롭히고, 다치게 해서 병원에 보냈을 뿐만 아니라.

오부치 히데유키의 원고를 읽었을 때 그 사실을 알았다.

온몸이 벌벌 떨렸다.

누나는 머리가 좋고 착했다. 가족의 기대를 한 몸에 받는 사람이었다.

어머니는 특히나 누나에게 기대가 커서 분쿄구의 공립 초등학교에 넣기 위해 학군 내에 방을 얻어서 살았을 정도다. 그냥 근처 공립 초등학교에 보냈으면 그런 일은 일어나지 않았을 텐데.

누나가 죽고 가족의 마음은 뿔뿔이 흩어졌다. 내가 있었기에 간신히 가족이라는 형태를 유지하기는 했지만, 아버지와 어머니는 마음이 차갑게 식은 끝에 결국 이혼했다.

그 원흉인 범인과 설마 이런 형태로 만날 줄은 몰랐다.

"그런데 왜 '찐빵'이야?"

아크릴 칸막이 너머에서 오부치 히데유키가 무표정한 얼굴로 말했다.

"난 분명 그 여자애…… 음, 이름이 미치루였나. 그래, 미치루야. ……걔가 싫었어. ……아니, 어쩌면 좋아했는지도 모르지. 좋아했으니까 이런저런 장난을 치며 집적거렸는지도 몰라. 병문안을 갔을 때도 그래. 좀 웃기고 싶은 마음에 티슈를 두세 장 뽑아서 미치루의 입에 살짝 쑤셔 넣었을 뿐이야. 정말로 살짝.

그리고 멍청이랬나 뭐랬나 한마디 던지고 돌아갔지. ……그런데 다음 날 미치루가 죽었다는 담임의 말에 깜짝 놀랐어. 혹시 내가 티슈를 쑤셔 넣은 탓인가 싶어서."

"……."

"그 일이 내내 마음에 걸려서 원고에도 적었는데…… 왜 '찐빵'으로 바꿨어? 원고에는 '티슈'라고 적었을 텐데."

"……."

"그것도 각색의 일환? 좀 지나친 것 같은데?"

오부치 히데유키의 시선이 따가웠다.

나는 무심코 눈을 돌렸다.

"이봐, 대답해. 왜 '찐빵'이야?"

그 시선을 견디다 못해 나도 모르게 말했다.

"'찐빵'을 쑤셔 넣은 건 저입니다."

"뭐?"

"미치루는 제 누나예요."

"……뭐라고?"

"저는 누나가 정말 싫었습니다. 어머니는 누나에게만 매달렸어요. 여러모로 부족한 저는 제쳐놓고 누나만 뒷바라지했죠. 게다가 따로 방을 얻어서 누나와 함께 살았어요. 제가 어머니와 만날 수 있는 건 주말뿐이었죠."

"……무슨 소릴 하는 거야?"

"누나가 입원했을 때도 마찬가지였습니다. 저한테는 가게에서 팔다 남은 찐빵만 주고 집을 보라고 했죠. 억울하고, 외롭고, 슬펐습니다. 그래서 그날 누나가 입원한 병실에 가서 제가 받은 찐빵을…… 상한 찐빵을 뜯어서 잠든 누나의 입에 쑤셔 넣었습니다. 처음에는 장난으로요. 하지만 한 번, 두 번, 세 번…… 계속 넣어도 누나는 일어나지 않더군요. 그러다 다섯 번째에야 누나가 괴로워했어요. ……그리고 죽었습니다."

"……정말로 무슨 소리야?"

오부치 히데유키가 얼빠진 얼굴로 이쪽을 바라보았다. 너무 재미있는 표정이라 더 재미있게 만들려고 말했다.

"……속았죠? 거짓말입니다."

"엥?"

"오늘은 4월 1일. 만우절이니까요."

오부치 히데유키의 얼굴에 웃음이 번졌다.

"휴, 깜짝 놀랐네. 그런 농담은 하지 마, 료. ……하시모토 료."

친근하게 이름을 부르는 소리에 증오가 가슴속을 맴돌았다.

"그나저나 료. 또 살찐 거 아니야? 다이어트 좀 하지? 그래서는 여자한테 인기 없어."

"……."

"……설마 아니겠지만, 숫총각?"

"……."

"와, 역시 그랬구나. 난 감방에 있어도 인기가 넘치거든? 결혼하고 싶다는 여자가 편지를 수없이 보내. 특히 자칭 '법정 화가'라는 여자가 골 때려. 더럽게 지저분한 글씨로 첫눈에 반했다느니, 사랑한다느니, 운명의 상대라느니, 그것도 모자라 날 생각하며 자위한대. ……골 때리지 않아?"

"……."

"그런데 료는 바깥세상에 있으면서도 총각 딱지를 못 뗐구나."

"……."

"밖에 나가면 좋은 여자 좀 소개시켜줄까?"

"……."

"그러니까 료도 온 힘을 다해 응원해. 내가 무죄 판결을 얻어낼 때까지."

더는 못 참는다. 이런 버러지 같은 놈, 얼른 사형이나 당해라. ……아니지, 고이 죽도록 놔둘 수는 없다. 한껏 이용하자. 내 출세의 디딤돌로 삼자.

"네, 물론 온 힘을 다해 응원하겠습니다."

나는 오른쪽 눈썹을 집게손가락으로 문지르며 말했다.

그로부터 2년 후인 2016년.

아오타 사야코가 출소했다는 소문을 들었다. 기억상실증이라는 소문도.

내 마음속에 어떤 계획이 흐릿한 형태로 나타났다.

2년이 더 지난 2018년.

이번에는 그 여자가 나타났다. 오구라 사나. 가와세미 신인상을 수상했지만, 그 후로는 아무 활약도 없는 소설가. 이대로 사라질 줄 알았는데 간곡한 표정으로 나한테 이렇게 말했다.

"하시모토 씨. 저 '분쿄구 부모 강도 살인 사건'을 소재로 소설을 썼어요."

"왜?"

"저, 범인인 그 여자와 동갑이에요."

"이야, 그렇구나."

"그리고 그 여자와 좀 닮았다는 소리도 들었고요. …… 그 때문인지 계속 신경이 쓰였어요. 그래서 이것저것 조사해서……."

확실히 얼굴이 그 여자를 닮았다.

아오타 사야코를.

흐릿했던 마음속 계획이 또렷해졌다. 생각만 해도 등골이 오싹하니, 멋지고 자극적인 계획이었다.

"근사하네! 그 소설, 반드시 성공시키자! 당장 원고부터 볼까?"

나는 다급히 말했다.

그로부터 며칠 후. 난 도쿄 지방 법원으로 향했다. 스즈키 레이코라는 멍청한 법정 화가가 오부치 히데유키와 옥중 결혼했다는 이야기를 들었다. 그 여자라면 써먹을 수 있을지도 모른다. 증언자로서. ……여자는 금방 찾아냈다.

"이야기 좀 나눌 수 있을까요?" 하고 말을 걸자 여자가 쭈뼛쭈뼛하며 이쪽을 보았다.

변변치 않은 여자였다. 오부치 히데유키 이 자식, 이런 여자와 결혼했나. 웃음이 날 것 같았지만 꾹 참았다.

"저는 도도로키쇼보의 편집자인데요. 이야기 좀 나눌 수 있을까요?"

"……"

"옛날에 한번 뵌 것 같은데요."

거짓말이었다. 하지만 여자는 믿는 듯했다. 그 가느다란 눈이 번쩍 빛났다.

"……고등학생 시절에 재판을 방청하러 왔을 때, 눈빛이 진지한 법정 화가를 봤습니다. 프로다운 그 모습에 감동했죠. ……그 여성은 어쩌면 당신이었을지도 모르겠네요."

여자의 입매가 드디어 누그러졌다.

좋아. 첫 단추는 잘 끼웠어.

나는 잇달아 질문을 던졌다.

참고 자료

「법정화가라는 직업」 http://yoshitakaworks.com/houteigaka/

「그래도 나가야마 노리오(남자 네 명을 권총으로 살해한 일본의 연쇄 살인범. 1997년에 사형이 집행됐다―옮긴이)를 좋아해」 https://blog.goo.ne.jp/nagayama_norio_sonogo/e/b001eab9d58c4a061ae5823acf690794

「신초45」 편집부 편찬 『살인자는 거기 있다―달아나지 못한 광기, 비정한 13사건』(신초 문고)

옮긴이의 말

고저 차는 살인을 부른다
―고저 차 미스터리 『언덕 위의 빨간 지붕』

 십수 년 전 번역가가 되고 싶다는 마음에 이리저리 방법을 찾아보다가 당시 내게는 거금이었던 돈을 지불하고 인터넷 강의를 들었다. 하지만 그것만으로는 뭔가 부족했다. 좀 더 피부에 와닿는 공부와 경험이 필요하다는 생각으로 서울로 올라와 번역 아카데미에 다니기로 했다.
 문제는 서울에 친인척도 없고, 수중에 돈도 없다는 것이었다. 어쩔 수 없이 제일 만만한 고시원에 터를 잡았다. 누우면 머리와 발이 양쪽 벽에 닿을 것 같고, 옆방에서 전화하는 소리가 다 들리며, 창문도 없는 방. 고시원에서도 제일 값싼 그 방이 나의 새로운 거처였다.
 거기서 평일에 일하고 주말에 번역 아카데미에 다니며 번역

가라는 꿈을 향해 나아갔다. 뭔가 이루고 있다는 실감을 맛보며 가끔은 행복에 젖기도 했다. 인근에서 건설 중인 대형 주상 복합 건물이 고개를 젖혀야 위쪽이 보일 만큼 솟아오르기 전까지는.

고시원 공동 주방에서 먼지 낀 창문 너머로 점점 높아져가는 그 건물을 보며 나는 쓰디쓴 절망감을 맛보았다. 나는 평생 올라가지 못할 것 같은 높이에서 나를 굽어보는 듯한 그 건물이 싫었다.

어쨌거나 지금은 작으나마 내 집을 마련했지만, 수천만 원의 가격 차이에도 아파트 1층이 아니라 꼭대기 층을 선택한 건 그 때의 경험이 조금은 영향을 주었을지 모르겠다.

이처럼 고저 차는 수력 발전이 전기를 만들어내듯 에너지를 생성한다. 내게는 그 에너지의 이름이 '절망'이었고 어떤 이에게는 '선망'일지도 모른다. 그리고 누군가에게는 '질투'일 수도 있겠다.

저자 마리 유키코는 언덕이 많은 도쿄 거리를 산책하다가 '고저 차는 격차'라는 사실을 느끼고 이 책을 쓰기로 마음먹었다고 한다. 봉준호 감독의 영화 『기생충』을 본 독자라면 '고저 차는 격차'라는 말이 무슨 뜻인지 바로 감이 올 것이다. 높이가 다르면 일단 보이는 풍경부터 다르고, 땅값도 달라지며, 접하는 사람도 달라진다. 그러한 환경의 차이가 격차를 낳고 대부분은 그 격차에 타협하며 살아간다. 그러나 격차의 언덕을 뛰어오르려는 사람이 있다. 그리고 그 뜀박질의 원동력이 질투, 시샘일 때는 문제가 생기기도 하는 법이다.

마리 유키코의 『언덕 위의 빨간 지붕』은 18년 전에 발생한 사건을 재조명하며 격차(고저 차)에서 발생하는 질척질척하고 시커먼 감정을 독자에게 들이댄다. 여기서 고저 차는 그저 물리적인 높낮이만을 가리키는 것이 아니다. 학력, 월급, 외모 등 이른바 '급'을 나눌 수 있는 것은 모두 해당한다고 볼 수 있겠다. 등장인물들은 고저 차에서 발생하는 에너지의 소용돌이에 휘말려 꼴사나운 행태를 보여준다. 책을 읽는 사람이 눈살을 찌푸릴 만큼 역겹고 추한 모습을.

이것이 바로 '이야미스'다. 이야미스란 '싫음, 불쾌함'이라는 뜻의 일본어 '이야(いや)'와 미스터리 소설의 '미스터리'를 결합하여 만든 용어로, 뒷맛이 나빠 읽고 나면 불쾌한 기분이 남는 미스터리라고 할 수 있다. 마리 유키코가 2005년에 『고충증』으로 데뷔했을 때만 해도 이런 장르는 존재하지 않았지만, 마리 유키코는 꾸준히 이런 소설을 써왔고 마침내 이야미스의 대표 주자로 자리매김한다.

하지만 사실 마리 유키코는 자신의 이야미스에 긍정적인 메시지를 담고 있다고 한다. 이렇게 살면 안 된다는 반면교사를 내세우고, 그 인물이 일으키는 온갖 심각한 일을 소설 속에서 체험하게 함으로써 내일부터 좀 더 열심히 살아보자고 하는 메시지를.

추악한 일에서 눈 돌린다고 추악한 일이 사라지거나 해결되지는 않는다. 어쩌면 그걸 직시함으로써 뭔가를 깨달을지도 모를 일이다. 그러니 이 책을 읽으며 자신의 마음을 한번 들여다보는 것도 좋겠다. 고개를 젖혀야 눈에 들어오는 '언덕 위의 빨간 지붕'은 누구의 가슴속에나 있는 법이니까.

2025년 6월

김은모

언덕 위의 빨간 지붕

초판 1쇄 인쇄 2025년 6월 25일
초판 1쇄 발행 2025년 7월 4일

지은이 마리 유키코
옮긴이 김은모
펴낸이 이수철
주　간 하지순
편　집 박은경
디자인 박예진
영업관리 · 최후신
콘텐츠개발 전강산, 최진영, 하영주
영상콘텐츠기획 김남규
관　리 진호, 황정빈, 전수연

펴낸곳 나무옆의자
출판등록 제396-2013-000037호
주소 (10449) 경기도 고양시 일산동구 호수로 358-39 동문타워1차 703호
전화 02) 790-6630　**팩스** 02) 718-5752
전자우편 namubench9@naver.com
인스타그램 @namu_bench

ISBN 979-11-6157-231-4　03830

* 이 책의 전부 또는 일부 내용을 재사용하려면
　사전에 저작권자와 도서출판 나무옆의자의 동의를 받아야 합니다.
* 잘못 만들어진 책은 구입하신 곳에서 바꾸어드립니다.